ちくま文庫

どこに転がっていくの、林檎ちゃん

レオ・ペルッツ
垂野創一郎 訳

筑摩書房

WOHIN ROLLST DU, ÄPFELCHEN. . .

by

Leo Perutz

1928

登場人物

ゲオルク・ヴィトーリン　主人公。平時は貿易会社勤務
ルドルフ・エンペルガー　ゲオルクの捕虜仲間。帰還して銀行員になる。女好き
フォイエルシュタイン　ゲオルクの捕虜仲間。裕福な工場主
ユンカー　ゲオルクの捕虜仲間。農学教授
フェルディナント・コホウト　ゲオルクの捕虜仲間。帰還して共産党に加入
ミハイル・ミハイロヴィチ・セリュコフ　捕虜収容所の司令官
グリゴリー・オシポヴィチ・ケドーリン（愛称グリーシャ）　セリュコフの従卒
カール・ヴィトーリン　ゲオルクの父
オスカル　ゲオルクの弟
ヴァリー　ゲオルクの妹
ローラ　ゲオルクの妹
エーベンゼーダー　父の同僚。ローラに求婚中
フランツィ・クロナイス　ヴィトーリンの恋人
バンベルガー　ヴィトーリン家の下宿人。起業家

ドミトリ・アレクセヴィチ・ガガーリン（愛称ミーチャ）　伯爵。白軍のスパイ
シュタッケルブルク（愛称セリョーシャ）　白軍の騎兵大尉
フョードル・アルテミエフ　社会革命党のテロリスト
ピストルコルス　もとツァーリの侍従だった男爵
ベレージン　赤軍の連隊分遣隊指揮官。もと大学生

目次

編集＝藤原編集室

どこに転がっていくの、林檎ちゃん

その日が来る

　駅の傷病者用ホールで抜き打ち検査が済んだあとは、もうはらはらするできごともなかった。モスクワを出てからはこれといって変わったことも起きていない。コホウトが擦り切れたトランプをポケットから出して、俺には復讐戦を挑む権利があると言い、二十一をやろうと言い出したときは、全員がそこにいた。駅で名簿が読みあげられると失神の発作を起こしたフォイエルシュタインも含めて。

　トゥーラ（モスクワの南方にある都市）駅で、旅行中の財布を預かっていたエンペルガーが車両を降り、パンと卵と紅茶用のお湯を買って、チョコレートさえどこからか二枚仕入れてきた。戻ってくるとこう言った。ロシアとはこれきり死ぬまでおさらばだ、さっき踏んだのが今生最後のロシアの地、もうここは中立地帯だ。傷病兵搬送列車もロシア領なんてそんなことがあってたまるか。

ヴィトーリンの顔がくもった——そうか、するとエンペルガーは絶対にロシアに戻らないつもりか。白羽の矢がたったらどうするんだ。今の言葉の裏に何か意図が隠れているのか。自分はあの取り決めに縛られないと思っていることを、さりげない言い方で巧みにほのめかし、予防線を張ろうとしているのか。

彼はカードから目をあげた。だがエンペルガーの突き出た無表情な目からは、その疑惑を裏書きするものは何もうかがえなかった。

ありえない。五人そろっておごそかに誓約したのに。僕は将校の名にかけて、名誉ある人間として——あれは決まったことだ。取り消せやしない。たぶんエンペルガーは言葉の意味に考えがおよばなかったのだろう。何も思わず気軽に口にしただけかもしれない。もしそうなら親しい口調を保ったまま咎めだてするにはまたとない機会だ。

ヴィトーリンはカードを置いて上着のボタンをとめた。だが思い惑っているうちにコホウト少尉に先を越された。

「ねえ」少尉はエンペルガーに言った。「いまさら逃げようっていうんですか。いいですか、俺らの一人は戻らなけりゃならない。誰がそれがあなたじゃないって言いましたか」

「そいつは誤解だ、コホウト」エンペルガーがきっぱり言った。「むろんわれわれの一人は戻る。だが聖なるロシアは俺をもう戦争捕虜と見ていない。戻ったとしても自由な人間としてだ。だから話はぜんぜん違ってくる、それは認めてくれるだろう」

「セリュコフの名は覚えておく」フォイエルシュタインが言った。「死ぬまで忘れない。俺にまかせてくれ」

「とうに済んだことだ」窓際の席からユンカー教授が声をあげた。「いまさら蒸し返すのは誰だ。せっかく清潔なヨーロッパ並みの車両にまた乗れたというのに、またあの幕僚大尉を思い返して気分をだいなしにしようというのか」

ヴィトーリンは目を閉じた――こんな大事はエンペルガーには断じてまかせられない。お母さん子で甘ったれ、優柔不断、どこから見ても頼りない。他の点では感じのいい良き戦友だった。小銀勲章を持ってるからそれなりの度胸もあるのかもしれない。でも口を開けば女の話、アヴァンチュールしか頭にない。アイススケートクラブのフリッチィ、ハンシィ、フリーダ。さんざん聞かされた。毎晩チェスが終わるときまって――「ああ、かの日々やいずこ！」――これが出るともう最後、ハンシィや参事官の美人妻や、いつも唇を噛ませた皇帝バーのリリー――自分にはあらがいがたい魅力があると思っている。あのくらいの度胸じゃ小銀勲章が泣くというもんだ。はじめは仲間に加わろうとしなかった。夜も昼も耳元でうるさく騒いでた。いいか、俺たちはオムスクから先には行かない、オムスクで立ち往生だと。だがいきなり態度がでかくなった。この傷病兵搬送列車の中では輸送司令官気取りだ。駄目だ。奴が当選することはなんとか防げるだろう。それに教授もあてにならない。将校じゃないから。誰かが教授を推したらこの人は学界になくてはならない、と言ってやろう。コホウトは？　奴は片腕が麻痺している。残るのはフォイエルシュタインだけだ。むろん勘定にいれねば。フォイエルシュタインは狡猾で抜け目がない、困難にも負けず欲しいものは必ず手に入れる。傷病者用ホールでの失神だってきっと仮病だ。何も証明書を持ってなかった。医師の診断書さえなかった。都合よくすぐ降りてくれるかは疑わしい。金だって持っている。なにしろ工場主で、大富豪でさえあるという話だ。金と事業、これが奴の弱点だ。ともかくこう指摘してやろう。これを引き受ける者はしがらみがあってはならない。フォイエルシュタインなら自分の工場と事業を失いやしまいかと、それればかりを考えるだろうと。いや、そんなことは言わないほうがいい。なんといっても――金に不自由していない。この男は必要だ。ここで気を悪くさせちゃまずい。だが辞退させるのはちょっとむずかしい。コホウトはきっと僕に味方する。奴は頼りになる――

「ちくしょう、いったいどうした。ここでずっと立ち往生か」コホウトが叫んだ。「エンペルガーはどこに行った。教授、窓を閉めてもらえませんか。風の吹き込みがひどいんです」

教授は駅舎の前に立つ農婦に「さようなら《ダスヴィダーニャ》」と呼びかけて暇をつぶしていた。エンペルガーが戻ってきてニュースを伝えた。

「ちょっと機関がおかしくなっただけだ。たいしたことじゃない。半時間もあれば直る。隣のコンパートメントにいるお年寄りが誰だか知ってるか。ツァーリの貴族元帥で、大公夫人の義理の息子で、命からがらペテルブルグから、着のみ着のまま逃げてきたらしい。あとのものは全部ボルシェヴィキに奪われたそうだ。デンマーク赤十字配属の中尉が教えてくれた。ビールが欲しいのは誰で、煙草は誰だ？ あと一時間でウクライナ領に入る。俺たちはみんな五週間の休暇を幹部に要求する権利がある、中尉はそう言ってた」

「俺たちが休暇を取るべきだって。そんなの当たり前だ」コホウトがふくれた。「中尉に教わるまでもない。それよりトランプだ。親は誰だ」

「ああ、だがその前にポドルスク（ウクライナの西南地方）のどこかの僻地で三週間の検疫隔離期間がある。これは必須で、たんなる形式ではない」エンペルガーが続けた。「まったくびっくりさせてくれるよ。どう思います、教授」

教授は肩をすくめた。コホウトはカードを混ぜて切り、配ってから言った。

「するとあんたの可愛い子ちゃんらはもう三週間お預けをくらうってわけだ。まあ座ってくれ」

「いつ国境を越えるんですって」ヴィトーリンがたずねた。

「一時間後だ。それより遅れるってことはない」

「コホウト、時間がない。荷物を整理しなくちゃいけない」

コホウトは席を立って伸びあがり、彼とヴィトーリンの持ち物が入っている木製の軍用トランクを下におろした。

「よし、それじゃはじめよう」彼はそう言いながら、いつもの癖で左右交互に足踏みをして、手首の関節を回した。「財産分割といくか。共産主義はおしまいだ」

ヴィトーリンはトランクを開けて自分のものを座席に置いた。洗面具、ロシアのシャツ、下着、クリマーの襟《えり》がついた毛皮の上衣。フェルトの長靴はウィーンでは履けないが、シベリア時代のよい記念になろう。二分割した中国の銀貨を馬の毛に四つあしらった巧緻な鎖。父と妹からの手紙。でもヴァリーはめったに手紙をよこさなかった。年上のローラはそれにくらべて、毎月一日と十五日にきちんきちんと書いてきた。紐でしばった小包。これはフランツィ・クロナイスからの手紙だ。「わたしの可愛い坊や」書き出しはきまってこうで、今わざわざ覗くまでもない。一番上にあるぶきっちょな筆跡の手紙は弟のオスカルからのものだ。ヴィトーリンは手紙を開いて読んでみた。

「愛しい兄さん。この前兄さんに手紙を書いてからもうずいぶんになります。どうか僕の薄情に気を悪くしないでください。それでは近況をお知らせします。少し前から僕は商業学校の教授について、ドイツ語と速記と商業通信文とフランス語を習っています。週に四回授業があり、一時間あたり二クローネ払っています。自由になる時間はほとんどありませんが、そんなときは何か書いたりピアノを弾いたりしています。長く続く戦争もそろそろ終わってほしいものです。そうすれば兄さんも故郷に戻れますから。一月十六日付の兄さんの手紙は受け取りました。そちらのひどい状況のことを知って、僕たちはとても心配しています。あともう少しこちらのことを書くと、劇場にも行きましたし、学校の友人と謝肉祭を楽しみました。さてこの手紙には兄さんを満足させようといろいろ書きましたが、そろそろ筆をおきます。それではお元気で。あなたの親愛なる弟オスカル」

ヴィトーリンは微笑んだ。戦争がはじまったときは投げ縄や弓矢で遊んでいた弟が、はや大人になりかかっている。

まだある。赤いロシア語の単語帳。何号かの蒟蒻版《こんにやくばん》の収容所新聞。色とりどりの中国の便箋一束。革の胴着。英語の文法書。ツングースの硬貨。捕虜仲間の龍騎兵が彫った木の灰皿。煙草一箱。一番奥に大事にしまっておいたのは、柄が鳥の頭をして青い地に白い龍が描かれた陶器の壺二つ、それから緑の釉薬《うわぐすり》のかかった茶碗だった。どれもただ同然の値で買ったものだが、この方面に詳しいエンペルガーによると、おそらく明《みん》朝のもので、たいそうな値打ちがあるという。茶碗だけで少なくとも五百ルーブルするらしい。

ヴィトーリンはこれらすべてを毛皮のコートとベルトでぐるぐる巻きにして小包みに

こしらえあげた。それから煙草を口にした。

列車が動きはじめた。ユンカー教授がハンカチを振って「ダスヴィダーニャ」と叫んでいる。フォイエルシュタインは機関の故障は嘘とばかり思っていたと打ち明けた。てっきりモスクワから電報が駅に届き、ぎりぎりの瀬戸際で連行されるのかと思って、この半時間は生きた心地がしなかった。誰か気がついたかい。

「俺はわかってた」コホウトが言った。「顔がチーズみたいに白かったから」

エンペルガーが精算をはじめた。共通勘定はもう期待できない。列車内勘定は、やりくりのおかげで、各拠出者に十七ルーブル半を還付できる、とエンペルガーは嬉しげに告げた。領収書はいらないとも言った。

おごそかな瞬間が来た。ヴィトーリンはノートを出して、二年にわたってチェルナヴエンスクの同じ収容所に入っていた旅仲間に、住所を書いてくれるよう頼んだ。

エンペルガーの住まいはすでに知っていた。もちろんウィーンで一番の高級住宅街プリンツ・オイゲン通りにある。名は電話帳にも載っている。コホウトには今のところ決まった住所はなかった。だがカフェ・スプレンディッドに手紙をくれればいい、と言って手首の関節を回した。カフェ・スプレンディッドはプラター街にあって、そこの常連である彼は、ウィーンにいるときは日に一度か二度は行くという。

ヴィトーリンは四人の名を手帳に控え、各人の横に軍隊の階級、平時の職業、街路名と家番号を書き加えた。そしてその下に大きなはっきりした文字でこう書いた。セミョーノフ連隊幕僚大尉、ミハイル・ミハイロヴィチ・セリュコフ。

最初の一歩がこうして印《しる》された。すべてが明瞭な文字になった。ミハイル・ミハイロヴィチ・セリュコフに対するのは緊密な組織、共通の目的を持ち、その達成のためにはいかなる犠牲もいとわない五人組だ。事は成されねばならない。

汽車がオリャホヴォ（ルーマニアとの国境に接するブルガリアの都市）の駅に入った。旅の終わりだ。ソヴィエトの徽章《きしょう》を平たい縁なし帽につけたボルシェヴィキの将校が二人、うずたかく積まれた材木の山のあいだを歩き回っていた。駅舎の向こう側、貯水塔の近くに、オーストリア軍の歩哨がひとり、小銃を肩にかけ、銃剣を装着して立っている。茶色の大きな犬が貨車のあいだをうろつき、農夫が二人して鶏小屋の梯子《はしご》を線路を越えてひきずっていった。駅司令部の開いた戸口から白髪まじりの頬髯を生やしたハンガリー軍の少佐が現れると、傷病兵搬送列車を降りた中尉が彼に近づき報告を行なった。

*

クラクフの駅の構内食堂でウィーン行きの急行を待っていると、カウンターから一人の少尉がヴィトーリンに手を振ってきた。肩章に飾り緒をつけ、マントに龍騎兵連隊の黒ビロードの折り返しがある。軍隊仲間風の馴れ馴れしいあいさつにヴィトーリンは少しとまどってあいまいに敬礼を返した。そのときにはもう龍騎兵将校はこちらのテーブルまで来ていた。

「おいどうした」と聞かれて、ようやくヴィトーリンにもそれがエンペルガーとわかった。「いまさら自己紹介しろっていうのか。なんて目をしてる。思い出せないのか。どうやらルバシカと毛皮縁の長靴でかけずり回っていたときの吾輩しか知らないようだな。まともな人間の姿をしたところは見たことがないってわけか。わがエスキモー時代は幸いにも終わった。で、そっちはどうなった。今どうしてる。もう隔離所《カデール》から戻ったのか」

エンペルガーはヴィトーリンの答えを待たず、続けて自分のことを語りだした。

「こっちは何もかもあっというまに過ぎた。自分でそう計らった。ブレスト・リトフスク（今のベラルーシのブレスト）で五日間の観察期間のあと、新しい軍服を支給されて、ウィーンへ遣《や》られた。今は補充大隊、つまり休暇に行くところだ。ウィーンはひどいことになってる。きっと行ったら目を剝《む》くぞ。荒れ果てていてインフルエンザ。街は夜は真っ暗。食べるものもない。酒場は上等なところさえ何も出さない。牛肉の欠片《かけら》に行列ができる。なあ、昔はこうじゃなかった。ヒーツィンクの薄切りベーコンをはさんだ雷鳥と真鴨《まがも》の赤ワイン蒸し。今じゃ考えられもしない。残ってるのはオペラだけだ。煙草は吸うか？ セルクル・ドュ・ボスフォル、最高級銘柄だ。こいつは先週コンスタンティノープル（今のイスタンブール)から帰ってきた絨毯商人にもらった。ウィーンの噂じゃブルガリアの全軍が協商協定《アンタント》側に寝返ったそうだ。つまり連合国側にな。どこまで本当かは怪しいもんだが」

ひとりの赤十字看護婦が軽騎兵大尉に腕をとられて食堂から出て行くとき、エンペルガーにうなづきかけた。彼は軍靴のかかとを合わせてお辞儀をした。

「あの女はヴィッキー・フレーリヒといって炭坑主の姪だ。今はノヴィソンチ(ポーランド中南部の都市)で仕事をしている」ヴィトーリンに彼はそうささやいた。「ナデルニー騎兵大尉め、どうやってあの娘と親しくなったんだろう。あいつは知ってるか。片目はガラスなんだ。午前中はいつもカフェの窓から外を見てる」

駅長が戸口からヨルダノフ—ノヴィソンチ—ゴルリツェ—サノク経由普通列車の到着を告げた。

「捕虜仲間の誰かと一緒じゃなかったんですか」ヴィトーリンが聞いた。

エンペルガーは赤十字看護婦を見送っていた。

「ナデルニーの邪魔をしてやろうか」彼は言った。「奴にはあの娘はもったいない。チャンスがあればこっちだって」

「他の人たちの消息を知ってますか」ヴィトーリンは質問をくりかえした。

「教授はもうウィーンにいる」エンペルガーが教えた。「どんな新聞にだって載っている。『ユンカー教授、ロシアの捕虜収容所より帰還』。民間人の捕虜の場合、隔離所は関係ないからな。コホウトにはブレスト・リトフスクの軍務服需品部で出くわした。ありえない奴だ。恥さらしにも一介の兵士らと仲良くつきあっている。言っておくが、奴はまた一杯食わされるだろう」

「フォイエルシュタインはどうなりました」

「フォイエルシュタインはキエフにいた兄が待っていた。はやばやと除隊通知をポケットに入れていた。俺のほうもたいそううまくいっている。戦争が終わったらすぐに信用銀行の法律顧問になるつもりだ。ポストはもう空いている」

ヴィトーリンは適当に聞き流した。話に出るのをずっと待っていたのは例の件だ。それは夜も昼も彼の頭を離れなかった。なのにエンペルガーはどうでもいい下らないことばかり喋っている。結局あれは一時の思いつきにすぎなかったのか。今はチェルナヴェンスクの取り決めをうやむやにしようとしているのか。ひとつはっきりさせてやろう。

「例の件で何か進展はありましたか」ヴィトーリンは単刀直入に聞いてみた。「あのことについてコホウトと話したんじゃないんですか」

「あのことって何だ」

「何だですって」ヴィトーリンはいらついて答えた。「幕僚大尉のことに決まってます」

「幕僚大尉だって。進展なんてあってたまるか。今のところ何もすることはない。実をいうとあの大尉のことは考えたことさえなかった。チェルナヴェンスクのこともだ。あんなとこには全然いなかったようにな。お前もウィーンに戻ったら同じ気持ちになるさ。そりゃ最初の日だけは、家のベッドで目がさめると――時計を見る。六時十五分前。こりゃしまった。六時十五分前。急いで起きなきゃ、すぐ起床ラッパが鳴っちまう。だがそのあとは、何ともいえない幸せな心地で、そのまま寝ていた。そんな風に寝そべっていると収容所規則を思い出した。払暁の規定の信号ののち、捕虜は全員起床し、寝台を整え、着衣し、宿舎を清掃すること。第二条。八時までは紅茶の喫飲が許可される――やれやれ、何もかも過ぎたことだ。今じゃ紅茶の喫飲だって好きなときに許可できる」

ヴィトーリンは時計を見ると、給仕を呼んで勘定を済ませた。五分後にウィーン行き急行が来るはずだ。エンペルガーはチェルナヴェンスクの捕虜仲間をプラットホームで見送るといってきかなかった。そして早口で、ウィーンでの役立つ情報をヴィトーリンに伝えた。

「もしそうしたけりゃ平服で街を歩いても大丈夫だ。誰も何とも言わない。食料品が要るときはノルトヴェスト駅へ行け。あそこらでは何でも売っている。肉、バター、卵、小麦粉。そうそう、ガリツィアからの帰休兵が売ってるんだ。もちろんそれなりの金は取られる。カフェハウスで――あそこでモカといっているしろものに手を出すな。本物のモカが飲みたけりゃ、カフェ・プヒャーに行って給仕頭に話をつければいい。そのときは俺の名を出してくれ。あそこには本物のトルココーヒーだってある。だが特別の客にだけだ」

「クリスマスころに最初の打ち合わせをしたらどうでしょう」ヴィトーリンが言った。「休暇中なら誰もなんとかウィーンにいられるようにできるんじゃないですか」

「休暇中は皆どこかに行くんじゃないか」エンペルガーは言った。「今のところは何ともいえない。それじゃヴィトーリン、また会おう。元気でな」

＊

列車はすし詰めだった。ヴィトーリンはろくに照明のない通路の隅にぐるぐる巻きにした荷物を置き、その隣にうずくまった。眠ろうとしたが、うとうとするときまって憎らしい声が彼を目覚めさせた。

「こんにちわ《ズドラーストヴィチェ》」歌うような調子で声は言う。するとヴィトーリンはとび起き、ちらと異国的な彫りの深い横顔を見る。丸くて少し出っ張った額、高慢そうに薄く開いた口元、日焼けしたしなやかな手に煙草。煙草なしのミハイル・ミハイロヴィチ・セリュコフを見たことがあるだろうか。そうだ、一度あった——捕虜になったプセミシュル（ポーランド南東部の都市）の参謀部中隊長を、酔っぱらったコサックが革紐の鞭で打ちすえたとき、幕僚大尉セリュコフはじきじきに第五仮屋まで中隊長に遺憾の意を表明しにやってきた。ウラディミール勲章と聖ゲオルギー十字章をつけた立派な軍服を着こんでいた。――「この男は厳重に処分します。ロシアの軍規はコサックや農夫にいかなる罰を下すかご存知でしょう。たいそう申し訳なく思っています――」そしてセリュコフは捕虜に軽く頭を下げ握手の手を差し出した――そうだ、ミハイル・ミハイロヴィチ・セリュコフは振る舞うすべを知っている。コサックや農夫とは違う。しようと思えば人の心を惹くこともできる。だからいっそう性質《たち》が悪い。

汽車が停まった。ヴィトーリンは窓に寄って外を見た。前にこの辺で休暇を過ごしたことがある。十二年前、いや違う、十四年前だ。あのころは伯父がまだ製粉所を所有していた。今は村から村へ回って脱穀機を売っている。

時はまたたく間に過ぎ去る。あれから十四年。なのにこの夜は明けそうにない。いつまでも明けそうにない。やっと十二時四十五分。明日はウィーンだ。電報は届いたろうか。駅まで誰が迎えに来るだろう。父さん、妹たち、もしかしたらフランツィも。眠ろう。眠れたらいいのだが。

ヴィトーリンは目を閉じた。だが眠りの代わりに過去の幻がやって来た。容赦なく身を苛《さいな》む記憶。いまだチェルナヴェンスクにいて、事務室の扉の前に立っている。ある請願をせねばならない。――セリュコフは人の心を惹くこともできる。「願いを言ってみたまえ、少尉」彼は言うだろう。「ce qui est dans mon pouvoir de faire pour les prisonniers de guerre（戦時捕虜のためにわたしの力が及ぶこと）なら聞いてやる――」

ヴィトーリンの指は寒さでこわばった。同行したロシア軍の下士官《スタルシ》が雪をマントから払い落とし、足踏みをし、帽子をかぶりなおしてから戸を叩いた。

幕僚大尉セリュコフが書き物机の後ろに座っていた。そのまま目をあげず本をめくり、煙草をふかして何か書いた。無造作ながら洗練された雰囲気が、書いているあいだ煙草を支えるしぐさにあった。左の小指の先で薬指に煙草を押しつけている。机の上には軍隊の本と書式用紙とフランス語の小説があった。

従卒のグリーシャが扉越しにこちらに目をやり、上司が仕事にかかったのを見てとると退去した。部屋は芳しい香がかすかにただよっていた。中国煙草の匂いだ。だが他にも、外国の香水らしいものが――別に変じゃない、婦人の訪《おとな》いもときどきあるから。おどおどした目つきをした細面《ほそおもて》のその婦人の名は収容所の誰も知らなかったが、今その女がいるとすれば、衝立《ついたて》の陰に隠れたとしか思えない。ヴィトーリンは女の息遣いが聞こえないかと耳をそばだてた。

五分が過ぎた。まだセリュコフは目をあげない。書きながら、歯のあいだから舌先がのぞき、上唇を撫でて引っ込んだ。この無音の戯れを見たヴィトーリンは妙に心が軽くなった。なぜかは自分でもわからない。八分が過ぎた。黄色の綬《じゅ》のついた白いエナメルの十字架。聖ゲオルギー十字章だ。セリュコフはウラディミール勲章と聖ゲオルギーのサーベルも持っているが、特別な機会のないかぎり身につけることはない。

　とうとう書き物が終わった。下士官が手を両脇に付け、ロシア語で何か言った。ミハイル・ミハイロヴィチ・セリュコフは額を手で支え、半ば閉じた目がヴィトーリンをかすめた。

「お前は請願内容を当番の下士官に伝えるべきだ」ゆっくりとどうでもよさそうな口調で、まるで向こうの壁に掛かるマントに話すように彼は言った。

「わたしの仕事は戦時捕虜の苦情を聞くことではない。ロシアの規定は知っているはずだ。お前は収容所規則に反している。これで三度わたしを請願と苦情で煩《わずら》わせた」

　ヴィトーリンは顔を赤くして衝立に目を据えた。

「これは将校たる者のふるまいではない」セリュコフは続けた。「フランス人の言うボシスム（bochisme。ドイツ文化の蔑称）だ。お前を十日間の拘禁に処する。ロシアの規律を肝に銘じるがいい。行け」

　ヴィトーリンは行かなかった。話をするつもりだった。弁明するつもりだった。言うべき言葉はフランス語であらかじめ整えてある。今お前が相手をしているのは教養があり高等教育を受け、フランス語も堪能な男であることを思い知らせてやる。――Mon Capitain, c'est cruel, c'est inhumain, vous comprenez, d'interrompre l'expédition des lettres pendant trois semaines, parce que deux lampes étaient encore allumées à onze heures de la nuit. Mes camarades ――（大尉、これは残酷です。非人間的です。おわかりでしょう、十一時を過ぎてもランプが二つ消灯してなかったからといって、文通を三週間も遮断するというのは。戦友は――）

　ヴィトーリンは一言も口に出さなかった。機会をとらえられなかった。幕僚大尉は煙草の灰を落とし、それから下士官に合図をした。

「ポショル（Пошёл、「失せろ」の意味）」

　その口調はたいそう穏やかで、「失せろ」ではなく、「少々お待ちください」あるいは「もう少し辛抱願います」のように響いた。ポショル！　下士官が回れ右をしてヴィトーリンの肩をつかみ、入口から外に押し出した。

*

　向こうの捕虜収容所にいるチロルの旧兵役経験者一等兵が、自分の顔を殴ったロシアの軍医の首を絞めた。そうだ、あの男は翌日眉ひとつ動かさずに銃殺刑を受けた。自分はどうだろう。自分は。

　よかろう、ミハイル・ミハイロヴィチ・セリュコフ。僕を à la canaille（下層民のよう）に扱うがいい。ポショルか。それもよかろう。フランスではそれをボシスムと呼ぶ。何とでも言ってくれ。誰にだって得意の時期はある。いつかお前とその話をしよう、ミハイル・ミハイロヴィチ・セリュコフ。僕が忘れるとでも思っているのか。幕僚大尉よ、お前は間違っている。人には忘れられないものがある。将校たるもののふるまいではない、とお前は言った。フランス語ではボシスムと言ったな。決着のときはいつか来る。それまでは忘れない。

ポショル——衝立の陰の女も聞いたろうか。あの女は収容所の噂ではフランス人らしい。地主の夫人で、若くして結婚し、橇《そり》で四時間かけてセリュコフに会いに来るという。ポショル。女もこれを理解しただろうか。そう、きっと理解したに違いない。さぞ面白かったことだろう。衝立の後ろで、聞こえないよう声をたてずに笑ったかもしれない。

ヴィトーリンは唇を嚙んだ。恥ずかしさと怒りで頭に血が昇り、額を冷たい窓ガラスに押しつけた。捕虜仲間にはセリュコフの部屋で起きたことを一言も話していない。だが恥辱にまみれた時を思い出すと心に毒が回ったようになる。

自分一人ではない。仲間たちもセリュコフと決着をつけねばならない。皆が誓約した義務を負っている。ある捕虜の墓穴を前にしたおごそかな時間に誓われたことを、誰も心に留めているはずだ。

ヴィトーリンは身を起こした。決意が波のように彼の身を浸した。

講和条約締結の直後、われわれ皆がウィーンに戻ったとき、一件は着手される。そうヴィトーリンは小声で言った。教授は最年長だから、打ち合わせの議長をつとめる。フォイエルシュタインが資金を提供する。そして自分がロシア行きを請け負う。そうだ、自分がやる。この権利には誰にも異議を唱えさせない。

ほら、僕がわかりますか、幕僚大尉どの？　チェルナヴェンスク収容所、第四仮屋のヴィトーリン少尉か。その通りです、フランスではボシスムといいます。なぜそんな青い顔をしてるんですか、大尉。僕の出現が意外でしたか。僕は忘れません、何、ポショルですって？　いいえ幕僚大尉、僕はここにいます。話したいことがあるんです。あなたが書類の不備を理由に将校待遇資格を剝奪した空軍少尉を覚えていますか。じっくり思い出させてあげましょう。その人が捕虜厨房での労働を拒むとC仮兵舎の地下室に閉じ込めましたね。でも病気だったんですよ。回帰熱、重度のマラリアだったのです。それなのにあなたは、少尉を不潔な地下の穴倉で鞭打たせました。そしてとうとう……。仮病だったですって？　軍医は戦争捕虜の機嫌をとるためにいるんじゃない。そうあなたは言いました。Il feint, il fait le malade. Il se trouve en parfaite santé.（病気のふりをしてるだけだ。健康そのものだ。）――あの人が埋葬された日、僕たちは誓ったんです、僕たち五人は。そして今、決着の時は来ました。覚えてないですって。それなら僕は覚えていますか。それは将校の振る舞いではない、フランス語ではそういうのは――そうです。ボシスムです。それから文通の遮断、それから身体検査――ちょっと！　何を探しているんです。リボルバーですか。幕僚大尉、そんなものあっても無駄ですよ。おやグリーシャ、君もいたのか。こんにちわ《ズドラーストヴィチェ》、グリーシャ！　あなたの従卒に言ってやってください、動いたら撃つぞって。そうです、これは予期していました。僕と決闘したいですって。結構ですとも。一考の余地があります。武器はあなたがお選びください。わたしの介添役は……。

ランタンを手に車両にやってきた車掌が、不意にこの歩兵隊少尉に出くわした。死人のように青ざめ、拳を握って掲げ、通路の真ん中に立っている。車掌はそのまま、頭を振って進み、扉のところでもう一度振り返ってから、肩をすくめて隣の車両に消えた。憤りと恥ずかしさをかすかに感じながらヴィトーリンはまた隅に引っ込んだ。一時半だ。眠ろうとしなければならない。車掌の馬鹿が何を考えていたとしてもかまうもんか。僕は死ぬほど疲れている。何だって僕をそんな目で見るんだ。厚かましい奴だ。グリーシャ。そういえばあの従卒はグリーシャといった。ハリコフ州（ウクライナの州）のスタロメナ出身のグリゴリー・オシポヴィチ・ケドーリンあるいはカドーリン。しばしば教授に手紙を口述していた。ともかくメモしておこう。

　彼はノートを取り出して幕僚大尉の名の下に書きとめた。

　グリーシャ。セリュコフの従卒。グリゴリー・オシポヴィチ・ケドーリン（カドーリン？）。スタロメナ村出身、スラヴァンスク駅、ハリコフ州。

車窓からヴィトーリンは自分を待つ妹たちを群集の中に見つけた。ローラとヴァリー、どちらも来てくれた。ヴァリーはきれいになった。十九歳、もう子供じゃない。すらりとして、目が大きく、軽やかで品のある動作。三年の歳月は無駄には過ぎない。そしてあそこに父さんもいる。背筋をしゃんと伸ばし、姿勢はいまだに退役将校そのものだ。でもすこし老《ふ》けたようだ。

ヴィトーリンは列車のタラップを降りた。角張った顔に微かに口髭を生やし、茶色のキッドの手袋をはめた見慣れない若者が、彼の巻き荷物を持ってくれた。弟のオスカルだ。三年前のあの頃は、まだ青いセーラー服を着ていた。親しみをこめながらもおもむろに手を差し出す態度には、帰ってきた兄に一人前の大人として扱われたい気持ちがあらわに出ていた。

質問が雨あられと降ってきた。旅はつらかったか。モスクワは今時分も寒いのか、革命の何かを見たのか、またウィーンに戻れて嬉しいかい――「見せてちょうだい、お兄さん、あなたの様子を。ああ、そんなに変わってない。すこし顔がやせたわね」――「フランツィ・クロナイスは毎日家に来て、何か知らせはないかって聞くんだ。それで昨日、フランツィが帰ったのと行き違いみたいになって電報が届いた」――「なんだってぼけっとつっ立ってるんだ。前進《アヴァンティ》！　前進《アヴァンティ》！　さあ行こう」――腹は減ってないか、疲れてないか、脚の傷はまだ痛むか――「あのレーニンはきっとたいした人なんでしょうね。すっかり感心してしまった」そう言ってオスカルは自分で巻いた煙草を兄に差しだした。

皆はプラットホームを出口に向かってゆっくり歩いていった。そこにフランツィ・クロナイスが顔を輝かせ、昂奮して、走ったせいで顔をほてらせて立っていた。「ぜんぜん変わってない」彼女は言った。「まるきり」

そして当たり前のように彼の腕をとった。以前とはまったく違っていた。三年前は二人の合意を秘密にしていたのに。

シベリアとトランスバイカルを横断して果てしない旅をしていたとき、帰還の時は手のとどかない遥かな先と思えた。しきりに浮かぶ夢想のなかで、彼はオープンカーの座席にゆったりともたれて、快適で暖かな晩夏の日に、活気のある街並みを走っていた。

そんな夢想がひときわ鮮やかだったのは満洲里《マンツォウリ》の駅で、荷物を負って砂塵にまみれ、壊された線路沿いに間に合わせの木の橋を徒歩で渡らねばならなかったときだ。その待ち焦がれた日がついに来た。だが乗るのはオープンカーではなく市電だった。

停留所でフランツィは別れを告げた。駅の出迎えに職場でもらった外出許可は半時間なの。そろそろ戻らなきゃ。彼女はヴィトーリンをわきのほうにひっぱっていった。

――夕方職場に迎えにきてくれない。――いいとも。前と同じザイラー通り十七番だろ。

――「いや、でもやっぱりいい。今日は家にいなくちゃ。疲れてるでしょ。それじゃ明日電話して。それじゃお休みなさい、よい夢を――ロシアの女ってどんな名前なの。ソーニャでしょ。それからナターシャ？　マルファ？」

「アニュタ、ソフィア、エレーナ」ヴィトーリンは言った。

「まあそんなにたくさん。それじゃまた明日七時に。ときにはわたしのことを考えてくれてた？」――

市電のなかではお喋りはあまりできなかった。ローラは兄を喜ばせようと、フランツィはすてきな人で、兄さんにぞっこんだと言った。オスカルは自分の切符は自分で買うと言ってきかなかった。父は短い海泡石のパイプをポケットから出して話しだした。戦争はもうすぐ終わるだろう、そんなに続くわけがない。天下分け目の戦いは西のほう、シャンパーニュ（フランス北東部の前線）あたりで起こるはずだ。士気はよその前線でも高まっている。

ピアヴェ河（イタリア北東部の前線）から来た中尉も、士気は高いと言っていた。父はパイプに煙草をつめ、そこに車葉草《くるまばそう》と南瓜《かぼちゃ》の葉の漬物を混ぜて嵩《かさ》を増やした。

「けっこうな味なんだ」父は説明した。「新聞に権威のある医者が、名前は忘れたけれど書いていた。このミクスチュアは肺をたいそう活発化させるそうだ。もっともうちの職場の会計官は今でもトラブーコ（葉巻の銘柄）を吸っている。どこにそんな金があるのか――まあ言わぬが花だろうさ」

＊

夕食がすむと父はチェスをしたがったが、妹たちが反対した。だめ、今日はおあずけ。また今度にしましょう。兄さんの話が聞きたいの。

「それじゃ最初からお願い」ローラが言った。「兄さんがドゥナイェツ（クラクフ近くを流れる河）で捕虜になった日のことはもう知ってる。手紙をくれたから。でももっと詳しい話をして。コサックが兄さんを干し草車に寝かせたとき、どんな気分だったの。包帯を巻いたのはいつなの。エラの兄さんもやっぱり肺に弾が当たって、まだ病院にいるの。そういえば兄さんの職場の局長さんに二週間前ばったり街で会った。そう、あのそばかすがある人。背の高い赤ブロンドの女の人と歩いてた。腕を組んで。奥さんじゃなかった。もし局長さんだけだったら、兄さんのことを聞いてきたんじゃないかな」

「すぐその局長のところに挨拶に行ってこい。それが礼儀というもんだ」父親が言った。「顔を出さなかったら気を悪くするかもしれない。お前がウィーンにいることは、きっと先方の耳にも入っている。こんな話はすぐ広まるからな」

「よかったら来週は劇場に行こうよ」オスカルが言った。「無料入場券を手配できる。俳優たちの中には友だちがたくさんいるんだ」

ゲオルク・ヴィトーリンは苦痛と不快を感じた。まるで重病に罹《かか》ったようだった。秘密に押しつぶされそうになった。父や妹たちの一語一語から、自分が昔ながらの平穏な日常に復帰したことをたいそう喜んでいるのが察せられた。この気分をだいなしにしていいのか。それも帰ってきたその日のうちに。誰に打ち明けよう。父さんか。そうかもしれない。父さんは若い頃将校だった。中尉として戦場にも行った。あそこの壁の亡くなった母さんの写真の下に、サーベルと集合写真が掛かっている。黄ばんだ写真に連隊の戦友といっしょに写っている。今立ちあがって父さんを呼んだらどうだろう。「父さん、ちょっと話があるんです」――だめだ。十七年前から父さんは、大蔵省の専門会計部門の官吏だ。毎朝九時に役所に来て、きっちり三時半に食事をして、それから新聞を読んでそのあと散歩する。日曜は〈遠場〉のドルンバッハまで、平日は〈近場〉のウィーン市内を。夜は行きつけの店の定席に座るか街でビールを傾ける――これが父さんの世界で、十七年変わらない。だめだ、父さんには聞かせられない。

呼び鈴の音がした。ローラが手芸から顔をあげて耳を澄ませた。ヴァリーが走って部屋を出て、戻ってくると扉の隙間から首を突き出して顔をしかめた。そして小声で言った。

「喜びなさい、ローラ。エーベンゼーダーさんのお出ましよ」

「これはこれは上級監査官」父が呼びかけた。「またようこそお出でくださいました。さあどうぞ入ってください、上級監査官」

オスカルが立ち上がり、上着のボタンをとめて、ゲオルクのほうを向いて言った。ごめん兄さん。もう少しここにいたいんだけど、友だちと約束があって、そろそろ出なきゃならないんだ。

「職場の人だ」父親が言った。「父さんと気が合うただ一人の人で、他の奴らは多かれ少なかれ出世亡者か陰謀家だ。知性あふれる方で、お前とも親しくなれると思う。熱心な収集家で、芝居に関係あるものなら何でも買い込む。それだけ資金もある――家を四軒持っている。俳優の肖像とか脚本とか舞台写真とか古いビラとかリング劇場やケルントナー劇場の絵とか、クロークの半券さえ集めてる――ようこそ、上級監査官。ようやく戻ってきた倅《せがれ》のゲオルクを紹介しましょう。ちょうど今日シベリアから着いたばかりなんです。――エーベンゼーダーさんだ」

「家族の方とまた一人新しく知り合いになれてうれしく思います。お噂はかねがねお聞きしています。すると今日帰ってこられたのですね。それはほんとうによかった」そう言ったエーベンゼーダー氏は小柄でずんぐりしていて、カイゼル髭を生やし、大きな禿頭とぶよぶよした手を持った男だった。

彼はローラに近寄って改まった態度でキスをすると、うやうやしくその手をとった。

「わが崇拝するローラ嬢、あなたのエーベンゼーダーがふたたび参りました。あなたの指はなんて器用なんでしょう。ひとときも休むことはない。わたしは眺められてうれしく思います」

父はワインの壜を持ってきて、グンポルツキルフナー（オーストリアの高級白ワイン）で客をもてなそうとした。エーベンゼーダーは作法どおりに、固辞するそぶりをしてみせた。

「なぜわたしにそこまでしてくださるんです。こんなご時世にめっそうもない。お茶なら喜んでいただきますとも――今じゃみんな自分用の砂糖を持ち歩いてますから。でも正真正銘のグンポルツキルフナーとは！　わかりました。そこまで言われるのでしたら、あなたの健康を祝して！　一七年ものですね。すぐわかりました。まさに当たり年です。すばらしい」

そして無意識に唇を鳴らし、ローラの神経をいらだたせた。エーベンゼーダーはポケットからアルパカの小さな帽子を出して禿頭にかぶせると――どこにいても隙間風が気になってならないのだ――ローラににじり寄った。

ヴァリーはゲオルクに目で攻勢に転じましょうと合図した。そして無邪気な表情をつくろってエーベンゼーダーに話しかけた。

「でもあれは本当ですの、エーベンゼーダーさん」彼女は聞いた。「あなたがネストロイ（ウィーンの国民的俳優・劇作家）を個人的に知っていたというのは」

「そんな馬鹿な」エーベンゼーダー氏は叫び、愉快そうに高笑いをした。「またその話ですか。あのネストロイと、どうしてあのネストロイと知り合えましょう。六〇年代に亡くなっているのに。でもマトラスなら見ましたよ。カール劇場で子供のときに。クナークとカタリーナ侯爵も見ましたとも。それも『浪費家』（ライムントの劇、一八三四年初演）の初演に出演したときの侯爵です」

「いつからわたしたち、du（親しいあいだで使う二人称）で呼び合うようになったんでしょうね。ごく最近でしょうね。いつからそんなに親しくなったんでしょう」

「まだでしたら、いつでもできますよ」エーベンゼーダーは意味ありげに言った。

「勝手に決められても困ります」ヴァリーが声をあげた。「お昼の十二時から正午までなら、わたしをduで呼んでもかまいませんけど」

父親はヴァリーをにらみつけ、話題を変えようと、その日にフェルトマイヤー書店のショーウィンドウで見かけた水彩画について話した。ロマの衣装を着たシャルロッテ・ヴォルター（ドイツの女優。一八九七年没）と柄付き眼鏡で彼女を眺める年かさの紳士とが会話をしている場面が描かれてあって、上級監査官のコレクションに加えてはどうかと思ったという。

エーベンゼーダー氏はたちまち興味を起こした。

「その柄付き眼鏡の紳士はブルク劇場の監督ラウベに違いありません」彼は断言した。「もちろん興味ありますとも。大いに興味があります。フェルトマイヤー書店ですね。明日すぐ行ってみましょう。ロマに扮したヴォルターですか。何の芝居の場面でしょう」

彼は自分がブルク劇場で見て感嘆したこの偉大な悲劇女優の演目を指折り数えあげていった。フェードラ、メアリー・ステュアート、レディ・ミッドフォード、サッフォー、メーディア、イフィゲネイア、題を忘れた近代劇、そしておしまいに、死の前年に演じられた『ゲッツ・フォン・ベルリッヒンゲン』のアーデルハイト。

「ああ、ヴォルター」エーベンゼーダーはローラに言った。「彼女を見たことがない人――今日の観客はたいへん不幸です。あんな女優は二度と出てこないでしょう。――それでは失礼して」

そして溜息とともにワインを自分のグラスに注いだ――

ゲオルク・ヴィトーリンは目を半ば閉じて座っていた。エーベンゼーダーの単調な話し声は遠くからのように聞こえた。心地よく保護されている感じが襲ってきて、彼は守勢に立った。この部屋のものが自分に手を伸ばし、しっかりつかまえる。まるで僕がそれらの所有物であるかのように。壁の時計が鳴る音、弱められたランプの光、グラスの微かな響き、父の海泡石のパイプから漂う青っぽい煙雲。妹たちの静かな動作。そうしたものが、いっせいに子守歌で僕を寝かしつけ、大きな任務から引き離そうとしている。いま直面している戦いは将来を決定的に左右するように思われた。何がなんでも争い抜かなくては。一刻の猶予もしてはならない。

ヴィトーリンは一人になる必要を感じた。軽く力をこめて立ちあがった。そして疲れているのでもう休みますと言った。腰をあげたその一瞬に勝負は決した。周囲のものは力を失って彼を自由にした。悲しげに時計は時を刻み、父のパイプからは静かに憂鬱げに煙の輪が天井へただよっていった。

ヴィトーリンは部屋を出た。

ローラが後を追った。格子窓から中庭が見はらせる狭い小部屋に兄はいた。床にひざまづいて巻き荷物の紐を解いている。

「オスカルだってあの人は好きじゃないの」少ししてローラが言った。「わたしのためだけに来てる。ゲオルク、あなたが戻ってきてくれてうれしい。あの人はもう父さんに話してる」

「誰が？　エーベンゼーダーさんかい」

「ええ。でも海に飛び込んだほうがまし。あの人ったら、もう二度も結婚してるの。最初の奥さんは若いうちに亡くなった。あんまりうるさくあの人がいじめたから。二番目の人は逃げたの。二人とも演芸場《ヴァリエテ》から連れてきたんだって。わたしに何をさせたいのかしら、あの嫌らしい男。わたしなんか曲馬もできないし輪もくぐれないのに」

ゲオルクは巻き荷物の中味を広げた。

「これは中国の便箋なんだ。封筒もある。ほら見てごらん、きれいだろう」

「とてもきれいね。なんてすばらしいんでしょう。さっきから言おうと思ってたんだけど――気を悪くしないでね。というのは、あと何日かは兄さんはオスカルと小さな部屋で寝るしかない。もとの兄さんの部屋には、手紙に書いたと思うけど、下宿人を置いているの。手紙にそう書いてなかった？」

「それは知らなかった。書いてなかったと思う」

「書いたはずなんだけど。とても感じがよくて礼儀正しい人で、その点では運がよかった。それに昼間はいないの。百八十クローネ払ってくれていて、家計がとても助かる。何もかもどんなに高くなっているか、兄さんには想像もつかないでしょう。どんどん高くなる一方。もちろん兄さんがウィーンに帰ったら――出て行ってもらうようには言ってるんだけど」

「出て行ってもらわなくていい」ゲオルクは言った。「そのまま下宿してもらえばいい。僕はウィーンにはとどまらない」

「お父さんは戦争はもうすぐ終わるって言ってるけど」

ゲオルクはゆっくりと立ち上がった。

「戦争が終わったら僕はロシアに戻る」

「ロシアに戻る？　本気で言ってるの？」

「声が大きいよ。まだ他の人に知られちゃならない。お前には話したけど、これはここだけの話だ。本気で僕はロシアに戻るつもりだ」

ローラは彼をまじまじと見て聞いた。

「長い間いるの」

「わからない」

「彼女に戻るって約束したの。どうして連れて帰らなかったの。無理だったの」

ゲオルクは何とも答えなかった。

「煙草はオスカルへのおみやげだ。後のものは適当に分けてくれ」彼は言った。「革の胴衣は父さんにだ。中国の陶器は――」

「でも兄さん――フランツィは？　フランツィは何て言うでしょう。かわいそうに。彼女の――新しい人の写真は持ってるの？」

「この陶器の碗はお前のものだ。とても古くて珍しいものだそうだ。この花瓶二つはフランツィにだ。それからお前は勘違いしてる。僕が戻るのは女のためじゃない」

＊

二週間後、てんやわんやの日々の中で、ヴィトーリンはシベリアからの帰還兵からチェルナヴェンスクの情報を得た。旅の最後は満員列車の乗降口のステップに立ち詰めだったというその人の教えてくれたところによると、かの地はチェコの外人部隊に占領され、幕僚大尉セリュコフはもはや収容所の司令官ではないそうだ。チェコ軍進駐の直後に幕僚大尉はその地を離れたという。目的地はおそらくモスクワで、実戦経験のある将校が不足している赤軍の軍隊にみずから志願したらしい。これを話してくれた帰還兵はクラスノヤルスク（シベリア中部の都市）から遠くないシベリアの小さな国境駅でちらとセリュコフの姿を見かけたという。

セリュコフの逐電は疑いもなく意味深長なできごとだ。ヴィトーリンはとりあえずエンペルガーにだけ状況が変わったことを伝えようと決めた。まずは二人だけで内輪の準備委員会を開き、他のものにはあとで打ち明けよう。決断が早すぎてはいけない。さしあたり追加情報を待って、この情報の信頼性を確認しよう。クラスノヤルスクから遠くない駅。どうみても幕僚大尉の目指す先はモスクワだ——フォイエルシュタインは目を丸くするだろう。ヴィトーリン、お前はまだチェルナヴェンスクと繋がりがあるのか。当然じゃないですか。どう思ってたんですか。もちろんあの収容所とはまだ連絡を保っていて、あそこで起きたことは全部耳に入るようにしてるんです。――それはそうと、まず準備をしておかねばならない。フォイエルシュタインが現金をすぐ用立ててくれればいいのだが。それからパスポートとロシアへの入国許可証の問題がある。

革命は気がかりだった。そもそもこんな混沌のなかでまだ役所はあるのだろうか。どの部署で出国許可は貰えるのか。パスポートがなければ何もできない――鉄道路線はまだロシアと連絡しているのか。

とほうもない噂が街を飛び交っていた。チェコの軍隊がウィーンとニーダーエースターライヒ（オーストリア東部の州）全域を占領して、皇帝はハンガリーとの国境を越えようとしたところで革命軍に逮捕され、ヴェラースドルフとヴィーナー・ノイシュタットは戦火に包まれているという。正気を失った兵士が街路を車で暴走して通行人に叫びかけた。ジークムントシャーベルク（ウィーンの北西約八〇キロメートルにある都市）の捕虜収容所にいたセルビア人とロシア人がウィーンに向かって行軍してくる、一万四千人の屈強な奴らだ、家に籠もって鍵をかけろ、武器を持つ者は警察に名乗り出ろと。

確認された事実は噂に劣らず不安をそそるものだった。「旧弊な官僚主義に、服務規程に、支配階級の卑怯と悪意に終止符を打つため」将校とその部下たちがドレーアザールで集会を開き、九人の兵士評議会（戦争末期の復員軍人を主とした共産主義組織）員を任命した。シュトッケラウ射撃兵連隊の大尉が赤衛隊の設立を提案すると非難されたが、一人の伍長が同じ要求をより激しい言葉で述べると、肩に担がれ喝采を浴びた。北方線の貨物駅で炭坑夫と逃亡兵の集団が倉庫や車両を襲った。その晩軍用備蓄のすべてが奪われた。ヴェラースドルフの刑務所から二百人の重罪人が世間の混乱に乗じて脱獄した。たちまち宝石店の陳列品は板が張られて見えなくなった。チェコの大隊はブリギッテナウ（ウィーン第二十区）の操車場で降伏しかけていたが、防御に転じ散兵線を作りつつ手榴弾と機関銃で駅守備隊に立ち向かった。

煙草、軍用毛布、リュックサック、靴底の革、銃掃除用の紐、軍用食器の価格は下落した。帰還兵からいくらでも買うことができたからだ。その一方でパンの小さなかたまりが十五クローネまで値上がりした。チェコスロヴァキアが食料輸出禁止令を出したため、週に一人あたり一二五グラムの肉の配給は維持できない、と食糧庁は布告した。街や酒場では古い歌が新しい歌詞をつけて歌われた。

「誰がオーストリアを支配するか
ウィーン子はすぐに嗅ぎつける
チェコスロヴァキアが
何もかも袋に入れる
ウィーン子はくたばりかねない」

贋の軍隊警備員が兵士を呼びとめて所持品と食料を奪った。市の守備隊と鉢合わせすると銃撃戦が起こった。ぽつりぽつりとではあるが生への意志が健在で、未来への信頼が損なわれていないことを示す徴《しるし》もみられた。映画「ベラニアの侯爵夫人、愛と苦難の歌」への入場を誘うポスターの隣に、第十一回宝くじは〈目下の事件〉に何の影響も受けない旨の告示がなされていた。号外売りはいまだに〈ドイツ皇太子〉と〈ガルヴィッツ〉両連隊のニュースを叫んでいた。「マース河の両岸より激しい砲撃戦。強力なアメリカ軍の攻撃をわが軍はボルヴァル北方の森林地帯で阻止」

ヴィトーリンが訪れたとき、エンペルガーは民間服の吟味に忙しかった。スモーキング、カッタウェイ、ストライプ入りの流行のズボン、ネクタイ、カラーシャツ、オーバーコート、毛皮の短いスポーツジャケットがソファや椅子の上に絵画のように乱雑に散らばり、樟脳《しょうのう》とナフタリンの鼻をつく臭いが部屋にこもっていた。書き物机の上には短靴、乗馬用高長靴、パンプス、編み上げ靴、オーバーシューズが軍隊式に整列している。

形のまるきり崩れた将校帽を手にして、エンペルガーは捕虜仲間にあいさつした。

「おい見ろ。世の中ってこうしたもんだ。塹壕で二年、シベリアで二年。その褒美に奴ら、俺の帽子の栄誉章《ロゼット》を切り取りやがった。半人前の子供、徒弟、商業学校生らのくせに。まあいい、ロゼットなんかくれてやる。いまさら嘆いてもはじまらん――ともかく座ってくれ、ヴィトーリン、どこでも空いたとこに。俺のありさまを見ろ。いまさらこんなマントと軍服で何ができるっていうんだ。貸衣装屋に買いあげさせるか。小銀勲章もおまけにつけてやる。一九一八年のオーストリア将校に扮して仮装舞踏会に行くのが今に大変な流行《はやり》にならんともかぎらん。なにしろ歴史的瞬間だからな。ヴェセリー！いいかげんに片付けてくれ。いつまでも放っていくわけにはいかんだろう。ヴェセリー！　あの婆さん、また言うことをききやがらん。座ったらどうだ、ヴィトーリン。何だってここに来た」

「大切な知らせを持ってきました」ヴィトーリンは言った。「まずは二人きりで話したいんです。他の人に正式に知らせる前に、あなたの意見を聞きたいんです――いいですか、セリュコフはもうチェルナヴェンスクにいません。近頃僕のところに入ってくるあらゆる情報は、その点で一致してます――どうしました、いきなりどこへ行くんです」

エンペルガーは部屋から飛び出していた。

「これは何だ、ヴェセリー」エンペルガーの怒鳴る声が聞こえてきた。「どうして呼んだのに来ない。片付ける気はないのか。まるで泥棒のアジトだ。もう五時半じゃないか。見せてくれ、何を持ってきた。これだけか。サーディンって言っただろう。レバーペーストとも。サラミの一切れだってあっていいのに。蕪《かぶ》のママレードなんか客に出せるわけがない。キュラソー二壜にアニス酒一壜と言っただろう。角砂糖、サラミ、サーディン、そうだ。ポルトガルのがいいんだが、まあ食えさえすれば何でもいい。金か。またか。朝やったばかりなのに——あきれたもんだ。そんなたくさんの金をどうしようっていうんだ。窓からばらまくつもりなのか」
エンペルガーが息を切らして部屋に戻ってきた。

「すまないヴィトーリン。てんやわんやなもんで。換気も必要だな。今晩客を招くんだ。何もかも自分でやらなくちゃならない——それでセリュコフがどうした。聞かせてくれ」

ヴィトーリンはこれ以上ないほど気分を害した。キュラソーや角砂糖やサーディンがセリュコフの情報より大切らしいエンペルガーへの信頼が失せていった。

「報告が入りました」彼は手短に言った。「集まって話す必要があります。明日か、遅くとも明後日に。事は急を要してます。集会の手配をしてもらえませんか」

「明日か明後日——無理だ！」エンペルガーが叫んだ。「明日の晩は上司に招待されている。明後日はオペラのチケットを買ってあるし、日中は——どうやって時間を作れっていうんだ。銀行の仕事になじむのに精一杯だっていうのに。よかったら今回は俺抜きかそれとも——待てよ、一番手っ取り早い方法がある。フォイエルシュタインと教授は今晩俺の家に来る。お前も来たら感じのいい人間何人かと知り合えるだろう。よし決まった。それじゃ八時半か八時四十五分ころ来い。面白いことになるぞ。俺たちだけ後で残ってその話をしよう。すまん、うっかりお前を招待するのを忘れてた」

「いいですとも」ヴィトーリンが言った。「行きましょう。コホウトには僕から話しておきます」

これを聞いてエンペルガーが見せた顔は歓迎とはほど遠いものだった。

「コホウト？ コホウトも連れてくるのか？ まあお前がそうしたいんなら——好きなようにしてくれ。俺は何も言わん」

＊

八時四十五分にヴィトーリンはエンペルガー家の呼び鈴を鳴らした。昼は信用銀行で使い走りをしている召使が彼を招じ入れた。エンペルガーは玄関の間で友にあいさつをした。

「おお、来てくれたか。お前のことは他の客にもう話してある。ささやかなパーティーだがいろんな奴がいるぞ。コホウトはもう来ている。たいした奴だよまったく。同僚だか何だかをいっしょに連れてきたんだが、こいつがのべつまくなしにブルジョワジーを罵ってる。どうにも気まずくてたまらん。奴をどう扱っていいか、俺はたいそう困っている。奴はフォイエルシュタインに du で話している。親しみか軽蔑かのつもりなんだろう。さっさとマントを脱いだらどうだ。中で何が起こってるんだろうな。もう殴り合いになってるかもしれない」

平和なときにあつらえたフロックコートは、今はあまり似合ってなかろうとぼんやり思いながらヴィトーリンは部屋に入った。ありがたいことに知っている顔も何人かはいた。教授が握手しに来た。フォイエルシュタインはきつすぎるカッタウェイに汗を流し、なんとか立ちあがろうとしていた。コホウトは紅茶とサンドイッチと各種のリキュールのおかげでたいそう幸福そうに見え、彼に軍隊式の敬礼をしてきた。エンペルガーが彼を一同に引き合わせた。

「こちらはヴィトーリン少尉。やはりチェルナヴェンスク時代の戦友だ。こちらはエーディット・ホフマン嬢、女主人《ホステス》役を買って出てくれたんだが――それをうっちゃって教授といちゃついているみたいだ。ディッティ（エーディットの愛称）、客にもうちょっと気を配ってくれ。シュナップスがない。そしてわが友ヴィトーリンには紅茶を――」

「さっき休息中って言ったでしょ。今はイレーネが代わりにやってるって」娘がむくれて言った。

「こちらはイレーネ・ハンブルガー嬢――やはりそれほど気合が入ってない」エンペルガーが続けた。「女性の助っ人連には苦労するよ。こちらはフランツィ・ロート嬢。パーティーの花だ。うるさ方さえ一目置く。おいおいそんな目で見るなよ。君が俺を愛してないことなんか、ちゃんとわかっているさ。君の心は他の男のものだ。違うわけないだろ。その幸せな男が誰かもおおよそ想像がつく。来た、見た、勝った（ユリウス・カエサルの言葉）。俺に何ができる。なんて煙草の煙だ。少しのあいだ窓を開けてくれないか。よし、それでいい。殿方らは自分で紹介してくれ」

二人の若者が立ち上がって名を名乗った。エンジニアのグラーザーと画学生のシミチュ。髭のない年かさの紳士が、生命線を教えてあげるという口実でフランツィ・ロートの手を占領していたが、この男は商業顧問官の肩書を持っていた。コホウトの友人は緑のウールのセーターを仕事着の制服の中に着て、下は乗馬ズボンとゲートルと軍靴といういでたちだった。

「同志ブラシェクだ。昨日兵士評議会に加入した」コホウトがうやうやしい口調で言った。「百二十四人の票を集めて選ばれた。運動の中心人物だ」

「こっちに来て座れよ、ヴィトーリン」フォイエルシュタインが呼びかけた。「また会えて本当にうれしいよ」そして画学生に顔を向けて説明した。「シベリアの捕虜収容所でいわば囚人仲間だった奴だ」

「どれだけしょい込んだ」テーブルの向こうから兵士評議会の男が声をかけてきた。

「何だい」

「どんだけくらった？」

「同志ブラシェクは、どのくらいのあいだ捕虜収容所にいたか知りたがってる」コホウトが通訳した。

「二年だ――知りたいなら教えてやる」フォイエルシュタインが腹立たしそうに答えた。

「二年か。そりゃたいしたもんだ。ロシア人もなかなかやるな。何だって捕まったんだ」

「すてきな人」ハンブルガー嬢が言った。「人間味があるわ」

コホウトは笑った。フォイエルシュタインは根は善人で、八方美人を旨としていたが、臆病と非難されると節度ある言葉で反論した。

「尊敬する同志、第一にわたしは捕まったわけじゃない。まずそれをはっきりさせたい。第二にわたしにはわからないのだが、なぜわたしが光栄にも――」

「行かなかったか」薦挙された兵士評議会員が叫んだ。「捕まらなかったのか。ならどうした。ロシア人がお前を宝くじで当てたのか」

「直撃弾命中だ」教授が感心したように言った。「フォイエルシュタイン、君は撃たれた。銃を捨てろ」

「これは興味深い」商業顧問官が言った。その手はあいかわらず隣に座った娘の手を握っている。「このあちこち枝分かれした線は音楽の素質を示しています。右に少し曲がっているのは、ひときわ強い情熱を持っている徴《しるし》です。あなたは今のところ抑えようとしていますが、無理というものです。そのうち本来の性が現れてきます。あなたはオペレッタのほうに行くでしょう。今からわたしにはそれが見えます。きっとあなたの才能を育ててくれる友が現れることでしょう」

「そういうのが全部手相から読みとれますの」ロート嬢がたずねた。

「一部はわたしの手からもです」商業顧問官は小声で意味ありげに言った。

ヴィトーリンはエンペルガーに目配せして呼び寄せた。

「一言だけ言わせてください」彼はエンペルガーにささやいた。「僕がここに来たのは皆に大切なことを知らせるためだけだってことはわかっているでしょう。僕らがすこしの間邪魔されずに話し合えるように取り計らってくれませんか」

「いいとも。だがどうすればいいかな」主人役は眉をしかめてささやいた。「パーティーがここでお開きになってくれたら俺は死ぬほどうれしいよ。いまにも一悶着《もんちやく》起こりそうな感じだろ。あのまま引っ込んでるフォイエルシュタインじゃないしな」

「どうして関係ない人まで呼んだんです。あの商業顧問官とか」

「商業顧問官か。そりゃこっちが聞きたい。なんだって俺はあんなの招いたんだろう」エンペルガーが考え込んだ。「あの奮闘ぶりを見てみろ。あの娘を狙ってる。あのフランツィを。うぬぼれ爺いめ。見てろ、あいつはとことんやり抜く。いまに陥落するだろう」

「教授、あなたも軍務に就いていたのですか」テーブルの向こうの端でエンジニアが聞いた。

「とんでもない。そんなわけじゃありません。ただ単に逮捕されたのです。ロシア人にベッドから連行されてそのまま拘留されました。つまり非常に運が悪かったことに、南トルキスタンに調査旅行をしているときに戦争が勃発したんです」

「トルキスタンですって」ハンブルガー嬢が目を輝かせた。「教授の専攻は何なんですの。東洋美術史ですか」

「まるで違います、お嬢さん、わたしは農科大学で稲科植物と種子学を教えています。若いご婦人たちの興味を引きそうにない分野です」

「われわれの目論見は——教授もご興味があるかもしれませんが」エンジニアが言った。「われわれの目論見は戦争のはじまる直前に施肥と種まきの機械を市場に売り出すことでした。新しいタイプで、あらゆる種子を定められた量だけ正確に散布できるのです」

彼は鉛筆とメモ用紙を持ってきてくれるよう頼み、機械から散布ユニットを外すと施肥にも使えることを、小さなスケッチを描いて図解してみせた。

教授はスケッチを取り上げて眺め、眉を高くあげて何度もうなづいた。商業顧問官は労働者の要求が果てもなく高まるのを嘆いていた。いったいどうなるのか、神のみぞ知るですよ。フォイエルシュタインは逆に将来をまったく楽観し、商品と名のつくものすべてで人は金儲けできるのですと言った。輸出と輸入に全力を注ぎ、生産は全然考えに入れていないそうだ。弁を尽くしてフォイエルシュタインは商業顧問官に自分の理念を開陳した。彼が〈商品〉という言葉を口にするとき、その口調には宗教さながらの熱情が籠っていた。教授はあいかわらず肥料機械のスケッチを手にしていた。議論にほとんど興味の持てなくなった婦人連は、いつまたスイスのチョコレートや絹織物やフランスのファッション雑誌やイギリスの浴用石鹸が手に入るようになるかを知りたがった。

ヴィトーリンは気分を害して空《から》になった自分のティーカップを見据えていた。一向に終わろうとしない会話は彼をたとえようもなく憤慨させた。フォイエルシュタインと商業顧問官の二人が彼を敵に回して徒党を組んでいるようにも思えた。あいつらはたえまなく輸入の促進について、外国貿易について、販売地域について、市場相場について語り合っている。まるでわざとセリュコフの話を出させないようにしているみたいだ。おまけに女どもはくだらないお喋りばかりしている。愚かしいまったく意味のない笑い声。とてもがまんできない。なんのためにここに来たというのだ。ヴィトーリンはエンペルガーにこっそり合図を送った。だが彼は気づかないふりをした。

そのうちテーブルの端に座ったコホウトの友人が大げさな身振りと声音で、兵士評議会の将来活動計画を一席ぶちだし、見ていてはらはらするような動作でティーカップを振り回した。

「同志諸君！」彼は叫んだ。「いよいよ時は来た。われわれの時が。もうずいぶん長いあいだ――コホウト、いいから喋らせてくれ。さもなきゃ一発お見舞いするぞ――同志よ、俺たちはずいぶん長く、驢馬《ろば》みたいに背を屈めてきた。いま声をあげるのは俺たちだ。まずは民衆やその恋人を搾取するものを引っぱってきて身ぐるみ剝がす。それから奴らの車はみんな没収して、共和国中を足でしか走れないようにする」

「失礼」フォイエルシュタインが口をはさんだ。「われわれはまだそこまでは行ってない。わたしの知るかぎりでは将来の国家形式については最終的決着はついていない。今のところわれわれはまだ君主制下で生きている」

この点についてブラシェクは譲歩した。

「どうとでも好きなように呼ぶがいい。俺は喜んで受け入れる」彼は言った。「いったん事が起これば車に乗って家々をたずね回る。石炭、小麦粉、ラード――奴らが溜め込んでいるものはすべて、労働階級に分配される」

「それで君に取りあげられたものは飢え死にするってわけか」商業顧問官が反論した。

「俺たちに食べるものがあるかなんて、お前らが聞いてくれたことがあるか」ブラシェクが叫んだ。

「皆さん、皆さん、どうかそう昂奮しないでください。どうにもわけがわかりません」エンペルガーが怯《おび》えて呼びかけた。「どうか落ち着いてください、同志ブラシェク、あなたの言うことはまったく正当です。いやしくも理性のある者なら誰だって見通せるはずです。しかしですよ、ご婦人がたは政治の話を聞くのを好みません。ダンスを好みます。同志、あなたもダンスをしませんか」

「なるほど理に適っている」労働者代表が言った。

「それではそうしましょう。みなさん相手のご婦人をお選びください。何の曲にしましょうか。ワルツですか、もっと新しいのがいいですか。ワンステップにしますか。それともフォックストロットとか」

「フォックストロット！　フォックストロット！　わたしあれに目がないの」ハンブルガー嬢が叫んだ。

　エンジニアは「さらば恋人よ」がいいと言ったが、ホフマン嬢はボストン（社交ダンスの一種）の「茶のストライプのスカート」を望んだ。フランツィ・ロートはタンゴじゃなけりゃ踊らないと言った。だが最後にはワルツに決まった。

　ダンスは隣の部屋で行なうことになった。商業顧問官と画学生は〈孤島〉となり、前を通り過ぎるダンスパートナーたちについて小声で、女たちの美学的長所に関する意見を交換した。兵士評議会員はハンブルガー嬢に「同志」と呼びかけ、ダンスの逆まわりでも隅に置けないことを示した。

　ヴィトーリンは教授とフォイエルシュタインとともにティーテーブルに残った。ついに絶好の時が来たと彼は思った。そして立ちあがって扉を閉めた。

「さて、これでもう邪魔が入らなければいいんですが」ヴィトーリンは言った。「ずいぶん長く待ちました」

教授は目をあげた。

「退屈したか、ヴィトーリン。とても楽しいじゃないか。あのエンジニアだけは神経にさわったが。あの男と奴の肥料機械にはうんざりだ。種まき機なんかに興味はない。ここに来たのは――」

「僕がなぜここに来たのかに興味はおありですか」ヴィトーリンは棘《とげ》のある口調で教授をさえぎった。「それともこう思っているのですか。もっとましなことがないから、僕が一晩中どうでもいい人たちと――」

ヴィトーリンはこの種の社交への軽蔑を一言で表す言葉はないかと探したが、思い当たらなかった。

「ヴィトーリン、君は少々気難しすぎる」教授が言った。「どんな楽しみを期待していたんだ。インドの奇術かコロラトゥーラの歌か。それともベリーダンスか。わたしはたいそう楽しんだ。ヘルナルス（ウィーン第十七区）から来た同志君の――」

「笑いごとじゃありませんでしたよ」気を悪くしたフォイエルシュタインが言った。「あの恥知らずめ。いったい何考えてやがる。厚かましさにもほどがある。田舎者のごろつきにduで呼ばれる筋合いはない」

「君のつやつやした薔薇色の享楽的な顔には、人民の友を挑発する何かがある」教授は指摘した。「好人物には生きにくい時代だな、フォイエルシュタイン」

「話はまだまだ尽きないこととは思いますが──」ヴィトーリンが憤怒をなんとかこらえて言った。「どうか、どうか、気を悪くしないでください。二人に知らせることがあるのです。今日はそのために来ました。でも、先に言ったように、待ってもかまいません」

教授はけげんそうにヴィトーリンの顔を見た。

「いやにとげとげしてるじゃないか、ヴィトーリン。何かあったのかね」

「何かあったかですって」平静をよそおって彼は言った。「何もありませんよ。ロシアから知らせが入っただけです。セリュコフはモスクワにいます」

ヴィトーリンは昂奮を隠すため、煙草に火をつけた。そして、手榴弾のように投げつけた自分の言葉が効果を現すのを待った。

「本当かい。そりゃ面白い」教授は言った。「するとセリュコフはモスクワにいるんだな。まったく面白い。もう一度言ってくれ、わが友ヴィトーリン──するとあの幕僚大尉は、まだ君の頭を離れないのだね」

ヴィトーリンは短く激しく一服吸った。

「どういう意味です。何をおっしゃりたいのでしょう、教授。僕にはわかりません」

「わからないだって。よろしい。では思い返してみたまえ。チェルナヴェンスク。収容所。ノスタルジー。魂の抑圧。不毛で単調な日々。通信の禁止。故郷との音信不通。運命は司令官の気分次第という意識。われわれは皆精神の平衡を失っていた、あのかわいそうな空軍少尉がマラリアで亡くなったとき。われわれは自分を惨めに感じた。精神が病んでいたんだよ、ヴィトーリン。だからあらゆる捕虜に典型的な夢想に逃避した。いつか戻ってきて復讐してやる！　確かに心の安らぐ夢だった。最悪の時をやりすごさせてくれた。でもしょせんは病の一症状にすぎない。今になってもそれがわからないのかね」

ヴィトーリンは煙草を投げ捨てた。そして勢いよく立ち上がり、無言で教授をにらみつけた。

ダンスをしている隣の部屋から同志ブラシェクがやって来た。彼は額の汗を拭《ぬぐ》うとウールのセーターを脱いだ。

「くそ暑い」彼は言った。「すみません皆さん、すぐ戻ります」

そして扉を開けたまま出て行った。ワルツが終わり、休憩の時間になった。コホウトは、ブラシェクのハーモニカを伴奏に、ワインでご機嫌になった声で軍歌を披露した。

「俺の死骸に連れ添うのは誰だ

俺の死骸に連れ添うのは誰だ
グラスと皿と
ワインとビールと
酒場のおかみがよたよた行くさ」

「重症の精神異常だった」教授が続けた。「明らかに正常ではなかった。だがそれもようやく終わった。われわれはふたたび故郷に帰り、何もかも過去になった。今は仕事のときだ、戦争を忘れて一からやり直さねばならない。コホウトめ、あの歌もろとも悪魔にさらわれればいい。あの妙な言葉はわけがわからん。戦争を忘れること、耐え忍んだあらゆることを記憶から消すことだ。シベリアは悪い夢にすぎなかった、チェルナヴェンスクは悪夢にすぎなかった。それを何かね、君はまだもってあの幕僚大尉にかかずらってるのか。奴がモスクワに行こうがどうしようがそっとしといてやらんか」

「言うことはそれだけですか」ヴィトーリンが聞いた。

隣室からグラスの鳴る音と笑い声とハーモニカの湿っぽい音とコホウトの歌が聞こえてきた。

「俺の墓石《はかいし》に供えられるのは何だ

俺の墓石に供えられるのは何だ
ソーセージとパンと碑銘
『何もかも酒に換えた
　兵士ここに眠る』」

「あなたの話が終わりなら、教授」昂奮して色を失った顔で、ヴィトーリンは刺すように言った。「次は僕から言わせてもらいます。浅ましいことです。ええ、あなたの面前で言いますとも、卑劣で浅ましいことです。皆といっしょに誓っておきながら、事もあろうに言い逃れをする、あれは何もかも――精神異常とか言って。ああ、あなたが恥ずかしい。あなたは臆病者だ。怖がりだ。それだけにすぎない。精神異常とか病的症候とか心機一転とか、そんな決まり文句の裏には恐れしかない。あなたのような人間がいることが情けない。あなたの正体が今わかった、僕は知った、すくなくとも――」
「注目！　同志たち！」兵士評議会員が叫んだ。「さてお立会い、これからが本番だ。頼むぞ！　コホウト」
「よしきた」コホウトが言った。そしてハーモニカの伴奏に合わせて歌いだした。

「道の掃除をするのは誰だ

道の掃除をするのは誰だ
銀の徽章をくっつけた
やんごとない旦那がた
やつらが掃除をするだろうさ」

「ブラボー！」商業顧問官が熱狂して叫んだ。——彼は戦時中は二か月間役所で事務仕事をしただけだった。「ブラボー！　その調子だ。彼らもわれわれみたいに、自分でパンを稼ぐべきだ」

「すくなくとも僕にはわかりました。あなたが僕をどう思っていて、あなたの誓いがどれだけの重みを持つかということが」深く打ちひしがれた気持ちに怒りは萎《しぼ》んでいった。

教授は矛先をかわして冗談にしてしまおうとした。

「もちろんちゃんとわかっているさ、ヴィトーリン。わたしはぐうの音もでない。でも何ができるっていうんだ。わたしは現状に甘んじるしかない。せめてもの慰めは、君だってあと二か月もすればわたしと同じふうに考えるようになる、そう思うことだ。そもそも今どきそんな簡単にロシアに戻れるとでも思ってるのかね」

教授は敵意ある拒否、蔑《さげす》みにあふれる目で遇せられた。

「簡単かそうでないかは僕の問題です。もうあなたに心配してもらう必要はありません」ヴィトーリンは言った。「意志さえあればなんとかなります。あなたのような人はそれを理解しません。僕はセリュコフと決着をつけます、まかせてください。あなたがた全員が僕を見捨てても、物乞いしながらモスクワまで歩いていかなきゃならないとしても――」

「もういい、ヴィトーリン」教授がさえぎった。「君の憎悪の真の性質が見えた。君の言葉はバラードもどきに響く。まったくもって、奇妙なタイプの憎悪だ。ヴィトーリン、こんな古い歌を知ってるか？――どんな火だって、石炭だって――」

「おいこら、コホウト！」同志ブラシェクが叫んだ。「どうした。今日はギロチンの滑りをよくしないのか」

「すぐやる。もう少し待ってくれ。ものには順番がある」コホウトが言った。

そしてピアノに歩み寄って、左手で処刑人の歌を弾いた。雷のような声でブラシェクが和した。

「ギロチンの滑りをよくしろ
ギロチンの滑りをよくしろ
貴族の脂で滑りをよくしろ
奴らの妾《めかけ》を――」

「どうかお願いだ、同志。なんてことしてくれる。やめてくれ」エンペルガーが必死に叫んだ。「本当に困る。上の階には宮廷顧問官が住んでる。今に苦情を言いにくる。もう床を二度叩かれた」

「来るなら来やがれ、反動の犬め」ブラシェクが叫んだ。「そんな度胸があるならな。首をちょんぎってやる。半時間で目なしの猫みたいに地面に叩きつけてやる――妾を奪え、妾を奪え――さあ同志たちもいっしょに！」

三人の令嬢が腕を組んでこちらの部屋に戻って来て、最後にハンブルガー嬢が仕切り戸を閉めた。

「やりたいだけやればいい」彼女は言った。「かわいそうなルーディ（ルドルフの愛称）、明日はぺこぺこ大謝りでしょうね。とにかくわたしはもうたくさん」

ヴィトーリンはフォイエルシュタインのほうを向いて言った。

「あなたはどうです。やはり逃げるつもりですか」

さほど遠くない過去に「俺にまかせてくれ」と一度は言い放ったフォイエルシュタインも今は肩をすくめて黙ったままだった。

「わかりました」ヴィトーリンが言った。「僕はあなたがたを見限ります。もう口をきくこともないでしょう」

ホフマン嬢が興味津々の顔をして寄ってきた。

「あなたたちけんかしてるの。なんだかそんな感じよ。何が起きたの」

教授は安楽椅子に身をもたせかけ、にこやかな顔で煙草をふかした。

「なに、たいしたことじゃありません」教授は言った。「わが友が何がなんでもモスクワに行くって言うんです。ロシアの将校をやっつけに」

＊

裏切られ嘲《あざけ》られ、三人の若い娘に白痴的な浮ついた笑い声を浴びせられ、憤怒と恥辱に顔を歪めながらヴィトーリンは部屋を出て行った。この家にはもう何の用もない。

玄関の間で、まだ雨で湿っているマントを召使に手伝わせてはおりながら、コホウトと少し話をした。

「やっぱりな。いわんこっちゃない」左右交互に足踏みしながらコホウトは言った。「ブルジョワには名誉の感覚も気概もない。気がつかなかったか、あいつら、フォイエルシュタインと教授め、俺たちが革命歌を歌いだしたら部屋を出やがった。なんて野郎だ」

＊

ローラが小部屋の戸を開けた。隙間からのぞくとゲオルクはまだ寝ていなかった。服を着かけたままベッドに寝ころんで赤い冊子をめくっていた。

ローラは部屋に入った。

「起きてるの？」彼女はたずねた。「兄さんが寝てないってわかってたら、もっとずっと早く来たのに。今何時だか知ってる？　十時四十五分。一時ころ帰ってきたんでしょ。父さんが音を聞いたって。楽しめた？　ともかくおはよう。朝食を持ってこようか」

ゲオルク・ヴィトーリンは冊子を閉じた。

「いやいい。すぐそっちに行く。もうずっと前から起きてたんだ。ちょっとロシア語を勉強し直してた。語彙とか練習問題とか、話が通じるようにするために。楽しめたかだって。それはどうだろう。ともかく学ぶところの多い夜ではあった。――それで何か用かい、ローラ」

兄と話そうとしているのは切実な問題だった。彼女が深く尊敬している下宿人のバンベルガーさんがゲオルクに関心があって、知り合いになりたいと言っている。兄さんにとってとても大切なことかもしれないのだそうだ。でもローラは、ひとまずそれほど重要でないと思うことから話したかった。

「フランツィが今日来たの。朝まだ早いうちに。お昼にドームカフェ（シュテファン大聖堂近くのレストラン）で会えないかって。あの人は一日中働いていて、一時ころに半時間だけカフェハウスで軽い食事ができるくらいなんですって。行ってあげなさいよ。この一週間ぜんぜんかまってくれないって、ひどく嘆いてたわ」

「でもフランツィは、僕に暇はないってことは十分わかってるはずだ」じれたようにゲオルクは声をあげた。「朝から晩まで一日中、打ち合わせ、会議、あっちこっちに飛びまわっている。昨日なんかは午後に第四区で用が――大切な打ち合わせがあった。――半時間後にはプラター通りのカフェ・スプレンディッドに行かなきゃならなくて、そのあとは家に着替えに戻って、プリンツ・オイゲン通りで打ち合わせ――実にあわただしい。そのあとは何時間も駅に立って、帰還兵を乗せた列車が来るのを待っている。僕はある種の情報を必要としている。調査が必要だ。これは他人には任せられない仕事なんだ。こういうのは全部フランツィにも知らせた。それなのにどうして僕を悩ませるんだ」

　ローラはどう答えていいかわからなかった。

「もっとも今日からは違う」ヴィトーリンは続けた。「もう駅で立たなくてもよくなった。知りたいと思ったことは全部聞いた。事前の話し合いも終わった。今後は働いて金を稼がなきゃならない。ほんとうに今十一時十五分前なのかい。すぐ支度して出かけないと。ぐずぐずしちゃいられない。午前中を何もせず過ごすなんて、こんなことはあってはならない」

「あと何日かはゆっくりしてもいいんじゃないの」妹が言った。「お父さんが言ってたけど、十五日までは職場に行かなくてもいいんですってね」

「職場でタイプライターを打ちまくれっていうのかい」ゲオルクは声をあげた。「そんなことは考えていない。月に百八十クローネ、うまくいけば来年から二百クローネ――これが稼ぎといえるのか。映画館でヴァイオリンを弾いたほうがましだ。ねえローラ、いま金を稼ぐとしたら何がいいんだろう」

ローラはベッドの縁に腰掛けた。

「ねえ聞いて兄さん、ほんとは昨日言うつもりだったんだけど、ほとんど会えなかったから。ところで映画館のこと――真面目な話じゃないでしょ。わたしたちのような家のものがする商売じゃない。わたしだってやろうと思えば自分の声で――場末の演芸場でシャンソン歌うくらいならなんとかなると思う――そっちのほうがずっといい、エーベンゼーダーなんかに――ゲオルク、今日また揉《も》めたの。父さんがこわいほど怒った。ちょっと前からいらいらし通し。大変な心配ごとがあって、たぶん辞めさせられそうなんじゃないかしら。十七年しか勤めてないのに。こんなことってないわ。でもわたしから聞いたって気取られないようにしてね。父さんはそのことを話されたくないの」

敗戦。旧軍隊の解散。君主制の消滅。帝国の崩壊。それらがヴィトーリンの父の精神の平衡を崩した。父は時代の流れを受け入れることができなかった。独善家で喧嘩早い彼は、自分が世間から敵視され迫害されていると信じた。法律の基礎知識もなく、法律行為の複雑な性質も理解できず、みずからの管轄で何度も過ちをおかし、誤った税率を適用した。釈明を求められると、自分を政治的陰謀の犠牲者とみなし、抗戦の構えを見せたが、立場をいっそう悪くしただけだった。より上の部署へ請願書を送り、直属上司をさんざんに非難した。策略家で無知無能な公金の寄生虫と上司を呼び、賄賂を取り下劣で国家公務員にふさわしくない生活を送っていると告発した。すぐさま実施された調査によって、この告発は事実無根の中傷であることが判明した。父は依願退職を勧告されたが、それには「辞めさせられるいわれはない。最後まで戦い抜く。裁きは正しきにかえる(旧約詩篇、九四：一五)はずだ」と応じた。

そこで父は担当職務から外され、最終決定は懲戒委員会に委ねられることになった。家庭では自分の立場には何の変化もないというフィクションを押し通した。以前のように朝の九時にアタッシェケースを持って家を出て、きっかり三時半に帰ってくる。そのあいだは遠く離れた小さなカフェハウスで新聞を読む。機嫌を損ねる箇所には青鉛筆で感嘆符や疑問符をつける。読み終えると小声で独り言を言い出すか、懲戒委員会に提出するつもりの弁解を便箋に果てしなく綴《つづ》る――

「父さんが辞めさせられるって？　馬鹿らしい。ローラ、お前はいつも悪いほうにばかり考えるね」ヴィトーリンはそう言った。「そもそも父さんはいくつなんだ。今年の夏でようやく五十四じゃないか――それで今朝何があったんだ」

「ああ、またエーベンゼーダーのこと」ローラが答えた。「父さんがわたしに怒鳴ったの――聞こえなかった？『まったくけしからん。お前はあの人になんて態度をとるんだ。いったい何を考えているんだ。あの人が懲《こ》りずに家に来てくれるのは奇跡だ。しっかりした礼儀正しい人なのに、お前にはそれがわからないのか。――お前はいつもそうだ。愚かでわがままでうぬぼれで軽率だ。いまにひどい目にあうぞ――』だからわたし、わっと泣き出して部屋を出たの。ねっ、ひどい顔になってるでしょ。それでも父さんが可哀相でたまらない。ねえゲオルク、わたしこう思うの。もしまた兄さんがこの家にいてくれたら、すくなくとも味方ができるって――」

「あせっちゃいけないよ、ローラ」ゲオルクは唇に苦渋をにじませて言った。「もちろんお前は僕を頼りにしていい。僕だってあのエーベンゼーダーは虫が好かない。でも僕は行かなきゃならない。四週間か五週間後には戻れると思うから、そのときは父さんのところに行って真面目にこう持ちかけてみよう。エーベンゼーダーを追い出してください。さもなければ僕ら二人がこの家を出ますと。もし父さんが折れなければ……」

妹は微笑んだ。

「兄さん、あなたっていい人ね。それはわかってたけど、事は兄さんの考えてるほど単純じゃない。父さんを見捨てるわけにはいかないでしょ。でもそんなことまで言うつもりじゃなかった。どうしてこんな話になったのかしら。ぜんぜん別のことを話したかったのに。一昨日の晩、ひとりで食堂にいてそろそろ寝ようかと思ったとき、ノックの音がして――下宿してるバンベルガーさんが顔を見せて、一分でいいから話があるっていうの。わたしがどうぞって言うと、兄さんがフランス語とイタリア語を完璧に話せて、税関手続と、特に運送業務に詳しいってことをどこからか聞いたそうで、これはまさに自分が探している人材なんだって」

「誰から僕がフランス語とイタリア語を話せることを聞いたんだろう。そんなに僕のことを何でも知ってるなんて気味が悪いな。何も関わりがないのに。その下宿人のことはよく知ってるのかい」

「もちろん折に触れて顔はあわせるわ。あの人の部屋を掃除するのはわたしだから。もの静かで品がよくて控えめな人ね。ヴァリーをとても気に入ってるみたいで、ときどき話しこんでるわ。兄さんのこともヴァリーから聞いたのかもしれない」

「なるほどね。それで僕に何をさせたいんだろう」

「バンベルガーさんは外国とかなり取引があるみたい。イタリアやバルカン諸国なんかと。いままでは仕事は全部カフェハウスでやってたけど、来月はじめから自分の事務所を開くそうなの。自分の口から兄さんに話したいって言ってたわ。候補はもちろんいっぱいいるけど、お兄さんの場合は人物がしっかりしてるんだって。元手はあんまりなしで開業するんで、お給料ははじめはあまり払えないけれど――成功は間違いなくて、ゆくゆくは兄さんを共同経営者にするつもりだとも言ってたわ」

「要はそこだな。僕をこき使いたいんだ。あくせく働かせて、一文も払わないってわけだ。みんなそうだ。約束なんかあてにできるか。お前は世間知らずだよ、ローラ」

「それでも一度会ってみたほうがいいと思う。もちろん無理にとは言わないけど。そういうことは何も知らないから。でももし本当に今の仕事を辞めるつもりなら――バンベルガーさんは悪い人じゃないし、自分のやりたいことはちゃんとわかっているみたい」

「わかった。そのうち会ってみるよ。おや、もう十一時だ。でも僕はあまり期待していない。何か約束するようなことはないだろう。人間なんて誰もあてにならない。名誉を知らないごろつきばかりだ。僕はつくづく思い知った。ローラ、何ごとも経験だよ」

*

ドームカフェの窓際のアルコーブに二人は向かい合って座った。昼食を終えたフランツィは煙草はないかとたずねた。ヴィトーリンは煙草入れの蓋《ふた》を開けて彼女に差し出した。

「ロシアの煙草がまだ少しある。遠慮なく吸っていいよ。吸い口つきのやつだ。クリミアの煙草だ。シベリアでは中国煙草を吸う人もいた。極上の品で、独特の香りがする。

だがなかなか手に入らない。そういうのを吸ってたのは一人しか知らない」

　そこで彼は言葉を切り、煙草を左手の薬指と小指の先で独特のしぐさで挟んで持とうとした。しかしうまくいかずあきらめた。

「一時までに事務所に戻らなきゃならないの」フランツィが言った。「でも話すことはたくさんある。あなた知ってる？　ザグレブの人がまた何か言ってきたの」

　ヴィトーリンは自分から遠ざかりつつある。フランツィには日一日とそれが痛感されてきた。彼の心にもう自分はいない。ヴィトーリンをまったく失うのではないかと彼女は恐れた。謎めいた力が遠くから彼を引き寄せるのをおぼろに感じて、むざむざ放しはしないと心に決めた。彼の心をつなぎとめておくために、消えかかった愛の火を新たに煽《あお》りたてるために、ありもしないアヴァンチュールを語り、架空の男が自分にうるさくつきまとっていると話した。クロアチアの大学生が苦労してウィーン子の話し方を真似して言い寄ってくるの。それにセンチメンタルな大男もいる。リュートを弾きながらすばらしい声を聞かせるその人はスウェーデン大使館の伝令なの。それから若い男爵もいて、厚かましい男で、わたしを部屋に住まわせて、いっしょに旅行に行こうとしてるの。

「ザグレブから来た人だって？　医学生？　またウィーンに来たのかい？」ヴィトーリンがたずねた。

「ええ、一昨日わたしの職場に電話をかけてきたの。止めてってもう二度も言ってるのに、ちっともこたえない。あっちこっちから電話がかかってくるんでたまらないわ。上司が何と思うかしら。——いまに見てごらんなさい、いいことを聞かせてあげるからってわたしが思ってるのに、あいかわらず嬉しそうに電話で話してるの。『やあ僕の宝石、君に会いたくてたまらないよ。元気かい。上司の奴はどうしてる』——それで電話じゃわたしを du で呼ぶの。わたしがけんかができないって、あの人はよくわかってるの」

フランツィはここで話を切ってヴィトーリンを見やった。だが期待した反応は出ていない。まったくどうでもよさそうな表情で黙って話を聞いている。

「それでね」彼女は話を続けた。「わたしは思ったの。ちょっとからかってみたらどうかしら。そこで無邪気に聞いてみた。『ミロシュさん、こんどはもっと長くいらっしゃるの。十二月のはじめまでここにいらっしゃるおつもり？』実は両親が月末に日曜にかけて田舎に伯父さんを訪ねに行くことになってるの。伯父はグログニッツ（ウィーンの南西約八〇キロメートルの所にある山間地）で農業をやっていて、それをとても楽しみにしてるんだって。両親は土曜に発って月曜の朝帰ってくる。そのあいだわたしは家で一人きり。マリーばあやには休みを取らせて故郷に帰らせたから。でもこのことはもちろんザグレブの人には言わなかった。何を考えるかわからないから。そうしたらね、聞いてちょうだい。その人何て言ったと思う？」

「はて？」

「笑ってこう言ったの。『もちろん十二月一日にはまだウィーンにいるさ。わざわざ聞くまでもない。もしかしたら一人きりでいるのかい。何ということだ、それじゃ君の家に行けるね』わたしは声も出なかった。どうしてわかったのかしら。そのとき思いついたの――ねえゲオルク、もしあなたが一日中わたしのところにいたら――あなたのお家の人には遠出するって言っておけばいいでしょ。そしてザグレブの人が呼び鈴を鳴らしたら、あなたが出ていって扉を開けて言うの、何か御用ですかって。そしたらあの人だって退散するしかない――どう、面白いと思わない？」

ヴィトーリンは目をあげた。彼女の目におずおずとした願いと無言の約束があった。

「一日中いっしょにいられるわ。二人っきりで」彼女は小声で言った。「こんなことって今までなかったでしょ」

ゲオルクは彼女の肩に手をやってひきよせた。彼女は抵抗しなかった。すこしのあいだ二人はぴったりと寄り添っていた。

「もちろん行くとも。必ず行く」ゲオルクがささやいた。「どんなにこの日が来てうれしいか、君にわかってほしい」

「だめ、ゲオルク、給仕が見てる――それじゃ決まりね。その日は空けておいて」

「もちろんだ。君の男爵はその後なんとも言ってこないのかい」

手を振って彼女は男爵を追いやった。もう彼に用はない。

「ああ、あの人？」彼女は言った。「手紙をよこしてきたわ。でも送り返してやった。もちろん中を見ずに。何を考えてるかなんて丸わかり。さあそろそろ行かなきゃ。もう上司はかんかんになってるでしょうね。それであなたのほうはどうなの？　全然話してくれないのね。またもとの職場に戻るの？」

不機嫌そうにゲオルク・ヴィトーリンは吸殻を地面に投げた。

「馬鹿馬鹿しい」彼は言った。「植民地の奴隷じゃあるまいし。百八十クローネで朝から晩までタイプライターの前に座ってろっていうのかい。もう辞めるよ。時間がもったいない。あんなとこ二度と行くもんか。会社の人には何とでも思わせておけばいい。もう会うこともないだろうから」

フランツィは頭を振った。

「そんなあっさり投げ出しちゃだめ。馬鹿なことしないで。ねえゲオルク、ちゃんと届けを出せば三か月分の退職金が出るのよ。大きな株式会社なら今はだいたいどこもそう。三か月なら――ええと――五百クローネかな。それをむざむざ会社にあげてしまうなんて、なんて気前のいい人でしょう」

ヴィトーリンはあぜんとして彼女の顔を見た。必要な金をこんなふうに調達できるとは思ってもみなかった。

「もちろん」彼は言った。「その通りだ。五百四十クローネ、これはどのみち――君の言うとおりだ。これをふいにはできない。今日にでも会社に行ってみよう」

ヴィトーリンは頭のなかですばやく計算した。この半分あればロシアとの国境まで行ける。ウィーン――ラトカースブルク（スロヴェニアと国境を接するオーストリアの郡）――ベオグラード――ブカレスト――ガラツィ（モルドヴァとの国境近くにあるルーマニアの都市）。ガラツィからティラスポリ（ウクライナとの国境近くにあるモルドヴァの都市）。よし、計算は合っている。

ヴィトーリンは立ち上がった。そしてさっき言ったことをくりかえした。

「まったく君の言うとおりだ。さっそく局長がまだいるか電話してみよう。電話ボックスはどこだっけ」

「向こうのビリヤード室、三番目の扉」フランツィが言った。「待って、いっしょに行かせて。二、三分ならまだ時間があるから」

電話ボックスの中で彼女は彼にキスをさせ、自分からもキスを返した。外ではビリヤードの球やドミノの札がぶつかる音がして、文字が乾ききっていない昼のメニューを手に給仕がテーブルからテーブルへせかせか歩き回っていた。彼女はそれからなお少し立ったまま、幸せそうに微笑んだ。まるで遥か彼方から恋人を奪おうとする得体の知れない暗い力を、今のキスですっかり打ち負かしたとでもいうように。

＊

〈ドナウ流域および海外輸送・倉庫国際株式会社ムンドゥス〉が入っている建物は、悲しげに外を覗く細長い窓と、モルタルと漆喰が剝げ落ちて灰色に汚れた壁のおかげで見栄えはあまりよくなかった。これはずっと以前からそうだ。この会社は外に対する威容に重きをおいたことがない。何も変わってはいなかったが、それでもヴィトーリンには見慣れないものになったという感じを受けながら門をくぐった。戦争がはじまったときは、国防士官候補生の軍服姿でここを後にしたのだった。

新しい門番が眠そうに帽子に手をのばした。中庭にコークスが荷降ろしされていた。階段のところとガス灯で照明された廊下で、ヴィトーリンは顔を知らない若い人たちに会った。その一人が彼を呼び止めて、礼儀正しく、どちらの部署に御用でしょうか、受付窓口なら三階にありますが、と聞いてきた。ヴィトーリンはあいまいに返事をして先に進んだ。

とうとう見知った顔に出会った。局長付事務員だ。もう年寄りで、仕事のあと建物の向かいにあるカフェハウスでビリヤードをするときは年金暮らしの宮廷顧問官と見間違えられた。彼はヴィトーリンに、よき時代からの友に対するように挨拶をした。

「ヴィトーリンさんじゃないですか。こいつは驚いた。それじゃもう帰ってこられたんですな。何年いらっしゃってたんですか。いや、わたしに勘定させてください。ここに入ったのは一五年でしたな。いや違った、一四年でした。最後通牒のすぐあとでした。

こんなになるなんて誰が思っていたでしょう。嘆かわしいことです。大勢の若い命が――いったい何になったんでしょう――いやそれでも、ヴィトーリンさんに会えてほんとうによかった。まったく奇遇です。もし来週いらしたならもう会えなかったでしょう。退職しますから。ええそうです。勤続四十年目になるんです」

「引退できてさぞ嬉しいだろうね。四十年間働いたあとで――よくわかるよ」ヴィトーリンが言った。「これからもウィーンにいるのかい」

「嬉しいですって。まあ考え方によりますね」老人が言った。そう言うあいだにも自分の小さな机の上の書類の束を重ね直して整理をしていた。「ここもすっかり変わってしまいました。新しい人ばかり、新しい顔ばかり――あたりを見ると法学博士ばかり。頭に入ってこない名前もたくさんあります。ウィーンは引き払います。こんなに物価の高いところに、何が嬉しくて居続けなければならないのですか。子供もおりませんし――フォラルベルクの女房の親戚のところに身を寄せるつもりです。田舎だとまだわたしの懐具合でもなんとかなります。小さな家と、もしかしたら狭い庭に足るほどの貯金もありますし。あと一週間、そのあとはさらばウィーン、また会う日まで、pfüat di Gott（オーストリア方言で「さようなら」の意味）です」

ヴィトーリンは同意するようにうなづいた。そして局長に会えるかとたずねた。老事務員はもういちど握手すると、来客のあったことを告げるため、静かな足取りで局長室に入った。

局長はヴィトーリンを温かく丁重に迎えた。ラテン語の引用句——“post tot discrimina rerum”（数々の危難ののちに）（ウェルギリウス『アエネイス』第一巻二〇四—二〇五）——を交えて彼の帰還を祝い、大切な部下がふたたび職場に戻ってきたことに満足の意を表した。ヴィトーリンははじめは言葉が出てこなかった。今必要なのはみずから動くことだ——局長はそう言っていた——あらゆる暴力に抗してみずからを保持しなくてはならない。今は仕事なら十分にある。国家間の通商もむろん全面的にとはいかないが復活しつつある。戦争で経済生活がこうむった傷は癒されねばならない。新しい時代は新しい問題をもたらす。まさにそれゆえに、あらゆる人間は、いかなる立場にあろうとも、みずからの義務を遂行せねばならない。君はさしあたり会計課に配属される。というのも以前の君のポストだった副フランス通信員は当然のことながら別のものが担当せざるをえなかったからだ。

局長は小さな声で、控えめながら感情のこもった身振りをまじえて、親身な口調で話していた。ヴィトーリンは軍隊式の姿勢で立っていたが、視線は局長をかすめ、耳は何も聞いていなかった。奇妙なことが起こった。彼はある想像をもてあそんでいた。時をやり過ごすために、少しのあいだだけ、ここからはるかに遠い別の部屋にいて、壁に映る影はセリュコフの影だと思ってみた。だがこの想像は彼自身より強く、彼を捉えて放さなくなった。外で雪が荒れ、扉の向こうでグリーシャがティーマシンを掃除し、炉で炎が揺らめいている。書き物机は本でいっぱいで、一番上にフランス語の小説が載っていて、口絵で裸の女が山猫とたわむれている。向こうの第四仮屋のなかで戦友たちが知らせを待っている。セリュコフが書類から目を上げた。舌が上唇を舐め、ランプの光が薄く日焼けした細い手に落ちた。そして今——

「それは将校のふるまいではない。フランス語では——もう行ってよい。ポショル」見下げはてた奴め。僕を侮辱するなんて。なぜあれをがまんしたのだろう。顔を殴りつけ銃殺刑にされるべきだった。あのとき顔さえ殴っていれば！　遅すぎる。もう遅すぎる。

「思いがけない話に不満のようだな」局長が言った。「誤解しないでくれ。これは一時的な措置として考えられていることだ。なにも——」

ヴィトーリンはわれにかえった。過去の時間はまつわりつくのをやめ、彼を解放した。いいや遅すぎはしない。問題は金だけだ。何百クローネかの問題だ。それさえ手に入れば、何とか調達できれば、そのときはミハイル・ミハイロヴィチ・セリュコフよ、あのときの話の続きをしよう。

「会社が」局長が続けた。「君の語学力と通信係としての実務経験を今後もずっと無視するつもりだと思われては困る。保証してもいい、そんなことはしない。君のことはちゃんと考えてある。明日か明後日に君の新しい上司のシェードル支配人に就任のあいさつに行きたまえ。あとのことは心配せず、全部わたしにまかせてほしい」

ヴィトーリンは困惑した笑みを浮かべ、目を局長からそらせ緑色の絹のシェードがかかった卓上ランプを眺めていた。話の流れがあらかじめ整えた計画と大違いなので頭が混乱した。自分はきっとビジネスライクな冷ややかさで無関心に迎えられるだろうとヴィトーリンは信じていた。それなら終身雇用の保証を局長に投げ返し、退職金を当然の権利として持ちだすことも訳なくできただろう。だがこれほど親身な、友情といってもいいほどの口調で語りかけられ、語学力さえ認めてもらい褒められるとは思いもよらず、そのため事態は難しいものになった。こんなときぶっきらぼうに退職を乞えるだろうか。だが金はどうしても要る。一文なしで行くわけにはいかない。局長はじれてきたようだ。革のバインダーを鉛筆で叩いている。

「申し訳ありません」すぐに心を決めるとヴィトーリンは言った。「あなたの貴重な時間をこれ以上使うことになって――でも仕方がないのです――事はそう簡単には――」

彼は詰まった。適切な言葉を選ぶのはそれほどたやすくはない。彼はあらためて突撃した。

「局長がどうお思いになるかわかりませんが、はなはだ恐縮なのですが、よんどころのない事情がありまして――」

局長は椅子にもたれて、眼鏡のレンズ越しにヴィトーリンの顔を見た。

「いや、君が何を心配してるか、だいたいのところはわかっているつもりだ。不思議なことに戦場から帰ってきたものは誰も同じ悩みがあるようだ。前線でなんらかの財を蓄積できたものは一人もいないらしい。それはそれとして、当年八月十七日付評議会決議によって、戦場から帰還した従業員で扶養家族のいるものは全員、給与の三か月分に相当する額が見舞金として一時金で支給されることになった。君は結婚しているのかね」

「いいえ――もっともそうするつもりはありますが――」

局長は手を振って彼の話をさえぎった。

「あせらなくていい」彼は言った。「時間はまだある。――扶養家族がいないというなら、規定の額の前借りが許されるだけだ。これは一月一日から月々返済せねばならない。三階のウェーバーのところに行ってみたまえ――」

電話のベルが鳴った。局長は受話器をつかんだ。

「こちら国際輸送・倉庫株式会社ムンドゥス局長――ええ、わたしです――お電話ありがとうございます、ヌスバウムさん。ええ、その書類なら手元にあります。――いいえ、残念ですがあなたの見解には同意しかねます。できうるかぎりの譲歩はすでに行なっています――問題になりません。融通がきかないわけではありませんが――問題は――どうかこちらの言うことも聞いていただけませんか。まったくおっしゃるとおりです。問題は――どうか考え直していただけないでしょうか。わたくしどもの提案へのご返事は明日でけっこうです――残念ですが――何とおっしゃいましたか。それはすぐなさってくださってかまいません。――訴訟の結果は安んじてお受けします。ヌスバウムさん、では失礼いたします」

ヴィトーリンは局長に自分の仕事への熱意と顧客知識を証だてる機会だと気づいた。

「プラター街十五番のアドルフ・ヌスバウム商会ですね。石鹸と油脂製品を扱っている。電報アドレスはFettbaum, Wien。もし勘違いでなければ今の電話は社長からですね」

「そのとおり、ヌスバウム氏自身からの電話だった。君はこの会社と何かかかわりがあったのかね」

「ええ、もっとも古くからの顧客のひとりです。あの会社はおもにバルカン諸国とレヴァント（地中海東部沿岸）に輸出を行なっています。アドルフ・ヌスバウムさんは非常に気の短い方です。何か問題があるとすぐ訴訟で威《おど》してきます」

「みごとだ。とても長い間会社を空けていたとは思えない」局長が言った。「前借りのことならさっき言ったように人事課のウェーバーに相談してみてくれ。わたしの署名用に伝票をこちらによこしてくれと言ってくれ。そうそう、ついでで悪いんだが、このファイルを持っていって行きがけに発送部に渡してくれないか」

＊

コホウトがパスポートと必要なヴィザを手配してやろうと言ってくれた。けしてたやすくはないが、自分はそういうのが得意なんだ、と言っていた。ジギスムント・アイヒカッツ博士の法律事務室で二週間前からある重要なポストについていて、いろいろ見たり学んだりしたから。

アイヒカッツ博士の事務所が大賑わいなのは、顧客の活動意欲を阻害する法律や規制を尊重しながらも軽蔑する術に長《た》けているおかげだった。博士は法規を尊重していた。なぜならそれらは人間の頭から考え出されたもので、その由来があまりにもあからさまにその弱点と不完全性をさらしているから。いっぽう博士が法規を軽蔑するのは、それらに無謬性の後光がさすと思われているからだった。博士はけして法律を破ろうとはしなかった。敏捷な知性を前にしては法規はその不変性と厳密性にこだわらないことを心得ていたからだ。法規を破る単純な人間を法規は押し潰し、法規が要請する敬意を払う賢い者に、法規は道を開ける。

アイヒカッツ博士はゲリラ戦における迂回戦略の権威だった。彼の名はウィーンのある種の界隈で敬意をもって呼ばれ、彼の住所は黄麻や豚や挽《ひ》き割り麦や人絹の商人が集うカフェハウスからカフェハウスへと伝えられた。一九一八年十月のはじめ、タイピストと受付係からなる事務所のスタッフだけでは、増える一方の業務にもはや耐えられなくなったとき、アイヒカッツ博士はカフェ・エリートのビリヤード室で知り合ったコホウトを助手として雇い、進行中の件の書類を整理し、ぐずぐずと支払いを延ばす客からの取立て役をやらせた。

＊

ヴィトーリンは友にあらかじめ電話で訪問を伝えてあった。コホウトは仕事の重圧に苦しむ表情を浮かべてヴィトーリンを迎えた。

「もう少し辛抱してくれ」コホウトは言った。「待合室にいる客を優先しなきゃならないんだ。座って少し聞いてみないか。ときには面白いこともある。なに半時間もすれば片がつく――そしたらゆっくり例の件を話し合おう。私的な訪問と言っておけばボスの邪魔も入らない――グスティ、ベルが鳴ってるよ。博士のお呼びだ」

速記タイピストがボスの部屋に駆け込み、またすぐ戻ってきた。

「コホウトさん、急いで！　シュパナゲルのファイル！」

開いた扉からアイヒカッツ博士の激昂した声がパイプオルガンのように轟《とどろ》いた。

「シュパナゲルさん、質問はもう勘弁してください。わたしは予言者じゃない。弁護士なんです。あなたの訴訟がどう決着するか、わたしにはわかりません。もし予言ができたら弁護士なんかせずに、あなたといっしょに見世物小屋《パノプティクム》の舞台に立ってますよ」

「うわあ、扉を閉めて、コホウトさん。今日はまた一段と馬鹿馬鹿しいわ」グスティ嬢が叫んだ。

　コホウトは所長室の扉を閉めた。そしてヴィトーリンのほうに顔を向けた。

「ここじゃ一日中こんな感じだ。長く辛抱はできないだろうことはわかっている。控室で待ってる奴らの面《つら》を見てみろ。あの紳士がた全員を三年間州裁判所に送り込んでも、不当とはいえまいよ。——よしいっちょあがりだ。グスティさん、そのカタカタいわすのを少しだけやめてもらえませんか。自分が何言ってるかさえも聞きとれない」

　そして自分の机に山と積んである書類から一束を探し出すと大声で叫んだ。

「ヨナス・アイアーマンさん！　お入りください！」

　控室から小柄で丸々として鬚の尖った紳士が、すこし寸のつまったコートを着て入ってきた。そしてコホウトの前でお辞儀をすると、手を揉み合わせ、ヴィトーリンに向かって「アイアーマンです」と言って腰をかけた。彼の山高帽はコホウトの机に預けられた。

「アイアーマンさん」コホウトが口を切った。「するとあなたはインスブルックの地方裁判所に十四クローネの借金返済の件で訴えてもらいたいというのですね。前払いをお願いできますか」

「わたしが良客ではないというのですか」アイアーマン氏が言った。

「よいか悪いかはわたしどもには関係はありません」コホウトが説明した。「ここではいかなる方にも信用貸しはいたしません。わたしどもはこれを現金正価と呼んでおります。一方に前払い。一方に訴訟。百六十クローネを払っていただかないうちは、わたしは指一本動かせません」

「百六十クローネは払えません」アイアーマン氏はすこし考えてから言った。

「わかりました。譲歩の余地はあります。いくらなら払えますか」

「せいぜい百クローネです」

「百クローネですね。グスティさん、アイアーマン氏に領収書を――」

「ところが三週間後にしか払えないのです」

「三週間後ですって?」コホウトが声をあげた。「話になりません。今この場でいただけるのはいくらでしょう」

アイアーマン氏は苦いものを呑んだように口をゆがめた、そして顔に内心の葛藤をありありと表したあと言った。

「六十クローネほどなら」

「グスティさん、アイアーマンさんに前払い分六十クローネの領収書を切ってください。これでやっとけりがつきましたね」

「でもその六十クローネは、いま手元にないのです」アイアーマン氏は異議をとなえた。

「お持ちにならない。なるほど。すると支払いはされないということですか」

「誰が払わないなんて言いましたか」アイアーマン氏は気色ばんで言った。「払っていただけるということですね。もしよろしければ、いまいかほどお持ちになっているか伺ってもかまいませんか」

「さて――三十クローネですか」

「ありがとうございます。ではどうか三十クローネお支払いください」コホウトはあきらめ顔で言った。

アイアーマン氏は何色ともつかない革財布を取り出した。そして中をさんざん探ったあげく、くしゃくしゃの紙幣を二枚取りだした。

コホウトは指の先で紙幣をつまんで、机の開いたままの引き出しに投げ入れた。それからアイアーマン氏をアイヒカッツ博士の部屋に招じ入れた。

アイヒカッツ博士は目を閉じて机の前に座っていた。疲れきっているように見えた。がっしりした禿頭は毛むくじゃらの拳の上に安らぎ、たるんだ両唇のあいだから、火の消えたヴァージニア葉巻が垂れていた。アイアーマン氏が部屋に入ると、弁護士の痩せた体に生命が宿った。

「ヨナス・アイアーマン氏です」コホウトが告げた。「チロルのインスブルックへの入国です」

「するとあなたはインスブルックに行かれるのですな」アイヒカッツ博士が言った。

「どこのお国の方ですか」

「わたしはオーストリア人ではありません」ヨナス・アイアーマン氏はきっぱり言った。

「どこの国の方でないかは聞いていません。どこの国の方かを聞いているのです」弁護士は轟く声でわめいた。「あなたはオーストリアの人ではない。エスキモーでもない。アフリカの部族の一員でもない。回教徒でもカウボーイでも、イギリスの子爵でもインドの踊り子でもない。そのどれでもない。それはとくと承知しています。お聞きしたいのは、あなたがどこの方かということです」

「わたしはポーランド国籍を持っています」すっかり縮みあがってアイアーマン氏は答えた。

「なるほど、ようやくわかりました。するとあなたはポーランド国民で、インスブルックに行きたいというのですな——君、ちょっと」アイヒカッツ博士がそう言うと、コホウトは部屋を出た。

速記タイピストは仕事を終えて、チーズを塗ったパンにむしゃぶりついていた。ヴィトーリンは椅子に座らず、大股の足取りで部屋を行き来した。

「どうだ、ああいうのがここの客だ」コホウトがためいきをついた。「アイアーマン氏との交渉は退屈しのぎにはなる。アイヒカッツ博士は何かというと説教するんだ。むしってむしってむしりまくれ、とな。とは言っても、あんな男からは何も出ない」

ヴィトーリンがじりじりしだしたのを見てとると、コホウトは続けた。

「よし、俺たちの件に移ろう。外の紳士がたは待たせておくさ。あの女さえ行ってくれれば邪魔が入らずに話できるんだが。いつもなら五時半ころには急いで帰るんだ。鉄道員の恋人がいて、下で立って待っている。言い交わしてるらしいんだが、結婚はしやしないさ」

「教えてくれないか」ヴィトーリンははじめた。「あの夜君はエンペルガーの家に僕より長くいたろう。例の話はもう出なかったかい」

「出たさ。みんながお前のことを笑いものにしてた」左右交互に足踏みし、手首の関節を回しながらコホウトが言った。「あの間抜けのエンペルガーが言うには、お前はロシアの下っ端の士官の魔術にかかって恋に落ちたそうだ――この言葉どおり言ったんだぜ。教授が言うには、お前は人類の苦悩の総量を増やすためにロシアに行くんだそうだ――お前も知ってるだろうが、哲学的に喋れることを聞かせたくてたまらないんだ。フォイエルシュタインは言ってた、阿呆らしいと」

ヴィトーリンは唇を嚙んだ。

「どんなに阿呆らしくてもやらねばならないことがある」彼の目は据わっていた。

「もちろんだ」コホウトが賛同した。「金はあるか」

「あるとも。六百クローネ」

「そいつはすぐドルに両替しないとな。一番いいのはカフェ・エリートに行って、闇両替屋を表の遊技室にひっぱっていって、アメリカヌードルが欲しいって言うんだ——奴らの隠語でドル紙幣のことだ。だが詐欺師にひっかからないように気をつけろ。俺がついていったほうがいいかもしれない——まだある。ロシアのヴィザはまともなやり方じゃ手に入らない。——俺は事情に正確に通じている。ロシア赤十字の使節団がウィーンにあって、ヴィザを発行はしてるんだが、入国許可がおりるまでにしばしば何か月もかかる。別の手を使わなけりゃならない。よく聞けよ、ガラツィへ行くんだ」

「ガラツィだって？　ルーマニアのヴィザを取れというのか」

「ルーマニアの軍隊施設がお前にヴィザを発行してくれる。それほどたやすくはないが、金があればなんとかなる」

「ガラツィからはどうするんだ」

「ガラツィに着きさえすりゃ楽々ロシアの国境を越えられる。歩いてでも、車ででも、あるいは絶対安全に行きたいなら——ルーマニアのあちこちに、ガラツィにも、ブライラにも、フォクシャニにも、ボトシャニにも、パスポート発行所がある。二百クローネかかる。もちろんべらぼうな額だがそれだけのことはある。ヨナス・アイアーマンの場合は事はずっと簡単だ。まずロシアじゃなくて、ただチロルに行きたいだけだから——」

「あの人も入国許可のために来たのか」

「もちろんだ。今までわかってなかったのか。チロルの州政府は、ガリツィアに居住権を持つ者には国境をまたがせない。でもアイアーマン氏はインスブルックに差し迫った用がある。それじゃどうするかっていうと、われわれの手を借りてインスブルックの州裁判所から訴えを出させる。十四クローネの借金とかそういうくだらない用件でだ。そして入国管理局で裁判所の出頭命令を見せる。これで万事解決。何の問題もない。奴らはアイアーマン氏を入国させざるをえない」

「ここじゃそんなことをやってるのか」ヴィトーリンは声をあげた。

「わが友よ、何を言いたいのか知らないが、これはどちらかといえばまっとうな仕事なんだ。客がどんな無理難題や申し出や願い事を持ってやってくるか、お前には想像もつくまい。俺はときどき思うんだ。何のために自分は四学期もかけて法律を勉強したんだろうって。掏摸《すり》教程とでも言ってくれれば俺も誤解しなかったんだ。でもまあともかくアイヒカッツ博士が拾ってくれてうれしいよ。麻痺した腕を持つ俺が、いったいどこでこんな簡単に職を見つけられるかっていうんだ。家に帰れば――親爺はまた結婚した。義理のおふくろにはがまんがならない。何かというと小言ばかりだ。また学校に戻って学位をとればいいんだが――いやだめだ。稼げ、稼げ、稼げ！　こんな情けない、堕落した、腐りきった社会に生きていて、誰がボルシェヴィキにならずにいられるか」

ヴィトーリンは立ち上がった。そして言った。「君は僕とロシアに行くべきだ」
「そいつは俺も考えてた」コホウトが言った。

＊

ヴィトーリンはコホウトの助言にしたがって、値のつきそうなものは何でも売った。自転車、金の指輪二つ、書棚からは古典と豪華版の本、戦争前に買って少額の月賦で返済したゲーツの双眼鏡、コダックのカメラ、握りが象牙の散歩用ステッキ、小さなサファイアが二つついたネクタイピン——これは父さんが誕生日にくれたものだ——そして最後にはドムブのオーボエとハリファックスのスケート靴。妹たちはこれらの品がひとつひとつ家から消えるのに気づかなかった。売上金はすでにある金と合わせるとロシアへの旅費に間にあった。予測しうる範囲内で計画の進行を妨げそうになるものがなくなると、ヴィトーリンは落ち着きと精神の平衡をふたたび取り戻した。その脳を占領する幻は、彼を冒険の世界への牲《にえ》として供する前に、短い間だけゆったりした生活を彼に許した。

ヴィトーリンは自分の課題すなわち使命と名づけたもののことを、その使命が彼を呼ぶ時が来るまでは考えないことにした。今は休暇中であったものの、しなければならないことがないわけではない。残された日々は、彼に要求権を持つ人たちに時間を割くことにした。父親、妹たち、雇用主、彼を愛する娘。ヴィトーリンは誰にも苦情を言われたくないと思った。

事務所へは毎朝八時に一番乗りした。決まった所管事項はまだ割り当てられていなかったので、人手の要るときの応急要員となった。なんらかの役にたとうと、「何であれ手抜きをしまい」と努めるうちに、彼はあらゆる種類の下位の仕事を引き受けるようになった。電話機を操作し、数字の長い列を足し算し、年下の同僚が機械に口述した手紙を書きおこした。家ではこころよく弟のフランス語の宿題に目を通し、妹たちのために本や楽譜を貸出文庫から借り、悩みにうちひしがれてむっつりと殻に籠もる父親と共にパイプを吹かしチェスの勝負をした。知人の訪問や日曜午後の散歩や、来週の予定が家族のあいだで議論されるときは、あるかないかくらいの昼盲症者のような微笑を浮かべて黙って聞き、自分がそうしたことすべてにいかに無関心かを悟られないようにした。

晩はフランツィと過ごした。彼女が職場を出ると、短い軍隊用上着を着た彼が道端で待っていた。連れ立って映画館やワイン酒場や郊外の小さなレストランへ行った。どこにも人がいて一度も二人きりにはなれなかった。フランツィは待ちきれなくなり、ささやかな部屋を借りて妻でも愛人でもいいからいっしょに住みたいと思った。すぐは無理なのはわかっている。乗り越えるべき障害が多すぎる。それだけにますます二人だけの日々にあこがれるようになった。その日、十二月の初めの日、親の住まいでの密会のために準備をしたささやかなサプライズを一言も漏らさずに、彼女は謎めいたほのめかしを口にしたのだった。職場の同僚からグラモフォンと最新のダンス音楽のレコードを借りていた。薪と石炭の蓄えも、パンチ酒をこしらえるためのラムと砂糖とレモンも、それから一壜のコニャックも手配した。どれもこれも、久しい以前から日用品を越えた価値を持つものばかりだった。

ワインを二杯飲むと、フランツィは陽気ではめをはずしたい気分になった。酒場の他の客が気になってきて、挑発のまなざしを彼らに向け、そのまなざしが応えられ、誰かがひそかに杯を掲げるか冗談を投げかけると、顔をそむけ驚いたような、助けを求めるような目でヴィトーリンを見た。あの人たち、わたしをどうしようっていうのかしら。――やがて浮かれた気分はだしぬけに悲しさに変わった。ヴィトーリンの肩に頭を乗せて嗚咽《おえつ》をはじめ、涙が頰をつたった。そしてひっきりなしに悲しさの理由を挙げた。秋の空がどんよりしてるから、昨日上司に怒られたから、母がカナリアを飼うことを許してくれなかったから、それからそもそも、人生がこんなに悲しくてすばらしくて短いから。

彼女を家まで送り届けてから、ヴィトーリンはカフェ・エリートに向かった。コホウトはビリヤードの勝負を中断して報告した。例の件は進んでる。ルーマニア経由の案は捨てた。東ガリツィアへの入国のほうがずっと許可が出やすいから。戦死した兄弟の墓に参りたいと申告さえすればいい。いったん東ガリツィアまで着けばこっちのもんだ、とコホウトは断言した。赤軍の群れをかきわけて行かなきゃならないが、証明書は要らない。新しいロシアに官僚主義はない。個人の勇気と機転と押し出し――それだけが物を言うんだ。

俺もロシアへ行くことにしたが、この決意を親父に知られちゃまずい。たいそうな用心がいる。コホウトは近くで誰か聞いていないかとあたりをうかがった。彼はあらゆるところに敵意と妬《ねた》みをかぎつけた。彼の声は低まってささやきになった。

「親父は俺を快く送り出してはくれまい」コホウトは言って手首の関節を回した。「いいか、誰にも言うなよ。モスクワなら見込みがある。頼りがいがあるインテリゲンツァの同志だって、あそこなら見つからないでもない。だがここじゃ、肥溜めの中でくたばるしかない。旅費はいざとなればなんとかなる。お前は心配するな。すぐ調達してみせる。どうやってだって？　それはこっちの問題だ。――すまん、今日はこれくらいにしてくれ。俺の勝負相手がじりじりしてる。どっちみち晩にちょっとビリヤードをやるくらいしか今の俺に楽しみはないんだ」

＊

ヴィトーリンとバンベルガーの面接は十一月の末に行なわれた。ローラが二人を引き合わせた。彼女は少しのあいだ部屋で何やかや、敷物のずれを直したり、椅子をもとの位置に戻したりしていた。出て行くときは扉を静かに閉めながら、取り残されたように部屋に立っている兄に元気づけるような視線を送った。

「どうぞ座ってください、ヴィトーリンさん」とバンベルガーが寒そうに肩をすくめ、狭い部屋の書き物机とタイル張りの暖炉のあいだを行き来しながら言った。博士は小動物じみた姿をしていて、病的に青白い顔にやつれた知性がほのめいていた。服装にはあまりかまわないようだった。既製服らしい身に合っていない背広に、流行遅れの継ぎのあるネクタイを締めていた。かろうじて細身のエナメル靴だけが選り抜きの、お洒落といえないこともない優雅さを漂わせていた。

「くだくだしい前置きはやめておきましょう」博士は続けた。「すぐ本題に入るほうがあなたにとってもいいでしょうから。ご承知のとおり、わたしはあるポストを用意しています。あなたの妹さんは親切にも、あなたの人物と知識と能力について、わたしの注意をうながしました。あなたは輸送業務と関税取扱の知識があり、フランス語とイタリア語で商用文を書けるそうですね――」

「ロシア語も話せます」オトマンからやや腰を浮かせて、ヴィトーリンは口をはさんだ。

バンベルガーはこの言葉を親しげにうなづいて受け取った。

「ロシア語もですか。それはすばらしい。そして、これはわたしがなにより重視することですが、あなたはさまざまな取引所の商慣習について詳しい知識をお持ちです。そこでひとつお聞きしたいのですが、戦争前のロンドンの取引所ではどんな条件で錫《すず》を扱っていたでしょうか」

「錫ですって。ちょっと待ってください」ヴィトーリンは言った。「ちょっと待ってください」

野心が身をもたげた。記憶を働かせれば、自分にどんな価値があるかを見せつけることができる。ああ、セリュコフがこういう質問をしてくれていたら。だが今は奴のことは頭から追いやれ、ポショル！

「錫ですか」彼はくりかえした。「在庫品。クラスA、シンガポール錫、ペナン錫、オーストラリア錫、イギリスの精製錫、クラスB、少なくとも純度九九パーセントの認定を受けた普通錫。取引形態は延べ棒、板、インゴット。支払いは契約時に現金決済。他の条件はロンドンの金物取引所規則に準拠。取引単位は五トンかその倍数。クラスBの割戻しは――」

「ストップ！」バンベルガー博士が叫んだ。「それで十分、十分です。正直なところわたしはこの手のものは何も知りません。でもこれだけはわかりました。わたしが今話したポストに、あなたはうってつけの人です」

「どんな種類のポストなのでしょう」ヴィトーリンがたずねた。

「わたしの個人秘書のひとりです」バンベルガー博士は部屋を歩き回るのをやめずに答えた。「あなたにはわたしの商売上の交渉に権限を持ってもらいます、どういうことかと言うと、日中は毎日、ときには晩も、必要とあらば深夜十二時ころまで」

「晩でしたら喜んで」バンベルガーが自分の知識を認めてくれたのを嬉しく思いながら彼は言った。「でも一日中はちょっと。ご存知と思いますが――もしかしたらご存知ないかもしれませんが、わたしは職を持っています。わたしは〈ムンドゥス〉に勤めていて、将来の見込みもあって、二、三年後には副部長になれるでしょう」

バンベルガー博士は立ち止まった。ズボンのポケットに手をすべりこませ、ヴィトーリンの顔をのぞきこんだ。

「部長ですか」彼は言った。「月に五百クローネ。三十五年勤務すれば年金の完全受給。まことに結構なことです。わたしがあなたに提供せねばならない見込みは別種のものです。わたしには半年以内に自分の道をひらく見込みがあります。しかもあなたを連れて」

「わかりません」ヴィトーリンは言った。「わたしを連れて、というのはどこにですか」

「どこにですって。妙な質問をされますね。人生の Table d'hôte（フルコース）へですとも。もっとはっきり言うなら、リヴィエラで自家用車もお望みしだいということです」

リヴィエラと言ったおかげで部屋の寒さがあらためて身にしみたというように、バンベルガーは肩をすぼめてストーブに近寄り、指を暖めた。

「すばらしい」ヴィトーリンが嬉しげに叫んだ。「僕もあやかりたいものです。マントン、カンヌ、モンテカルロ——もちろん嫌じゃありませんとも。いつお発ちになるんですか」

バンベルガーはこの問いにこもる嘲りの響きを聞き流したい様子だった。

「まずはその前に二、三やらねばならぬことがあります」向こうを向いたまま彼は言った。「さきほども言いましたが、これから半年以内に必要な資金をこしらえるつもりです」

「モンテカルロでですか」ヴィトーリンが口をはさんだ。

「違います。モンテカルロのチャンスはあてになりません」真面目でそっけない口調を崩さずにバンベルガーは言った。

「それなのにあなたはウィーンで、絶対確実に金持ちになるというのですね」

「今後数か月の経済発展を見通すものにとって、それは確実なことです」

「そうですか。ではよろしければ——何とおっしゃいましたっけ——人生の Table d'hôte に到達する方法をうかがうわけにはいきませんでしょうか」

バンベルガーは木屑やおが屑を固めて作った練炭を二個、消えかかったストーブに投げ入れ、それから伸びをした。

「わたしの申し出が疑いの目で見られたとて、少しも気を悪くなどするものですか」バンベルガーが言った。「どのみち今日中に話がまとまるとは思っていません。あなたを説得するわたしの立場はけして有利なものではありません。ささやかではあるものの、ある程度は確実な終身雇用の機会をすっぱり捨てろと言っているのですから。そしてその見返りにわたしが保証できるのは二つのことだけです。わたしは自分の成功のチャンスを、細心の注意を払って、しかもきわめて首尾一貫した熟慮のもとで見積もったということ。それからあなたに対するわたしの責任を十分承知しているということ。それだけなのです」

彼はすこし間を置き、ストーブの火が完全に消えているのを確かめた。それから部屋の中をあちこちうろつきだした。

「もしかするとヴィトーリンさん、あなたは、ご自身とご自身の能力を過小評価されているのではないでしょうか。あなたが一介の使用人の存在に甘んじていられるとは、とても信じられません。まだお若いのに――」

「二十九歳です」

「すると二歳だけわたしより上ですね」バンベルガーが言った。「いわゆる終身雇用さえあれば、あなたは本当に満足なのですか」

「終身雇用にこだわってはいません」ヴィトーリンが言った。「会社を辞めるきっかけになるできごとが、すぐにでも起こるかもしれません。もしかするとすぐに、わたしの地位を擲《なげう》たねばならないできごとが起こるかもしれません。でもそれはどうでもいいことで、今は話したくありませんし、問題のほんの一面にしかすぎないのです。他方では、こう言ってはなんですが、あなたはわたしを拘束しておきたいということですが、率直に申しあげると、あなたのことはほとんど何も知りません。あなたがどういう仕事をされるつもりかも知りませんし、あなたの事業がどれほどの規模なのか、どの程度の資本があるのか、以前に商業活動をなさったことがあるのか、あるとすればどこでかも知りません――これらはすべて、わたしが決断をくだす前に知っておかねばならないことばかりです。それはあなたも理解いただけることと思います」

「もちろん理解できますとも」バンベルガーがうけあった。「ここですこしわたし自身について話しておいたほうがいいでしょう――大学で何を専攻したかは重要ではありません。商業活動の経験はありません。財産なら少々、わたしが事態を静観し、観察し、活動を開始する絶好の時が来るのを待つくらいの資金はあります。その絶好の時が今やって来たとわたしは思っています。納品の注文を何社かの外国の大会社から受けていて、今は銀行から金を借りようとしているところです」

「なるほど」ヴィトーリンが言った。「たしかに国境の封鎖も解けて国家間の相互関係がふたたび築かれようとしている今なら――」

バンベルガーは身を守るように左手を掲げた。

「ああ、そんなことは言わないでください。国家間の相互関係ですって。自由に行き来できる国境は常にありますとも。わたしは戦争中に木材をイタリアに輸出していた人を知っています。その代わりに――何をイタリアから輸入していたかは覚えていません。でもいいですか、戦争中にですよ。国家間の相互関係――いえ、わたしはまったく違う理由で絶好の時が来たと言うのです。われわれは革命を経験しました。勝利をおさめた革命の後を、隊を組んで行進するのは――いつの時代もそうですが――悪貨です。流血ではじまる革命は、紙の洪水で終わります。国は巨大な負債に首を絞められて、アッシニア（フランス革命期に発行された紙幣。大インフレを引き起こした）を発行するでしょう。そこに自由の女神が描かれている（アッシニア紙幣の意匠）かどうかはわかりませんが、発行されることだけは確かです。新しい金の洪水が古い資産を破壊し、所有権を無にするでしょう――今羨《うらや》ましがられている資産はすべて所有者がいなくなり、機を見てひっつかんだ者のものになるでしょう。戦争は見かけ上終わったにすぎません。われわれには始まったばかりなのです。それは容赦ない戦いになるでしょう。万人の万人への戦いになるでしょう。わたしはそれに勝つつもりなのです」

バンベルガーは立ち止まって時計を見た。

「すみませんが、今から手紙を二通出さねばなりません。またいつか、明日にでも話の続きをしましょう。早く行かないと窓口が目の前で閉まってしまいます」

緊急発令

十一月三十日午後、妹たちは食堂に座っていた。ヴァリーは貸出文庫の本を読むともなく手にし、ローラは手芸をしていた。外は寒く雨がちな秋の夕暮れで、街灯の光は霧にぼやけ、窓ガラスを水滴が伝いおりていた。部屋は沈黙につつまれ、ガス灯の微かな唸《うな》りと壁の時計が時を刻む音のほかは何も聞こえなかった。

ゲオルクは周囲の世界からあまりに心が隔たっていて、この静けさの胸を塞《ふさ》ぐ感じも意識することはなかった。外出の支度をすると、鏡の前に立って入念にネクタイを締めた。時間はたっぷりあった。フランツィの家では準備が終わっていない。彼が来たときにはテーブルに食器が並び、部屋がぽかぽかと心地よいことを彼女は望んだ。そこで七時より一分でも早く来ないように、来たら玄関の扉をこっそり叩くように打ちあわせてあった。「呼び鈴を鳴らさないでね」——フランツィは念をおした。——「ちゃんと聞こえるから。隣の人たちはお客さんが来たなんて知らなくてもいいもの」——

　時計が六時を打った。ヴァリーは窓辺に立って街を見やった。鉄のシャッター。店の看板。自動車のボディー。舗道。市電のレール。何もかも霧と雨に濡れて輝いている。急ぎ足で人々が通り過ぎ、建物の影から疲れた、無関心な、不機嫌な、あるいはのんきな顔が、ガス灯の光に現れまた暗がりに消えた。街路の果てからクラクションが鳴り、新聞の売り子のしゃがれた声が聞こえてきた。

「だから今日僕が帰らなくても」分けた髪を湿ったブラシで撫でつけながらゲオルクは言った。「心配しないでくれ。僕を招待してくれた友だちはずっと郊外のヒーツィンクに住んでいるんだ。もともとはオーバーザンクトファイトだったところだ。泊まらせてもらえたらと思ってる。交通機関はないし、この雨の中で家まで歩くというのも——」

　妹の顔に冷やかしと寛容のまざった笑みが浮かんだ気がしたが、そのローラが今の言葉をまるで聞いていないのには気づかなかった。外泊のためにひねりだした口実は、不意にあまりに見え透いていて嘘くさく感じられてきた。もっとましな言い訳が思いつけないことにいらだちながらも、ともかくゲオルクは続けた。

「もちろんこんな天気の日に出かけなくてもいいようなものだ。でも約束してしまったから——なにより休暇は今夜で終わる。月曜から僕の時間はバンベルガーさんだけのものだ。Tu l'a voulu（君が望んだんだよ）、ローラ。結果がどう出るかは今にわかるだろう」

「とうとう来たわ」窓辺にいたヴァリーが声をあげた。

ローラが手芸から目を上げ、その顔が一瞬不安そうにこわばった。だが彼女は自分を抑えた。

そして「よかった」と小声で言った。「待つことほど嫌なことはないから」

「一頭立ての馬車よ」ヴァリーが報告した。「父さんがちらっと見えただけ。もうすぐ家に入ってくるはず。エーベンゼーダーさんはまだ下にいて、御者と話してる」

「何かあったのかい」ヴィトーリンが聞いた。

ローラは答えなかった。ヴァリーはためらうような目を姉に向けた。話していいかどうかわからなかったのだ。

「どういうことだ」じれったくなったヴィトーリンが叫んだ。「隠しごとかい。それじゃお前たちだけの秘密にしておけばいい」

「ローラはきっと」ヴァリーが言った。「お父さんの退職が今日決まったと思ってるのよ」

今のヴィトーリンは自分の妨げになるような事態にかかわりたい気分ではなかった。

「お前やローラが思ってるってだけだろ」そう言って彼は時計に目をやった。七時十五分前だ。「くだらない。それなら父さんは僕に一言くらい言ってくれてるはずだ」

「わたしにだって言ってくれなかった」ローラが答えた。「兄さんにはお父さんのことがわかってない。でも昨日はエーベンゼーダーが二度もここに来て、部屋に閉じこもって長いあいだ話しあってた――なんか変でしょ。それで今朝は書留が来たの。それをお父さんは――」

玄関の扉が閉まる音がした。玄関の間から声が聞こえた。

「お兄さん、ひとつだけお願い。でも何も聞かないで」ローラが小声で早口に言った。「何も知らないふりをして。事態がいいほうに転がったなら、きっとお父さんのほうから話すでしょうから」そして何気ないふりをして手芸を続けながら、さりげなく頭を下げた。

急いで階段を上ったため少し息を切らした上級監査官エーベンゼーダーの丸っこい体の後ろから、父が部屋に入ってきた。顔にはまぎれもない満足の表情があらわれている。散歩用ステッキをサーベルのように構えて軍隊式の挨拶をするとServitore（召使）と呼びかけた。――トリエステで軍務に服して以来、父はイタリア語の言い回しを好んで用いた。誰かに呼ばれたときはEcco mi pronto（すぐ行きます）、出かけるときはAvanti（前進）あるいはAndemo（行こう）と号令し、短く勢い込んだBasta cosi（もうたくさんだ）は、嫌なことをこれ以上話したくないという意味だった。

父が来ると部屋はたちまちやかましくなった。軍隊式のきびきびした動作で父はあちこち部屋中を歩き、ヴァリーには普段着のジャケットと上級監査官が座る安楽椅子を寝室から持ってくるように、そしてローラには、特別に熱くした濃い紅茶を淹れるよう言いつけた――「できたらラムを入れてくれ。なければスリボヴィッツ（ユーゴスラヴィアの蒸留酒）でもいい」――ゲオルクには弟のオスカルがどこをうろついているのかと聞き――「おおかたまた友達といっしょにcorso（大通り）をうろついてるんだろう」――そしてそこにいる皆に笑顔を要求した。

　そして「夕食をおつきあい願えますか」とエーベンゼーダーのほうを向いてたずねた。「遠慮はしないでください、たいしたものじゃありません。一杯のビールです。ヴァリー、背筋をちゃんと伸ばさんか。ローラはどこに行った。ローラ！」そしてキッチンに向かって叫んだ。「お茶はやめだ。意味がない。どのみちすぐ夕食だ。子供たち、今日は特別な日だってことを知っておけ」

　自分の言葉の効果を確信して、父親は悠然とパイプに火をつけ、一方エーベンゼーダーは椅子に座っても落ち着きがなく、まばたきや他のあらゆるしぐさで妹たちの注意を自分に向けようとしていた。

「ある委員会があって、それは一種の仲裁裁判所とみなされている」父は続けた。「出席したのは三人で、それから本省から宮廷顧問官が議長としてやって来た。わたしも最後に一度発言の機会があった。ちなみに顧問官は感じのいい人で、頭のてっぺんから爪先まで本物の紳士だった。『どうぞ気楽に話してください。あなたの話を聞くためにわれわれは集まったのですから』――そこでわたしは発言した。お前たちもわかっているだろうが、あらかじめ準備はしていた。歯に衣《きぬ》を着せずに喋った」

そこで父は確認と賛同を求めてエーベンゼーダー氏のほうを向いた。エーベンゼーダーはとつぜんこわばったように座りなおすと熱心にうなづいた。

「『皆さん、過ちは起こりえるものです。わたしは何も取りつくろうつもりはありません。自分を実際よりよく見せるつもりもありません。しかし皆さん、どうか忘れないでください。肝心なのは――誠実さです。これはどういうことでしょうか。――さて、わたしは自分の部署の現状を、遠慮なくお目にかけました――やがていつかは――』」

父は息をはずませて立ちあがり、聴衆の面前で打《ぶ》ち、讃嘆をもって迎えられた告発演説を再現することができて満悦の体だった。

「『まずは最初に会計部長であります。確かにわたしの上司であり、しかるべき敬意が払われるべき人物ではあり、その私的事情はわたしの関知するところではありません。しかし皆さん、神の創造したあらゆる日に、部長はゴムタイヤのついた自転車で家に帰るのであります。驚くべきことではないでしょうか。いまどき誰が部長程度の俸給でそのようなことが可能でありましょうか。個人資産はほとんどゼロ、いやそれどころか負債さえあるのに。それなのに奥方に高価な絹ストッキングや衣装やそのほかあらゆるものを——その資金はどこから出ているのでしょう。まだあります。戦争がはじまって以来、部長は休暇をとったことがありません。なぜでしょうか。責任感のひときわ強い官吏だから、と人は思うかもしれません。とんでもありません。なぜ部下に帳簿を見せられないのか、その訳を部長はちゃんとご存知です。——これ以上言う必要はありますまい。すでに皆さんは十分おわかりのことと思います』——これが強い印象を与えた。顧問官は納得し、わたしの肩を持ってくれている。あの人の様子からそれがわかった。——もちろん議長の立場として公正であらねばならないから、直接そう発言はできない。しかし顧問官が『会計部長に事情聴取を行なってください』と言ったときの口調——あの男がわたしと入れ替わりに部屋に入ったとき——何があろうとあんな羽目にはなりたくないもんだが——顔がチーズみたいに白くなっていた」

「それでどういう結果になったのですか」ゲオルクがたずねた。「会計部長はどうなりましたか」

エーベンゼーダーはアルパカの帽子を頭に載せたまま、肩をすくめて両目を固く閉じた。それは結果について独自の見解があることを暗にほのめかしていた。

「あいにく現時点では最終的な結論は出ていない」父は言った。「今日の会議は事情聴取の意味しか持たないと、宮廷顧問官は言っていた。わたしが想像するに、月曜に——役呼び鈴が鳴ってるぞ。こんな時間に誰が来た。オスカルなら鍵を持っているはずだ。役所から誰か来たのかもしれない。ヴァリーはここにいろ。わたしが行って見てこよう」

父は部屋を出た。二人の妹は不安のまじった期待の目でエーベンゼーダーをみつめた。彼は安楽椅子に身をもたせ、天井を見て頭を振った。

「あの人は何も知りません。予期さえしていません」彼は言った。「すべては形だけのことです。純然たる茶番《ファルス》です。辞めていただくことは前から決まっていました」

すこしのあいだ沈黙が流れた。ヴァリーが血の気の失せた顔でローラを見た。エーベンゼーダーは物思わしげに顎を撫でて話を続けた。

「たいそう残念な結果になりました、わたしたち皆にとっても、そして特にわたしにとっても。あなたのお父さんに説いて聞かせたことはすべて無駄になりました。いままでの俸給の四十パーセントが年金でもらえれば御の字でしょう。それ以上は期待できません。ええ、これは由々しき事態です。ヴァリーさんは職に就いていただかざるをえないでしょう。事務員とか、速記タイピストとか、ともかく家計の足しになるようなものに。これまでのように遊んでいるわけには――」

ゲオルク・ヴィトーリンは頭を振った。

「誰があなたに助言してくれと頼みましたか、エーベンゼーダーさん」ヴィトーリンは聞いた。「われわれが今後どうやってやりくりしていくかについて、あなたに心配していただく必要はありません。ともかくわたしがいるわけですから」

「それはよいことを聞きました。たいへん結構なことです」エーベンゼーダーは言った。「これまでずっと、父上の月末の帳尻が合わないときは、いつもわたしがなんとかせねばならなかったのです」

ゲオルクは顔を殴られたかのように身をすくませた。彼は妹たちをうかがった。ヴァリーは顔を赤くして壁紙の模様を睨《にら》んでいる。ローラは手芸から目をあげずに、それとわからぬほど微かにうなづいた。

「エーベンゼーダーさん、これからはそんなことは起こりません。ご安心ください」恥ずかしさと憤りを感じながらゲオルクは言った。「父はあなたにいかほどの借りがあるのでしょう」

ゲオルクは札入れを取り出した。そこには薄紙に包まれて、ロシアへの旅のために蓄えてあった金がしまってあった。

エーベンゼーダー氏はおずおずと扉に目をやり、話をそらせようとした。

「いえ、たいしたことではありません。そんなつもりで申したのではありません。差し迫った問題ではありませんから」

「お尋ねしているのは、父があなたにどれだけの金額を借りているかということです」

ゲオルクはくりかえした。

いきなり目から鱗《うろこ》が落ちたように、彼は自分の生の一部をなす小さな世界が、すなわち自分の家庭が、悲しむべき日常という打撃を受けて崩壊しかけているのを認識した。彼はセリュコフを忘れた。冒険への旅も忘れた。義務を果たすという意識によって生まれた深い安堵とともに、彼は頭の中で苦労と心配の重荷を自分に負わせた。妹たちや父には背負いきれない重荷を。

だが彼がこの荷を負ったのはほんの一時《いっとき》のことだった。

父が居間に入ってきた。運命によってある告知の担い手に選ばれた彼は、その告知の意味がまるでわかっていなかった。

「ゲオルク」父は言った。「フェルディナント・コホウトさんという方がいらっしゃった。お前に話があるそうだ」

＊

コホウトは玄関の間の長椅子に座っていた。顔は昂奮で血の気が引き、手に持った柔らかいフェルト帽の形をいらだちでくしゃくしゃにしていた。唇は声を出していないのに絶えず動いていた。立ちあがってヴィトーリンのほうに一歩近寄ると、手で自分の額を撫でた。

「お前に会えてよかった」コホウトは言った。「てっきり家にいないのかと思って絶望しかけていた。いったい何度電話をかけたと思う——もちろんお前のオフィスでは誰も出なかった。そのあと直《じか》に行ってみた――誰もいなかった。雑役夫と掃除婦だけだった――」

「土曜は二時で閉まるんだ。それは知ってるだろう。それでどうした」

「どうしたもこうしたもあるか。これがパスポート。これがヴィザ。これが乗車券と座席指定券だ。まったく一仕事だったぜ！　他の奴なら十回はあきらめてるはずだ。ほら、お前の分として払っておいた金額は、この紙に書いてある。さっさと支度しろ。汽車は十一時半に出る」

「十一時半」ヴィトーリンは鸚鵡《おうむ》返しに答えた。コホウトが手に押しつけた紙片とパスポートと切符を受けとり、考えをまとめようとした。

「そうとも。ようやくここまでこぎつけた。十一時半に出発だ」コホウトが言った。

「二時間前には駅にいるほうがいい。座席指定券があるから大丈夫は大丈夫なはずだ。だが指定券もあてにはならない。予定は未定というからな」

「でもなぜ今日じゃなきゃいけない」ヴィトーリンはうろたえて叫んだ。「いったいどうしたんだ。どういうつもりなんだ」

　コホウトは一歩後ろに下がってもと戦友を怒りと軽蔑のまじった目でつけつけと眺めた。

「どういう意味だ」彼は怒鳴りつけた。「どたんばになって気が変わったのか。急に肝が縮んだのか。無理もない。わかっててもよかった。最初は大口たたいても、いざとなると――」

「馬鹿いうな」ヴィトーリンが叫んだ。「行くとも。行くに決まってる。だが今日はだめだ！　とんでもない。いきなり家族に向かってこれからロシアに行きますと言うのか――絶対にまずい。お前だってわかるだろう」

軽蔑した身振りで横柄にコホウトはこの異議をしりぞけた。

「典型的なブルジョワ思考だ」そう言いながら彼は左右交互に足踏みし手首の関節を回した。「いまさらそんなこと言われても困る。俺は今朝十時にヴィザを手に入れた。汽車はぎゅう詰めだ。かろうじて二席あった。だから即決しなきゃならなかった。今すぐ決めてくれ。俺と行くか、ここに残るか」

ヴィトーリンは溜息をついて頭を垂れ、床を見つめた。

「だめだ」彼は言った。「月曜より前には行けない」

「ならいい」コホウトが言った。「なら残れ。だが例の件はすぱっとあきらめろ。汽車は週に二度しか出ない。座席指定券なしには乗れない。かりにうまく手に入っても――あくまで『かりに』だ。そんな生《なま》やさしいもんじゃない。本当のところ、いろいろ面倒なんだ――そのうちヴィザが切れちまう。今日発たなけりゃお前は金輪際発てない。そこをよく考えろ」

ヴィトーリンは黙って床を見つめていた。

「まあいい。好きにしろ」コホウトはそう言うと玄関に向かった。「どのみち俺は行く。お前がよろしくと言ってたってセリュコフに伝えても悪く思うなよ」

ヴィトーリンはさっと顔をあげた。セリュコフ！　久しく耳にしなかったその名前、その響きが、彼を踏みにじり、彼の決断を崩した。彼を家に繋いでいた何もかもが、その名を聞くと羽毛のように軽くなった。いままで迷っていたことさえ信じられなくなった。

「お前の言うとおりだ」ヴィトーリンは言った。「ぐずぐずしちゃいられない。長く待ちすぎた。セリュコフがまだモスクワにいるかさえもわからない。もちろん行くとも。十時半きっかりに駅にいる。エンペルガーには知らせたか」

コホウトはその質問が気に食わないようだった。

「エンペルガーだって。知らせても意味ないだろ。あいつに何の関係がある」

「ぜひとも知らせてくれ」ヴィトーリンは言った。「どうか頼む。あの人は仲間のうちで、ただ一人なんとかまともなことを言ってくれた」

「だからどうした。お前はぜんぜんわかっちゃいない」コホウトは癇癪をおこした。

「大違いだ。あいつはいつもお前を馬鹿にしてた」

「それじゃ僕が大真面目だってことを知らせてやろう。電話をかけてやる」

コホウトは何を言っても無駄とわかった。

「なら勝手にしろ。そんなにこだわるんなら——。だが俺を巻き添えにするな。俺も行くってことは内緒にしといてくれ。約束だぞ。誓え！　俺はエンペルガーと何のかかりも持ちたくない。理由はたんとある。それじゃ北駅で十時半きっかりに」

二人は握手した。

コホウトが去ってからも、すこしのあいだヴィトーリンは玄関の間にたたずみ物思いにふけった。それから灯りをを消して居間に戻った。

父と妹たちとエーベンゼーダーが夕食のテーブルを囲んでいた。ヴィトーリンはゆっくりと父親に近寄りながら、この大決断をどう持ち出そうか考えた。彼に目をやったローラは、その取り乱した顔からすぐさま、兄が別れを告げに来たことを読みとった。

＊

あらかじめ示し合わせたとおり、ヴィトーリンは扉を軽く叩いた。足音が聞こえ、扉が開くと、フランツィが彼の手をとって暗い玄関の間にひっぱっていった。

「なんて遅いの！」ささやき声で彼女は言った。「どうしてこんな遅くに来たの。誰にも見られなかったでしょうね。扉を閉めて。そしたら灯りをつけるから。いいえ、もうすこし暗い中でいましょう。なんて冷たい手。凍えてるの？　中は暖かいわ。気前よく暖房したもの。ストーブもかんかんいってる。もう長く待ったのよ」

これから起こることを考えてヴィトーリンの身はわずかに震えた。ここに長居はできないと、すぐ言うつもりだった。僕は今晩のうちに遠い旅に出なければならない、僕たちは離れ離れになると。だがひとたびフランツィの前に立ち、その体を間近に感じると、一言も口から出せなかった。彼はフランツィにキスをした。彼女の唇は三月の風のように爽やかだった。キスをしながら、彼は荷造りしたリュックサックを足で動かして音がしないように壁際に寄せた。ここにとどまっていたかった。

彼女はそれに気づかなかった。頭を後ろに引いて彼の手を自分の額に押しつけた。

「これほど二人きりになれたことははじめてよ、ゲオルク、いつもそばに人がいてわたしたちのことを見てた。いいえ一度だけあったわ。でもずっと前のことだからきっと忘れているでしょう。デュルンシュタイン(ウィーンの北西五〇キロメートルほどの所にある観光地)の夏をまだ覚えてる。あのとき泊まった部屋は今でも目に浮かぶ。みんなで森でかくれんぼをして、わたしたち二人が隠れてあとの人たちが捜してた。女の子の一人がずっと叫んでた。『出てらっしゃい。出てらっしゃい。どこにいるの』ベルタって名の子で、背が高くて金髪でそばかすがあって眼鏡をかけてた――今でもときどき街で見かけるけど、わたしのことはわからないみたい。とにかくベルタが呼び続けてるのに、わたしたち二人は構わずブラックベリーの藪《やぶ》の真ん中に座って蟻《あり》を見ていた。馬鹿な子供だったわね――いや、あなたはもう大きかった。水泳のチャンピオンになりたがってた。あのとき、わたしたちが森の盗賊みたいだったときにあなたはそう言った――覚えてる？」

彼は思い出せなかった。

「そうだったんだって。でもそれからは二人きりになったことは一度もなかった。でも今日はうまくかくれんぼできて誰にも見つからない。ベルタは今は鼻眼鏡をしてるけどあんまり似合ってない。ずいぶん遅かったけど妹さんが外に出してくれなかったの。あなたの妹さんたち――ヴァリーはいい子ね。でもローラはちょっと心配。あまりにお固く見えるもの。なんで黙りこくってるの。何か悪いこと言った？　冷えてるわ、かわいそうに。わたしったら玄関の間に立たせきりで凍えさせたのね。でもね、わたしたちが二人きりでいられるのはここだけなの。中の居間にはもう二人男の人がいる。お客さんなの。がっかりしたでしょう。わかるわ。別に招いたわけじゃないけど、いるんだから仕方ないでしょ。嫌な顔しないで。マントを脱いでお入りなさい。いい人たちよ。紹介してあげる」

その暖房の入り過ぎた部屋のソファの上に、動かない二つの体があった。布とクッションと古い端切れで巧みにこしらえた人形で、熱心に話し合う招待客を象《かたど》っている。片方は少し離れたところから見ると、ほとんど人間と見分けがつかない。体を前に傾け、古い雨傘で身を支えている。

フランツィの喜びようったらなかった。

「あなたあいさつしたわね」彼女は叫んだ。「入るとき戸口であの子たちに頭を下げてたのちゃんと見たわよ。ごまかしてもだめ。がっかりしたでしょ。お馬鹿さん、誰か他の人を招いてると思ったでしょう。退屈まぎれに作ったの。だってあんまり長く待たせるんですもの。あの雨傘持ってる人は、紹介いたしますと、ミロシュ・パヴィシッシュ氏です。ザグレブの紳士そのものです。こちらは男爵閣下でございます」

彼女がこんな悪ふざけを思いついたというのも、以前の物語をすべてあいまいな領域に移すためだった。人形の馬鹿馬鹿しいカリカチュアとなった彼らがソファに座っているのを見たら、ゲオルクは二人の実在を疑うのではないかと思ってのことだった。

「ザグレブの人は本当に来たの。ずうずうしいったらありゃしない」彼女は説明した。「考えてもみてちょうだい。呼び鈴が六時半に鳴ったの。わたしは出て行かなかった。もちろんあなたのはずはないってわかってたから。だからほっといたの。二度、三度――そしてとうとうあきらめた。まず早すぎるし、それからあなたならノックするだけで呼び鈴は鳴らさないはず。まだ街をうろついてセルボ＝クロアチア語で悪態をついてるかもしれない。あなたそれらしい人見なかった？」

「見たかもしれない」ヴィトーリンが言った。「小柄で痩せてて、赤っぽい髭を生やした男が入口の前を行き来していた」

その風貌はフランツィの思い描くザグレブの男とはかけ離れていた。彼女は頭を振った。

「全然違う。その人じゃない。小柄？　痩せてた？　赤っぽい髭？　むしろ男爵のほうかもしれない」

「ふうん。その男爵も君の両親が旅に出たって知ってるのかい」

「知るはずないじゃない」フランツィはあわてて言った。「でももしかしたらミロシュさんが言ったのかもしれない。その可能性はある」

「二人は知り合いなの」不審げに彼は聞いた。

事態はフランツィの手に負えなくなりつつあった。

「いいえ——もちろん面識はあるのだけど、そんなに親しくはないの。つまり二人ともハイライフクラブの会員で、会員仲間としてお互いを知っているだけ。でも信じてちょうだい。もし男爵だとわかっていても、自分の気持ちを正直に言ったでしょうから。あの恥知らずな男！　とんでもない手紙をよこすの。あんな人は表で凍えさせておけばいい。それが似合ってる。それじゃお茶を淹れましょう。いっしょにキッチンに行ってくれる。それともここで待ってる。二分もあればできるから」

足どりも軽くフランツィは部屋を出て行き、ヴィトーリンはストーブのかたわらに立ったままだった。混乱した心に憤りと恥ずかしさがこみあげてきた。葛藤から生まれたもう一人のゲオルクが彼を軽蔑に値する意気地なしと呼んだ。顔を歪めて何度も罵倒した。他人の口から言われたのなら耐えられない罵言だったが、自分を痛めつけるように、自分自身にむかってその言葉を何度も投げつけながら、暗い気持ちでストーブの火をにらんだ。そうだ、僕は軽蔑されてもしかたない意気地なしだ。彼女が部屋にいるあいだ――勇気はどこかに行ってしまい、一言も声に出せなかった。そして時間は一時も止まろうとせずに過ぎていく。あのことを話さなくては。時は迫る。もう延ばせない。ただ最初の一言――それがどうにも見つからない――一言口に出しさえすれば、いちばんの難関は越せるのだが。十時半に駅にいなくてはならないのに、彼女はまだ何も知らない――

そのときいきなり玄関の間でうれしげな笑い声がした。フランツィがリュックサックを見つけたのだ。得意満面で彼女は戸をさっと開けた。

「あやうく蹴つまづくところだった」彼女は言った。「もちろんリュックサックのこと。まさかこんなものがあるなんて。どうせ遠足に行くとか言って家を出てきたんでしょ。そうでもなきゃ行かせてもらえないから。言ってごらんなさい、どこへ行くと言って出てきたの」

「ロシアだ」だが彼はおじけづいて、この運命的な言葉をとても小さな声で言ったのでフランツィには聞きとれなかった。彼女はヴィトーリンの首に腕を回した。

「遠足って信じてもらえた？」彼女はたずねた。「でもねゲオルク、言っとくけど、あなたのお家に知られてもかまわないの、あなたがここに泊まるってことを。本当にぜんぜんかまわない。それなのに何でこんなごまかしをやるの。わたしなら何かやるときは堂々とやる。卑怯な人間じゃないもの」

彼女は大胆で決意を秘めた顔で彼の前に立った。口元に子供っぽい表情がただよい、目は彼の腕の中ですべてを忘れようという覚悟で輝いている。しかしゲオルクはそれを見なかった。見たくなかった。

彼女はリュックサックを床から持ちあげてテーブルに載せた。

「なんて重いの。いったいどんなものが入ってるのか、ちょっと見せてね」

彼女が口紐をゆるめ、最初に手にしたものはロシア語の赤い単語帳だった。好奇心に満ちた目で彼女は奇妙な文字をながめた。

「何これ」彼女が聞いた。「ギリシャ語？」

「ロシア語だ」ヴィトーリンはぶっきらぼうに答えた。

「ここで勉強するつもりなの。あなたってときどき変なこと考えるのね。今日明日中にロシア語がそんなにはかどるとは思えないけど」

彼女が単語帳をテーブルに置いたとき、ページのあいだから一枚の写真が滑りおちた。そこに写るのはいかめしい目つきをした背の高い若い婦人で、チューリップ畑の絵の前にぎごちない姿勢で立っていた。袖にパフの入ったワンピースの服を着ている。

「これは誰？」フランツィが聞いた。

「亡くなった母の若いころの写真だ」ヴィトーリンが言った。「君は知らないと思う。僕に似ているんだそうだ。いつも持っていくんだ――」

いよいよその時が来た。もう引き返せない。

「いつも持っていくんだ、長い旅に出かけるときは。一九〇〇年くらいの服には袖にそんなパフがついていた。だから流行遅れなんだけど、写真はこの一枚しかない。戦っていたときも捕虜になったときもその写真は身から離さなかった」

フランツィはびくっとして彼を見た。

「でも遠くには行かないんでしょ、ゲオルク――答えて！　行っちゃうの？　ごまかしじゃなかったのね。今日になってから言うなんて。どこに行くの」

ヴィトーリンは母親の写真をフランツィの手から取りあげ、単語帳のあいだにはさんだ。

「ロシアに行く」彼は言った。「そんなにあわてふためかなくてもいい。二、三週間で帰ってくるから」

「そういえばロシアに戻りたいとか言ってたわね。あれは真面目な話だったのね」小声でおずおずと言った。「いったい何しに行くの」

「それは言えない。女性に話すようなことじゃない。僕にはあるはっきりした使命がある。ロシアでやり残したことがあるんだ——もう質問はしないでくれ。心配しなくてもいい。一人で行くわけじゃない。相棒といっしょだ。二、三週間でまた戻ってくる。そのときには新しい職がちゃんとある。ある大事業家の個人秘書になる。でも考え直すかもしれない。正直に言うとあの人は人柄に何か胡散《うさん》臭いところがあって、闇商人でもやったほうが似合うんじゃないかと思う。でも近頃の人は誰もそんなふうだから。給料はいい。それが肝心なことだ。一月一日まではそのポストを僕のために空けておいてもらえる。そういう約束になってる」

「いつ発つの」まくしたてるヴィトーリンの勢いにすっかり呑まれながらも、フランツィが聞いた。

「今夜十一時半の汽車だ」彼は早口に何でもないように言った。「でも十時半には駅にいなきゃならない。見送ってくれるのなら急いで支度しないと。長くは待てない」

言葉もなくフランツィは彼を見つめた。目に涙があふれた。ヴィトーリンはそれに腹を立てたが、後ろめたくも思っていて、非難に先手を打とうと、厳しい敵意をこめた声で叱った。

「君はこれから愁嘆場を演じるつもりかもしれない——でもそんなことをしても無駄だ。それは今言っておく。もう時間がない。君のために汽車に乗り遅れるわけにはいかない」

彼女は何とも答えなかった。そして帽子とマントを取りに行った。

市電はもう終わっていた。歩いていかねばならない。

駅までの長い道のあいだずっとフランツィは一言も口を聞かなかった。

*

駅の構内でコホウトが二人のほうに歩いてきた。木製の軍隊鞄を手に持った彼は昂奮で汗ばんでいた。紹介されたフランツィへは、関心なさげな視線をちらりと走らせて、ぎごちないお辞儀をして少し湿った手でせわしく握手をしただけだった。

彼はトランクを床に置いた。

「遅いじゃないか。俺は時間通りに来たぞ」そこら中を神経質に見回しながらコホウトはヴィトーリンに言った。「エンペルガーをここに来させるのはまったくどうでもいいことだ。俺はあいつが好きじゃない。馬があわない。俺がモスクワに行くなんてあいつは知らないだろうな」

「きっと知らないはずだ。君が言うなと言ったから僕は言ってない」ヴィトーリンは保証した。

「他の奴にも言ってなければいいんだが」彼は不安そうな目を距離を置いて立っていた

フランツィに向けて言った。「俺は気になるんだが、お前の彼女が――」

「フランツィは君をたった二分前に知ったばかりだ。君の名も聞きとれなかったようだ」ヴィトーリンは彼をなだめた。「そもそも何をそんなに気にしてるんだ。いったい誰を恐れてるんだ。なんといっても君は自分自身の主人だし、誰に釈明する必要もないだろう」

コホウトは汗をかき、まぶたをきつく閉じて手首の関節を回した。

「あと何分かで汽車は引込み線に入る」彼は言った。「申し訳ないが席を確保しておいてくれ。ここに俺のトランクを置いておく」

「それじゃどっかに行くのか」ヴィトーリンが聞いた。

「当たり前だ。ここまで来たのはお前に会うためにすぎない」コホウトがきっぱり言った。「俺がエンペルガーの面《つら》を見たいとでも思っているのか。楽しみはお前に任せる。俺は十一時半ぎりぎりに乗る、一分でも早くは乗らない。心配するな。ちゃんと行くから。トランクを見ておいてくれ」

そしてくしゃくしゃの山高帽を振って、大股の足どりで遠ざかっていった――

エンペルガーはなかなか来なかった。発車の数分前にやっと顔を見せ、遠くから早々とお辞儀をして合図しながらプラットホームにやってきた。ヴィトーリンが若い女性を連れているのを見ると、愉快そうな驚きの声をもらした。そして昔のイギリス貴族のような顔つきとしぐさでフランツィの指先にキスをした。

ヴィトーリンが座席を確保したあと三人はコンパートメントの前に立った。

「やっとこさ間に合うように来られた」エンペルガーが言った。「嘆かわしいことだがやることがたくさんありすぎる。十時半に若い婦人をオペラ会場から家まで送っていった。俺の好みではぜんぜんなかったが、義務だったんだ。まずいことにその人はデープリング（ウィーン第十九区）の高級住宅《コテージ》街に住んでいた。だが幸い車を拾えた。十二時には知人に招待されている。断るなんてとうてい無理だ。誰にも無愛想にしたくない。毎日毎日がそんなふうに過ぎる。いつ寝てるのか自分でも謎だ」

ほらを吹いているのではない証拠として、エンペルガーは自分の絹のマフラーをゆるめて、夜会用コートの下に着たスモーキングを見せた。

ヴィトーリンは彼をわきに引っぱっていった。

「他の人に僕がモスクワに行くことを知らせるつもりですか」彼は聞いた。

「もちろんだとも。明日にでも伝えよう」エンペルガーは約束した。「ただ教授とはすっかり連絡がとれなくなった。人がどれほど早く疎遠になるか不思議なくらいだ。誰にも自分のやることがある。すると本気だったんだな。いってみれば戦争を自分の拳で続行しようとロシアに行くんだな。たいしたもんだ、ヴィトーリン。お前は骨のあるやつだ。くやしいが認めてやる。そこにどれだけ実際的価値があるかは意見が分かれるだろうが――」

ヴィトーリンの顔に嫌な威嚇的な表情が浮かんだ。

「だが俺としては完全に君の立場に組する」エンペルガーはあわてて言った。「誓言は誓言だ。あのセリュコフめ、今思っても――。可愛い彼女がいるじゃないか。最近知り合ったのか。ともかく君の趣味には敬服する。話すことを聞いていると世捨て人みたいだったからな」

ヴィトーリンは聞いていなかった。セリュコフのことを考えていた。ちょうど今、僕は従卒グリーシャを押しのけて幕僚大尉の部屋に入り、釈明を求めた。軍服が目に浮かんだ。それから聖ゲオルギー十字章も。煙草を持つ軽く日焼けした細い手。煙の輪。暖炉の炎。書き物机に置いた本。何もかもはっきり浮かんだが、セリュコフの顔だけは実体がなく、亡霊じみて、記憶をさぐっても出てこない。仇敵の顔を忘れてしまった。そうだ、忘れてしまった。それを苦悶しながら意識したとき、蒸気機関車の汽笛が鳴った。ヴィトーリンはタラップにとびあがった。汽車は動き出していた。

少しのあいだフランツィはまだ手を放さなかった。

「手紙を書いてくれる?」そうたずねた声は、ようやく深い夢から覚めたようだった。「モスクワから書くよ」彼は叫んだ。とつぜん彼は焼けつくような思いを感じた。優しい言葉をかけなければ。心のこもった一言を。だがすでに二人のあいだには遥かな距離があった。

彼はタラップに立ったままでいた。数分前まで互いを知らなかった二人が、今はいっしょに残る。恋人同士のように並んで、自分に別れのあいさつを送る。なんと不思議なことだろう。だがそんな考えは長くは続かなかった。ウィーンを去る彼の心はかぎりなく満たされていた。あそこでの生活は影に等しかった。

彼はコンパートメントに入った。コホウトがいて、白いチューリップと薔薇が描かれた軍用鞄を荷物置きに詰め込んでいた。「なにもかもうまくいった。あと何時間かで国境を越える」

*

エンペルガーはフランツィを家まで送っていくと言ってきかなかった。これには格別の楽しみがあるのです、と彼は言った。わたしならもちろんまだたっぷりと時間はありますし、おまけに若いお嬢さんをこんな夜分遅くに一人で家に帰らせるのは自分の習慣に反しますから。

道中の話題を探すのは彼一人の仕事になった。フランツィは短い返事しかしなかった。彼は懐中電灯の光でフランツィの顔を照らし、シェークスピアを引用してその目に暗に言及した。

「Here did she fall a tear. Here in this place
　I'll set a bank of rue, sour herb of grace.
（ここに涙をこぼしなさった。ここに、そう、
　悲しみの花ヘンルーダの花壇をこさえるとしよう）（『リチャード二世』第三幕第四場。小田島雄志訳）」
だが彼女が英語を解さないことに気づくと話題を変えた。自分は銀行で出世が確実なのだとうちあけた。もしかしたら数か月後には自分専用の車を使えるかもしれません──すばらしいと思いませんか。どの車にするかはまだ決めてませんが。いまは小さな感じのいい独身者用アパートに住んでいますが、もちろんすっかりそれに満足しているわけではありません。書物のための部屋が要るし、のびのびできる空間もなくてはなりません。でも目下のところは適当なものはなかなか見つからないのです。困ったことにボルシェヴィキに囲まれていましたから。嘆かわしい世の中です。わたしはけしてブルジョワではなく、それどころか、ブルジョワ的な党はすべて少々馬鹿げていると思っています。〈時流に遅れて〉はいません。でも極端なラディカリスムにもわたしは熱狂しません。
すぐにフランツィは、エンペルガーの最近までの恋人は女優で、それもかなりの有名人だったことを聞かされた。もちろんそんな関係にも困ったことはあります。世間の称賛を浴びる芸術家は独特の気質があって、ある種の突飛な傾向にはたやすく親しみがも

てるわけではありません。だからわたしは別れました。わたしは社交界の中心にいて、招待されない日はありませんが、それでもなお、自分はほんとうに孤独だと感じる時間があるのです。

フランツィの家の前まで来るとエンペルガーは言った。本当は約束を守る気なんかないのです。さしあたりわたしを待っている紳士淑女は、正直にいえば、わたしにはどうでもいいのです。それよりもわたしもバーに、もちろん素敵な人を連れて。一人で飲んでも何も面白くないですから。フランツィがこのほのめかしを聞き流すとエンペルガーは目に見えて冷淡になった。それでも別れのあいさつをしながら、わが友ヴィトーリンがいないあいだ、折を見て彼女の姿を探してもいいかと許しを乞うた。そして日中の勤め先を聞き出し電話番号を控えた。

自分の部屋で彼女は椅子に身を投げ、手で顔をおおって、声を出して激しく泣いた。嗚咽《おえつ》で体を震わせ、こころゆくまで失望の苦痛に身を委ねた。やがて目の涙を拭うと、心が軽くなった。鏡の前まで行ってある種の満足とともに、泣いて赤くなった目を眺めた。

それからやけくそで破れかぶれの大はしゃぎがはじまった。今望むのは無礼講のどんちゃん騒ぎ、荒れ狂う大酒宴《バッカナーレ》だ。キッチンに走ってパンチ酒を調合した。準備ができてテーブルの前に立つと、グラモフォンを鳴らした。どんなにわたしが陽気なのか、近所の人もぞんぶんに知るがいい。グラモフォンでオペレッタの流行り歌や黒人のダンス曲やマイスタージンガーの前奏曲を鳴らしながら、煙草を吸い、パンチ酒をひっきりなしに飲んだ——そうしながらも砂糖を入れるのを忘れたのに気づいた。パンチ酒と流した涙のせいでそのうち眠くなった。朝の二時ごろ、すっかり服を着たままで、雨傘を手から滑らせたザグレブの紳士と男爵にはさまれて彼女はソファで眠った。

＊

三時間遅れで汽車は国境の駅に着いた。ヴィトーリンは落ち着かない眠りから覚めた。体の節々が痛んだ。コホウトはと見ると座席にあがってトランクをごそごそとやっている。

「ここはどこだ。どれだけ遅れた」まだ半分寝ぼけながらヴィトーリンは聞いた。

「五時だ。もう夜じゃない。だが朝でもない」コホウトがかすれ声で言った。「頭ががんがんする。この顔で夜通し起きてたことがわかるだろう。支度しろ。ここで降りる。パスポート審査と税関だ」

手荷物を下げて二人は駅の土手を走って越えた。駅舎の前で二人は、待機者の長い列のいちばん後ろについた。一歩一歩のろのろとしか列は進まなかった。戸口に立つ男が一度に少人数しか入室させなかったからだ。

「煙草持ってるか」コホウトがささやいた。「俺のを何本かお前のポケットに入れといてくれ。二十本までなんだ。文句をつけられたくない」

半時間待たされたあげく順番が来た。入るとすぐ脇に一種の仕切り部屋があって、入国審査官が座っていた。コホウトが自分のパスポートを渡し、寒さに肩を縮こまらせながら立っていた。

役人がパスポートを開いて日付を読んだ。目が一瞬コホウトの顔にとまった。役人は隣に立つ軍服姿の男と二言三言言葉を交わすと、背後の長椅子を指した。

「行け。そこで持ってろ」

コホウトは壁のように白くなった。

「手荷物が——」彼は口ごもった。「税関に行かなければなりません。いったいどうしたのですか」

「今にわかる」役人は静かに言った。「向こうに行って待ってろ。後でそちらに行ってやる」

「どうしたんです」不安になったヴィトーリンが声をあげた。「パスポートがどうかしたんですか。わたしもいっしょなのですが」

役人が頭を上げた。

「お前の連れか。ならお前も向こうに行け。もうすぐ終わる」

役人は戸口に立つ男に合図した。扉が閉められた。それから残りの旅行者の審査が先に行なわれた。

ヴィトーリンは自分のリュックサックをコホウトの木のトランクの隣に置いた。

「何をやらかした」彼はささやいた。「パスポートにまずいところがあったのか。なら今教えてくれ」

コホウトは頭を壁にもたせ、何も言わなかった。

やがて残りの者のパスポート審査が終わった。審査官が立ちあがった。そして二人に指図した。

「ついて来い」

「どこへですか」ヴィトーリンが聞いた。

「すぐにわかる。つべこべ言わず来い」

ヴィトーリンは執務室の前で待たされた。コホウトと審査官が中に入った。

表札には〈国境保全局長官〉とあった。するとパスポートは偽造品だったのか。そうとしか考えられない。ヴィトーリンは歯軋《はぎし》りをした。すっかりけりがつくのはいつになるだろう。待機。果てしなく長い待機。訊問。送還。送還だって？　誰が戻ったりするものか。パスポートを取りあげられたら、歩いてでも国境を越えてやる。

扉がさっと開いた。コホウトが出てきた。その後ろから木の軍用トランクを持った男が現れた。

「何もかも誤解なんだ」コホウトはしゃがれ声で、まぶたを神経質にぴくつかせながら言った。「すぐ疑いは晴れる。お前は先に行っててくれ。俺は後から追いかける」

「入れ」トランクを持った男がヴィトーリンに言った。「長官が待っておられる。話なら後でしろ」

長官はブロンドのよく手入れされた短い口髭を生やした初老の男だった。この男がヴィトーリンを手招きして椅子に座らせた。審査官がかしこまった姿勢で長官の机のそばに立っていた。

「ゲオルク・ヴィトーリン、会社員」訊問が始まった。長官が彼のパスポートを審査官にわたして言った。

「一般事項を読んでくれたまえ」

それからいくつもの質問がヴィトーリンになされた。旅行の目的、コホウトとの関係、所持金の額、その金の出所。回答は書類に記入された。

「パスポートが有効ではないのですか」ヴィトーリンが聞いた。

「君のパスポートは有効だ。旅行の続行に支障はない」長官が言った。「ここに署名すれば行ってよい」

ヴィトーリンは安堵の溜息をついた。そして言った。

「友人を待つことにします。いっしょに旅行しているのです」

長官はブロンドの口髭を撫でた。

「君の友人は勾留されている。いずれしかるべき地方裁判所に引き渡されるだろう」彼はそう言った。「あの男は雇用主のウィーン二区、グローセ・モーレン小路十一番のジギスムント博士から、二七〇リラ、一一八帝国マルク、四二〇レウ（ルーマニアの貨幣単位）、および一八六〇クローネを、自らの管理する収入から横領したことを認めた。その金は彼の所持品のなかから発見された」

「僕はまったく無関係です」ヴィトーリンはあわてて叫んだ。「誓って本当です。誓約してもかまいません」

長官はそれには及ばないというように手を上げた。

「もしなんらかの証拠によって、あるいは君の友人の供述によって君に有罪の疑いがかかっているなら、とうに君も勾留されている。調書に署名したまえ。急げばまだ汽車に間に合う」

プラットホームにコホウトはいなかった。汽車が駅を出たあとはじめて、ヴィトーリンは友の姿を見ることができた。

コホウトは二人の地方警官にはさまれて暖房施設のそばに立っていた。目は伏せられていた。通り過ぎるときヴィトーリンは友に別れの合図をしたが、コホウトは気づかなかった。ひたすら自分と話しているように見えた。というのも左右交互に足踏みし、手首の関節を回していたから。

前線地帯

　ノヴォフロヴィンスクはベルディーチウ（キエフから一〇〇キロメートルほど南西にあるウクライナの都市）からおよそ二十キロメートル南にある村で、三、四本のみすぼらしい街路と広場からなっていた。川べりには漁師小屋が数軒あって、ノヴォフロヴィンスクの住民から〈郊外〉と呼ばれていた。広場の飲み屋〈ホテル・モスクワ〉は、オーストリア軍が撤退したあと、第三ウクライナ志願兵連隊幹部に将校用の宿営兼事務室として接収された。戦争中は軍服倉庫として使われた学校の建物には電信局が入っていた。鉄道駅は村の外にあった。冬に徒歩で駅に行くものは膝まで雪に埋もれた。

　ここが目下のヴィトーリンの到達地点だったが、さらに先に進むのは難しかった。ペトリューラ（ウクライナの民族主義者。ウクライナ独立を目指し赤軍と戦う）率いるウクライナ志願兵部隊が、赤軍第二ラトヴィア散兵連隊に対し、ノヴォフロヴィンスクとベルディーチウ間に前線を形成していたからだ。

ヴィトーリンは靴直しの家に住まいを見つけた。街路で人目につくことは避けた。部屋は薄暗く、手入れは悪く、家具も乏しく、寝室が居間を兼用し、キッチンにもなった。靴直しは道具を持って一種のがらくた部屋に引きこもった。

ここに滞在して四日目に、激しいノックの音で眠りを妨げられた。ヴィトーリンはマントをはおり、階段をぎしぎし鳴らせて降りた。靴直しが玄関の扉を開けた。外に立っていたのは痩身の濃い眉毛の男で、この寒いのにマントも毛皮も身につけていなかった。男のそばに土色のマントに身を包んだものが雪にまみれてうずくまり、たえず何か喋り続けていた。靴直しは立っているほうの男の顔に灯りを近づけた。

一目見ただけでロシア将校とわかった。靴直しは家に引っ込んで鍵をかけようととっさに思ったが、ヴィトーリンがあいだに入った。

「あなたは誰です」彼は聞いた。「何しに来たのですか」

男は子羊の皮の帽子に手をあてた。

「ニシゴロド騎兵連隊大尉シュタッケルベルクです」しゃがれた声で男は言った。「自分とこの戦友の宿営を探しています」

「宿営ですか。ロシアの将校はホテル・モスクワに部屋があるはずですが」

騎兵大尉は頭を振った。

「われわれにはないのです。われわれは志願兵連隊に属していません。この男は病気で、暖かい部屋と乾いた服がなければ雪の中で死んでしまいます。わたしの手ではこれ以上運ぶことができません」

「何の病気でしょうか」

「わかりません。熱病の一種でしょう。ほら、熱に浮かされてうわ言を言っているでしょう。たいへんな旅でした。休息が必要です。暖かい部屋とベッドが」

この家にベッドは一つきりしかなかった。だがヴィトーリンは長くは考えなかった。

「ベッドは一つなら提供できます。あなたとわたしのための居所もなんとかしましょう。来てください」

騎兵大尉はふたたび手を帽子にあてた。

「感謝します」彼は言った。「ミーチャ、立て！　ミーチャ、聞いたか？　どうした、雪の中で夜明かしするつもりか。立て、ストーブも燃えているぞ」

そして革のジャケットから雪を払い落としたあと、あらためてヴィトーリンに顔を向けた。

「この男はドミトリ・アレクセヴィチ・ガガーリンといいます。向こうの」――と言って彼は東のほうを指した――「向こうの奴らがこの男の父親を銃殺しました。ガガーリン伯爵をです。ロシアの方《かた》でなくとも、その名はご存知かもしれません」

＊

三週間のあいだ三人は靴直しの部屋を共有した。騎兵大尉は床に寝た。ヴィトーリンは二脚の椅子と毛皮の上着で寝床を作った。二人は病人の世話と家事を分担した。朝ヴィトーリンは郊外に行き、パンや小麦粉や卵や山羊のチーズ、あるいは魚を買ってきた。そのあいだ騎兵大尉は部屋を掃除してストーブに火を入れた。晩になると元はヴォルィーニ（ウクライナの西部地域）の連隊で軍医だったという老医師が来て病人を診た。ふたたび三人だけになるとヴィトーリンと騎兵大尉はヨーロッパについて、ロシアについて、自分らの運命について、いつ尽きるともない話をし、瘦《こ》けた頰を熱でほてらせた病人はベッドから身を起こして黙って二人の話を聞いていた。

「恩人のあなたに、どうして隠しておけましょう」騎兵大尉が言った。「どのみちあなたにはわかってしまうでしょう。ミーチャ（ドミトリの愛称）はモスクワから来ました。前線を越えて書類や文書をこれで三回運んできました。わたしがそれを正当な政府に渡します。ときどきはわたしも向こうに――」

「そんなたやすいことなのですか」ヴィトーリンは勢い込んで言った。「前線を越えるとはそんな簡単なことなのでしょうか。あなたの戦友はまだ若い、きっと十八にもなっていないでしょう。なのにそんな勇気が――」

騎兵大尉は短くしゃがれた笑い声をあげた。

「勇気ですって。勇気なら罰当たりなほどありますとも。それから前線ですか。前線とは何でしょう」

「セリョーシャ、お茶をくれ！」ベッドから病人が弱々しい声をあげた。

「もうすぐだ、ミーチャ。もうすぐ沸く。もう少し辛抱してくれ」騎兵大尉が言い、そのしゃがれ声に愛情がこもった。「モスクワじゃ蕪《かぶ》からお茶をつくる。でもこれは正真正銘のお茶だ。信じないのか。ああ、ミーチャ、お前は何でも自分の目で見なきゃ信じないんだな。お前はそんな奴だ」

騎兵大尉はパンを薄く切った。それからヴィトーリンのほうを向いて話を続けた。

「でも前線とは何でしょう。ここには塹壕なんかありません。代わりに農家を占拠するんです、こっちに一軒、あっちに一軒という具合に。屋根に見張りを立たせて、窓から機関銃をのぞかせる。これが赤軍の前線です。それと戦うウクライナ志願兵はどうかっていうんですか。演説を一席ぶって、将校は肩章をつけるかつけないかで喧嘩し、あっちこっちで集会して、今日選んだ指揮官を明日に辞めさせる。それからポスターを刷ります。『志願兵部隊はデモクラシーのために戦う。わが軍に列せよ。ロシア防衛に助力を求む！』——ご立派な言葉です。でもわたしの心には響かない。死ぬならこんなのとは違う、別のロシアで死にます」

そう言うとこれで話は済んだとばかりに首を勢いよく振った。それから病人にお茶とゆで卵を持っていった。

「ほら見ろ」彼はそう言って煙草の脂《やに》で茶色くなった指で卵を指した。「二種類のビールが入った小樽を持ってきてやったぞ。食べろ、飲め、ミーチャ。魂をまだ取られてないことを喜ぶんだな」

＊

ヴィトーリンが朝〈郊外〉へ行くとき、雪におおわれた木材置き場の脇を通る。その囲いの板壁に一面に、反革命政権のポスターが貼ってある。青や緑や白の紙にウクライナの民衆への檄《げき》に交じってレーニンやヨッフェやチェカ議長ジェルジンスキー、ツァーリの殺害者スヴェルドロフのカリカチュアが見られ、ボルシェヴィキの残虐行為の血なまぐさい場面が、けばけばしい色で描かれている。その一枚には野蛮で醜い顔をした赤軍の親衛隊が、略奪を受けた村で、燃える小屋から逃げる農民を斬り倒し、農婦を拉《らっ》し去り、家畜を追い立てる様子が描かれている。手前にいる赤軍将校は赤モール付きの乗馬用ズボンとエナメルの長靴《ちょうか》をはき、ソヴィエト徽章を革ジャケットの袖につけて、ソヴィエト軍司令官ヴォロシーロフ（後にスターリンの側近となる司令官）の顔をしている。サーベルにもたれて勝ち誇った悪魔の笑みを浮かべ、足元に横たわった血まみれの司祭をながめている。その下に鮮やかな赤字で「奴らがロシアの同胞を解放するとはこういうことだ」と書いてある。

板塀のかたわらを通るたびヴィトーリンはこの絵の前で立ち止まった。赤軍将校の驕《おご》り高ぶった笑みは彼を放さず、心を抑えがたい憎悪で満たした。――エナメルの長靴と乗馬ズボン、洗練された、指先まで気を配った、香水の匂いがする殺人者。家ではオーデコロンで手を洗い、フランス語の小説を読み、女たちに追いかけられる。それなのに僕は――いまだにこの呪わしいウクライナのねぐらを離れられない――

力のかぎりを振り絞ってようやく絵から身を離すことができた。家に戻ると同居人にセリュコフの話をした。

「ミハイル・ミハイロヴィチ・セリュコフですって。いや、そんな人は知りません」騎兵大尉は言った。「戦争局の記録部に照会するしかありません。でも、あそこがどれだけ乱雑かは神のみぞ知るです。ミハイル・ミハイロヴィチ・セリュコフですか。するとその人は革命を是認し、ツァーリを裏切ってソヴィエトに忠誠を誓ったんですね。それならどこかの前線にいるでしょう。もう幕僚大尉ではなく、むしろ大隊を指揮しているんじゃないでしょうか。セミョーノフ連隊所属ですか――でも今じゃ何もかもてんやわんやになってるから、誰にもわからないでしょう。われわれニシゴロドの龍騎兵連隊も今じゃ〈ラサール赤軍騎兵連隊〉です。いまはどこでもそんな感じです。もしそいつがあなたのいうとおりの卑劣な男で、サディストで悪魔崇拝者なら、ルビャンカの名簿で探したらどうでしょう。あそこには一番たちの悪い奴らが集まってますから」

「何ですか、ルビャンカって」ヴィトーリンが聞いた。

「ルビャンカを知らないんですか。何とまあ。ルビャンカは全ロシアの殺戮場です。死神の総本山、モスクワのチェカの本拠地です」

ガガーリン伯爵は毛布に包《くる》まってストーブの陰に座っていたが、頭をあげて喋り出した。

「ルビャンカを知らないですって。わたしは知っています。神もそれはご存知です。わたしがそこに行って渡された通行証には、K・Pつまり反革命部門とありました。どうしてK・Pなんだ、とわたしはつぶやきました。父は政治に関わったこともないのに。――扉の前に赤い腕章をつけた水兵が立っていて、わたしを中に入れました。人民委員《コミサール》が座っていました。眼鏡をかけて、歯が痛むのか頭にショールを巻いていました。この人も洗礼を受けたのなら、思いやりの気持ちはあるはずだ、と思っていました。――彼は通行証を手に取って言いました。『何かわたしに用かね、市民』わたしは言いました。『同志、わたしは今朝ペテルブルグから来ました。父は火曜日にここに連行されました。お聞きしたいのは、なぜ父が逮捕されたかということです』人民委員はリストを見ました。『いや、お前の父の名はここにはない』――『お願いします、同志、もう一度調べてください』――人民委員は不機嫌になりました。――『どうしろというんだ。このリストに名は載っていない。明日来たまえ。見てのとおり、わたしは忙しい。次！』――『でもわたしはここに来いと言われたのです。書類はあなたの手元にあるはずです』彼は拳でテーブルを叩きました。『お前はわたしの時間を無駄にした。行け！　次！』そして書き物をはじめ、もうわたしに目もくれませんでした」

騎兵大尉は立ちあがり、落ち着かなく部屋を行き来した。

それから赤ワインのグラスを取って、戦友に近づいた。

「飲め、ミーチャ」彼はしゃがれた声で言った。「飲め、そうすりゃ心も軽くなるだろう」

「外で人が待っていました。泣きはらした目をした女たちです。だがわたしはそのまま立っていました。父さんは下の地下室にいる。湿った地面に飢えて寝ている。――人民委員は目を上げました。『まだいるのか。悪魔にさらわれろ。さっさと出て行け』――『同志』わたしは言いました。『お願いします――』そのとき誰かが部屋に入り、新聞を持ってきました。人民委員はそれを手にとって読みました――とつぜん彼は態度を改め、わたしを手招きし、シロップのような甘い声で言いました。――『なんと幸運な偶然だ。わたしは本当にうれしい。喜ばしくも、君に情報をあげられる。ほらここだ。読んでみたまえ』――わたしは新聞を手にとりました。イズヴェスチア（ソヴィエト政府の機関紙）でした。第一面に載っていました。――昨夜銃殺刑。C・И・ネリドフ将軍、それからわたしの知らない教授の名があって、それから――わたしはテーブルの角でしっかり身を支えました。目に白い霧がかかり、わたしは床に倒れました。十字を切る時間さえなかったのです」

騎兵大尉は煙草を巻いた。そして溜息をつきながら、ライターで火をつけた。

「そうだ。神の世は悲しい」彼は言った。「処刑人の群れが大いなる聖なるロシアを統《す》べている。だが辛抱しろ、ミーチャ、今にあいつらを卵の殻みたいに潰してやる。その日は来るだろう。その日聖水は奴らの血をロシアの地から洗いそそぐだろう」

＊

一日中騎兵大尉は外に出ていた。晩の九時ようやくずぶ濡れで凍えきって帰ってきた。子羊の皮の帽子をテーブルに投げ、額の髪をかきわけた。それからストーブにかがみこんで火を熾《おこ》した。

「あんのじょうだ」かがんだまま彼はそう報告した。「志願兵に援軍と砲弾が届いた。戦いが起こる。前線は目を覚ました」

ヴィトーリンはそれが悪い知らせとわかった。前線突破はそもそも不可能になるかもしれない。彼はうろたえてガーリン伯爵の顔を読もうとふりかえった。何分かが過ぎた。外では雪が吹きすさんでいた。

ガガーリン伯爵は頭を横にかしげて考えこんだ。

「神よご加護あれ」やがて彼は言った。「では今夜にも出ましょう」

ヴィトーリンは立ちあがった。前線が活動しだせば例の件は無謀で命がけの行為になる。それははっきりしている。しかしそれでも――ガガーリン伯爵は約束を守ることに決めた。ヴィトーリンは彼に近寄った。彼に感謝しようと言葉を探した。だが若い将校はとまどったように微笑んだだけだった。

「なぜわたしに感謝するのです。大騒ぎするまでもありません。たかが十二露里（約一三キロメートル）、散歩みたいなものです」

「悪魔のものさしなら十二露里だが」騎兵大尉がうなった。「実際は二十を越える。それからミーチャ、吹雪を忘れるな」

「なら二十にしとくさ。凍え死にはしないだろう。わたしを赤面させるつもりか、セリヨーシャ。わたしが約束を守らないような男だと思っているのか。故郷のドン河のコサックにはこんなことわざがある。『お前の心臓を溝に投げろ。そうすればお前の馬は跳んで後に従う』」

騎兵大尉は肩をすくめて何も言わなかった。

この晩会話はもうあまりなされなかった。ガガーリン伯爵は支度をした。双眼鏡、地図、コンパス、コニャックの小壜、二日分の食糧。それからスミス・アンド・ウェッソンのリボルバーを念入りに点検し、自分の灰色の農民服のポケットに収めた。

真夜中の一時間前に三人は出発した。郊外のはずれの小屋のところで騎兵大尉は別れの挨拶をした。

「それじゃ行け、ミーチャ。神がお守りくださいますように」

ロシアの作法に従って彼は友の両頬にキスをした。それからヴィトーリンの手をとった。

「あなたに感謝します。塩とパン、屋根とストーブ。このことは忘れません。お元気で!」

二人は歩いた。藁《わら》を巻いた杭が雪から突き出ていて、それが道しるべとなった。右手には凍った河が仄《ほの》めく帯となって広がっていた。敵意を見せて嚇《おど》す月が天にかかっていた。風がぐしゃぐしゃになった雲をこちらに吹き寄せ、落葉したはしばみの枝とさんざしの藪から雪を振るい落とした。漁師小屋は闇にまぎれて見えなかった。冬の孤独がヴィトーリンの心に重くのしかかった。

*

嵐に吹かれる雲のあいだから月が見えた。その明かりのおかげでガガーリン伯爵は、道の右手に見捨てられた農家の暗い影に気づいた。朝の三時ごろだった。伯爵は立ちどまった。

まだ雪はしきりに降っているものの、寒さは少しやわらいでいた。ヴィトーリンは力の尽きるのを感じた。酔ったように足がふらつき、二度足を滑らせて転んだが、なんとか立ちあがって、目を閉じたまま雪の中を進んだ。息は切れ、足は寒さで強張り、頬は凍傷で燃えるようだった。

「まだ遠いのですか」案内人に追いつくと、軽くうめいて彼はたずねた。

「八露里来ました。せいぜいそんなものです」伯爵は先ほどの農家を指さした。「あそこで少し休んで寝ましょう。あなたも回復するでしょう」

「人が住んでいませんか」

ガガーリン伯爵は首を振った。

「ここらあたりには誰もいません」彼は言った。「ここは前線間ですから。見捨てられたこんな家を見ると胸がしめつけられます。あそこにいた農夫はわたしの父と同じように眠り、飲み、女房を鞭打っていました。ここらの地は黒く、穀物がよく育ちます。その農夫ももういません。誰もどこに行ったか知りません」

伯爵はリボルバーの安全装置を外した。斥候が屋内で夜を過ごしているかもしれなかったからだ。二人は中に入った。部屋は無人だった。屋根の隙間から月の光が射していた。

「これは藁だ。向こうには馬用の毛布もある」ガガーリン伯爵が叫んだ。「小屋なんてもんじゃない。まったくのツァーリの宮殿だ。あなたはここで神のストーブの元でのように眠れますよ」

死ぬほど疲れていたヴィトーリンは今立っているところで床に身を投げた。ガガーリン伯爵は毛布を彼の体にかけ、頭の下に藁を押し入れた。そして自分はテーブルに腰をかけると煙草に火をつけた。

「眠らないのですか」ヴィトーリンが聞いた。

「一人は起きていなければなりません」将校が言った。「ここにコニャックがあります。でも明日にとっておいたほうがいいでしょう」

「万事順調ではありませんか」ヴィトーリンがたずねた。話すのはやさしくなかった。寒さで膨れた唇が痛んだ。

ガガーリン伯爵は何とも答えなかった。

「あなたは同じ道を引き返すのですか」ヴィトーリンは話を続けた。「騎兵大尉がノヴォフロヴィンスクであなたを待っているのですか」

「いいえ、大尉はポーランド領を超えてティラスポリへ行くよう命を受けています。そのドニエストル川流域でロシアの敗残兵が新たに部隊を形成したらしいのです」

「それであなたは？　あなたはどうするのです」

ガガーリン伯爵は黙った。思いにふけっている様子だった。闇の中で煙草の火しか見えなかった。

「わたしは猟犬か野うさぎかになるでしょう。狩猟と同じです」しばらくして伯爵は言った。「一時間後にどうなるか、誰にわかりましょう。自分の連隊の青いチェルケスカ（コサック軍の制服）を着ているかもしれません。どこかのチェカの穴倉で鼠みたいにくたばっているかもしれません。考えてもしかたがないことです。でもどのみちわたしの魂は目的を達するようになるでしょう」

「あなたは古いロシアが、あなたの愛するロシアが、よみがえると思いますか」

「そうなるかもしれません」ガガーリン伯爵は言った。彼の声はいきなり疲れた悲しげなものになった。「炎と痛みを通してロシアは自分の道を行きます。その道がどこに通じるかは、われわれには知らされていないのです」

伯爵は一息で煙草を消した。そしてテーブルから飛び降りると、まったく違った声で言った。

「ここは寒いですね。体を暖めるためにレズギンカ（コーカサスの民族舞踏）を踊ったら迷惑でしょうか」

*

ヴィトーリンは目が覚めた。小屋はまだ真っ暗だった。数分しか眠らなかった気がした。遠くから鈍いとどろきとうなりが聞こえた。ヴィトーリンは頭を持ちあげて耳を澄ませた。

「雷が止むまで待ちましょうか」寝ぼけ声で彼は言った。

「雪で顔をお洗いなさい。そうすれば気が確かになります」扉のほうからガガーリン伯爵の声が聞こえた。「今喋っているのは地獄です。天国ではありません。半時間前から志願兵が射撃をはじめ、襲撃の準備をしています。でもあなたは何も聞かなかった。神があなたに眠りをお与えくださったのです——用意できましたか。今日は方角を変えねばなりません。時間を無駄にするわけにはいかないのです」

二人は小屋を後にした。吹雪がまともに顔に当たった。ガガーリン伯爵は南東の方角を指した。

「向こうに森があります。異教徒の魂のように暗い森です。わたしのすぐ後を従《つ》いてきてください。道はよくありません。薄い氷の上に雪が少し降って、その下は沼です」

二時間のあいだ二人は夜のくらがりの中を、白みかけた朝のなかを歩いた。吹雪があまりに激しくなると、柳の藪の陰に避難した。一度ガガーリン伯爵は地面に身を投げた。

サーチライトの円錐の光が、雪の降った丘や野原を滑っていった。夜が明けるころに、白樺のまばらな林に達し、そこから二人は丘を上っていった。頂上に着くと休息をとった。青灰色の雲が寒々とした澄んだ空にかかっていた。白樺の幹のあいだから靄《もや》がかかった遠景が見えた。

「そろそろお茶を沸かしましょう」ガガーリン伯爵が言った。「いえいけません。ごらんなさい――あそこを」

伯爵は窪地を指した。赤軍の騎兵団が沼の岸辺に馬を止めている。そのうち三人は馬から降りて銃の床尾で氷の張った水面を割り、馬が水を飲めるようにしていた。指揮官は少し離れたところにいて、遠くの砲火に耳を澄ませているようだった。

ガガーリン伯爵は出発をうながした。彼らは丘を降り、小川の凍りついた深く窪んだ河床を下っていった。道は藪が密に繁った平地を通ってえんえんと続いていた。一度ガガーリン伯爵は道に迷ったようだった。彼はコンパスと地図を出して調べ、いきなり左に曲がり、正しい道に行き当たった。

朝の九時ごろ彼は立ち止まり、電信柱と、それから砲撃で穴だらけになった保安係の詰め所を指さした。

「鉄道線路を越えました」彼は言った。「あと十五分歩けば安全なところに出ます」

霧は晴れていて、目の前に目的地であるベルディーチウの森が見えた。

「あと十五分です」ガガーリン伯爵は話を続けた。「でもこの最後の道はとうに踏破するつもりでいました。風が霧を吹き払ってしまいました。これはうまくありません。向こうの森のはずれで斥候が歩き回るようになれば、向こうからは千歩先から見えてしまうでしょうが、われわれには彼らは見えません。行きましょう。鴉のように飛べないのなら、野うさぎのように走るしかありません。でもまず様子を見てみましょう」

伯爵は双眼鏡をポケットに突っ込んで、少し傾いた松の木の一本によじのぼった。北のほうからあいかわらず弱い発砲の音が聞こえ、至近距離で機関銃の響きが聞こえた。小枝がきしんで揺れ、雪がぽとぽと落ち、一羽の鴉が鳴きながら樹を巡った。

いきなり森から銃声が聞こえた。驚いてヴィトーリンは飛びあがったが、ガガーリン伯爵は松の上で様子をうかがい聞き耳をたてる姿勢をくずさず、双眼鏡を目にあてたままじっと動かなかった。何分かが経過した。伯爵が用心深く枝から枝をつかまって降りてきた。地面に着いても松の幹によりかかって立ったままだった。

「お別れの時が来ました」彼は言った。「ここからはあなた一人で気をつけて行ってください。このコンパスと地図を持っていきなさい。向こうで歩哨に出くわしたら、何かの書類を渡して、読んでいる隙をねらって倒しなさい。もし相手が一人でなければ——」

「いっしょに行っていただけないのですか」ヴィトーリンがさえぎって言った。

「ええ、そんなことをして何になります。正直に言いましょう。不名誉なことに、それはわたしにもわかっていますが、早い話が、わたしは怖いのです」

ヴィトーリンは言葉もなく目をみはった。

「信じないのですか」伯爵は小声で話を続けた。「しかしわたしは、神を前にするようにあなたに正直に打ち明けています。怖がってはいけないのでしょうか。わたしだって人生を愛しています。でもあなたにはやるべきことがある。大きな使命を持っている――あなたはそう言いました。だから行かねばなりません。急いでください。一刻の猶予もなりません。でなければ手遅れになります」

「そしてあなたはここにとどまるのですか」

「いいえ。わたしは戻らねばなりません。さわやかな空気のなかに横たわって、目を閉じて、大地の夢を夢見ることはすばらしいでしょうけれど」

彼は地面の雪の上にずるずると倒れた。帽子が頭から転がり、髪が濡れて額にへばりついた。

とつぜん胸騒ぎにおそわれ、ヴィトーリンは彼の上にかがみこんだ。

「あなたは負傷している」

ガガーリン伯爵は頭を振った。

「でも、負傷しているじゃないですか」ヴィトーリンは叫んだ。「見せてください」

「よろしい。それでは負傷しているとしておきましょう」じれったそうに体を動かしてガガーリン伯爵は言った。「お願いですからすぐ行ってください。ベルディーチウの郊外に着いたなら、夜にわたしを橇《そり》で運んでくれる農夫を一人よこしてください。——リトアニアの狙撃兵が一人、左手の森のはずれに立っていました。それに気づいたときは遅すぎました。脚を撃たれました。急いでください。ずっと右側を行ってください。でないと斥候隊のまっただ中に飛び込むことになります。どうか行ってください。でないとあなたをここまで連れてきたことが無駄になってしまいます」

「あとで橇を曳いてあなたを迎えに行きます」ヴィトーリンが言った。「でもそのあいだに斥候が来たらどうします」

「ああ、質問はもうたくさんだ。時間の無駄です。心配しないでください。彼らのあしらい方ならこころえています。何か適当なことを言えばいいのです。自分は赤軍ロシア側で戦うために志願兵部隊から脱走してきたとか。そして一ポンドの紅茶と石鹸のかけらでもやれば野戦病院に送ってくれます。それ以上のことは起こらないでしょう。——送別の辞はもうけっこう。気をしっかり持って命がけで走ってください」

＊

ヴィトーリンは命がけで走った。だが遠くまではいけなかった。道半ばまで来たところで赤軍の斥候に出くわした。

第一弾がうなりをあげて頭上を飛んでいった。二発目が耳をかすった。彼は雪に身を投げ出した。あえぎながらそのままじっとしていた。血が鳴りこめかみがずきずきした。ふたたび呼吸が整うと、彼は声のかぎりに、だが見当外れの方向に叫んだ。

「脱走兵だ！　撃つな！　脱走兵だ！」

雪山の陰から四人の赤軍兵士が現れた。いつでも撃てる構えをして彼のほうに寄ってきた。先頭の男はズックのマントを着て赤い帽章をつけていた。その男が立ち止まり、馬鹿にした顔で彼の面前で言った。

「脱走兵か。脱走兵が農夫の服で前線を通過するのか。ならお前がどんな脱走兵か見てやろう。もう一人はどうした」

ヴィトーリンは背筋を伸ばした。

「僕一人だ」

「嘘をつけ」斥候長がわめいた。「木に登ってた奴だ。どこに置いてきた」

ヴィトーリンは玉のような額の汗をぬぐった。

「あの保安詰め所のところだ。おそらく引き返したのだろう」

「ふん、遠くまでは行けまい。まっすぐ歩け！　逃げるそぶりを見せたら銃弾をお見舞いするぞ」

詰め所にガガーリン伯爵はいた。長靴を脱ぎ、撃たれた膝に布切れを巻いていた。赤軍兵士の姿を見ると、煙草を深々と何度か吸った。あわてずにポケットから帝政ロシアの色の綬《じゅ》を出して入念に上着の袖に巻きつけた。それからそばの雪の上に置いてあったリボルバーに手を伸ばすと、冬の日のなかでその銃身を何秒かきらめかしてこめかみにあてて、引き金を引いた。

数歩跳んで斥候長が彼の脇についた。そして死者の手を取ってつけつけと眺めた。「思ったとおりだ。大地主のぼんぼん、白衛軍の将校だ。自分で白状して、自分で始末をつけてくれた。――ポケットを改めろ！」

誰もヴィトーリンを気にしてなかった。逃げようと思えば逃げられた。だが彼は呆然として、恐怖に開いた目で若いロシア将校を見ていた。目を閉じて雪に横たわり、大地の夢を夢見ている男を。

「ほんの若造だ。まだ口が乳臭い」兵士の一人が言った。「いっちょ前に恋人がいて胸元に写真がある」

そう言って写真を雪に投げつけた。

「ところで同志、こいつはどうします」彼は続いて言った。「やはりスパイでしょう。副官としてこの将校閣下の後を追わせますか」

斥候長はヴィトーリンに近寄った。

「それは司令官が決めることだ」彼は言った。「連れて行け！　訊問だ」

＊

前線のすぐ奥の納屋に監禁されたまま、ヴィトーリンは訊問を空《むな》しく待っていた。誰からもすっかり忘れられたらしい。見張りの赤軍兵士に聞いても答は帰ってこなかった。午後に歩哨が交代した。一時間たった後ヴィトーリンはベルディーチウのグリゴロフ監獄に連行された。

息が詰まるような沈黙が街を覆っていた。日は暮れかかっているのに明かりの灯る窓はない。がらくた市に人が集まり、生活必需品らしきものさえ売り払おうとしていた。若い娘が不安げな顔で一人の商人に台所用具と黄色い絹のカーテンを差し出した。腰の曲がった老人が片手に中国の壺を、もう片方の手に繕《つくろ》い跡のあるキャンバス地の靴を持って歩いていた。赤軍兵士がヴィトーリンを連行して広場に近づくと、売り手も買い手もあわてふためいて散り、中国の壺を持った老人だけが立ち止まり、屋台の陰に身を隠そうとした。

木の歩道は剝ぎとられ、すでに秋から暖房に使われていた。教会の石段にすりきれた黒い絹服を着た女が座り、前を通る人の足音を聞くと、頭を上げずに立ちあがって両手を差し出した。暗い窪みからいきなり歩哨が飛び出し、懐中灯でヴィトーリンとその連行者の顔を照らした。中庭では、前線で土木作業に従事させるため徴用された市民たちが、顔を伏せ一列に並んでいた。戸口や壁や柵に地域ソヴィエトの布告が貼ってあった。すべての住民は下着上下三組を赤軍兵士のために供出せよとのことだった。

グリゴロフ監獄でヴィトーリンは名を登録された。連行した者の話から自分が反革命分子のスパイと疑われているのを知った。だがそう言われてもさっぱり何のことやらわからなかった。

監獄の扉が閉じるとようやく一日中おおいかぶさっていた圧迫感がなくなった。天井から下がったランプの鈍い光で、中には優に一ダースいるのがわかった。板張りの寝台や床に横たわる者。藁束の上にうずくまる者。一人は壊れた木箱に座っていた。――これを見ると、ヴィトーリンの心に安らぎめいた気持ちが起きた。自分はもう孤独ではなく、大勢の中の一人だ。運命をともにする者の中にいる。

ヴィトーリンは疲れを感じた。落ち着いて自分の立場に思いをいたし、何もかもがいかにして起こったかを、はっきりさせる必要を感じた。そして手探りしながらゆっくりと床に身を滑らせると、すぐ近くで荒々しい叫びがあがった。それはいらついた猫がふーっというような声に、怒りと不安と絶望を響かせる叫びに変わっていった。

「触るな！　気をつけろ！　俺に触るな！　死んでるって言ってるだろ。わからないのか！」

ヴィトーリンは飛びあがっておそるおそるそちらを見た。一人の男が顔を壁につけ、不自然に体を曲げて、こわばった姿勢のまま動かず床に横たわっている。寝台から微かに嘆く声が聞こえてきた。「だめだ、どうしてもだめだ。神よ、あいつらが寝させてくれません」

窓際の場所からひとりの老人が立ちあがった。床に寝る者を踏まないようまたぎ越しながら、老人はヴィトーリンに近づいた。

「あそこにいる奴を気にするな。あいつは病気だ」老人は言った。「向こうの奴は頭から正気を追い払った。野戦病院に移したほうがいい。ここじゃ病人にまともな世話を受ける権利はない。来い！　わたしはこの部屋の最長老だ。お前に場所を割り当ててやる」

窓の近くにはまだ空間があった。囚人たちは割れた窓ガラスから吹き込む雪まじりの風を避けようと、牢の中央に押し集まっていた。最長老者はヴィトーリンの隣に座った。

「お前はよそ者だな。この町の人間じゃあるまい」老人は言った。「どういう罪を着せられた？　いいか、わたしは相場師だ。わたしたちにはまだ少し小麦と砂糖があった。女房がクッキーを焼いてわたしが喫茶店や街角で売る。それが違反行為とされたから、わたしはここにいる。奴らがアルテミエフを探しはじめたときにわたしは逮捕された。アルテミエフ——この名に聞き覚えはないか？　アルテミエフ。古い社会革命党《エス・エル》の一味でテロリストだ。ツァーリの時代から地下活動をしていた――こいつが今モスクワに向かっているらしい。パリのメンシェヴィキ執行委員会の命を受けて、ジノヴィエフやレーニンやカーメネフやらの昔の友と決着をつけるためだそうだ。今政権を握っているのは、このアルテミエフを白軍の将軍をすべてひっくるめたより恐れている。闘争方法を知っていて、布告ではなくダイナマイトや地獄の装置に物を言わせるからだ――」

ヴィトーリンは歯をくいしばり憤怒と絶望の唸り声を抑えた。自分も決着をつけねばならない。だが意味のない偶然のためここに閉じ込められている。幸運は恥知らずにも敵側に微笑んだ。

「まだ訊問を受けてないんだ」彼は小声で恨めしそうにささやいた。「いつ自分の番が来るだろうか」

「運がよけりゃ当分先になるかもな」最古参の囚人が言った。「お前のことを忘れているんだろう」

「そうじゃない。訊問を受けたいんだ。それがわからないのか」ヴィトーリンは叫んだ。「自分の権利を要求しているだけだ。人権、それだけだ」

老人はやれやれ万事休すというように片手を上げた。

「何だそりゃ」彼は言った。「人権だと。ここにいる者に人権などあるものか。それに訊問にしても、多くを期待しないほうがいい。二分しか続かないし、お前の面《つら》が予審判事の気にくわなきゃたちまち銃殺だ。これが訊問ってもんだ」

ヴィトーリンは黙って鉄格子のはまった窓を見つめた。

「人権か」老人は続けた。「あそこにいる奴を見ろ。〈死人〉のボブロニコフだ。叫んでお前を驚かせた奴だ。革命の前は宝石商だった。ここに連れてこられたのは、御法度《ごはっと》のつまらない商いか何かやったんだろう。だがあいつはめげなかった。『いやというほど』と奴は言った。『人民委員の連中を家でもてなしてやった。女房のイライダ・ペトローヴナがすぐ必要な手を打つだろう』――そこで最初の何日かは鞕皮《じんぴ》の靴を作ったり、妹が赤十字から持ってきた柳の枝で籠を編んだりして結構楽しんでいた。だがそこで司令官が気まぐれをおこした。『市民ボブロニコフ、お前を訊問する』――ある日そう言われた。地下室に連れていかれると、そこに死体が二つあった。何時間か前に銃殺された奴のだ。――『さて市民、お前の番が来た』司令官が言った。『ずいぶん長いあいだここのパンとスープを詰め込んでぱんぱんに肥えたからな』――司令官は奴をひざまづかせ、リボルバーを持ってその背後に立ち、奴の頭をかすめて二発撃った。『よし。今日はこれまでにしておこう』これが司令官らの考えた悪ふざけだった。だがボブロニコフは床に横たわったままうめくばかりで動こうとしなかったから、運んで牢に連れていかなければならなかった。そのときから奴の頭は向こう側に行って、もう人権のことは考えなくなって、司祭や合唱団を呼んでくれ、俺を埋葬してくれと叫ぶようになった」

少しのあいだ牢の中が静かになった。それから老人が言った。

「今は眠っている。夢を見ているかもしれない。おおかた天国にいて神さまの前で籠や靭皮の靴を作っているのだろう。あそこの隅に水壺がある。お前のパンは今日はもうない」

彼はランプを吹き消して手探りで自分の場所に戻った。眠ろうと手足を伸ばして、牢屋の天井を指さした。

「聞こえるか?」彼はささやいた。「あれが司令官だ。一晩中自分の部屋を歩き回ってる。眠れないんだ。死人があいつを休ませないんだ」

*

朝の七時ごろ扉が勢いよく開いた。看守が入ってきてアセチレンランプで一番近くに寝ていた者の顔を照らして叫んだ。

「市民ボブロニコフ、支度しろ! 荷物を持って駅に行け!」

〈死人〉のボブロニコフは飛び起き、つんざくような叫びをあげて部屋の隅に逃げこんだ。床に身を投げ手足をばたつかせた。最古参の老人がなだめようとすると指を嚙まれた。女囚たちを押し込めてある隣の部屋でヒステリックに助けを求める叫びが聞こえた。騒ぎを聞いてかけつけた二人の赤軍兵士が騒動に始末をつけた。荒れ狂う者に襲いかかり戸口へ引きずっていったのだ。

誰も眠り直そうとはしなかった。救いのない荒《すさ》んだ日がまた明けた。ヴィトーリンはポケットにパンを少しとチーズと煙草二本を見つけた。それを食べはじめたとき、長身の男が彼に近づき、礼儀正しくお辞儀して自分の名――レオニード・ヴァシリエヴィチ・アヴドキン――と職業を告げた。彼は弁護士だった。使用人の陰謀と密告のために監獄に入れられたという。品よく響く小声で、ここの取り決めによって一番新しく来たものが部屋の床掃除をすることになっていると教えた。もの欲しげな目でヴィトーリンの煙草を見て、わたしが代わってあげましょうかと申し出た。一週間前から吸っていないのだそうだ。

彼は煙草を手に入れると、物柔らかだが決然とした口調でヴィトーリンの仕事をすると言い張った。少々の運動は健康にいいのだそうだ。床にひざまづき濡れた雑巾を使っているあいだ、小柄な禿の男がヴィトーリンの前に腰をすえて叫んだ。

「おいこの坊主を見てみろ。なんという王子さまだ。面汚しめ。人に自分の仕事をやらせてやがる。恥ずかしくないのか」

禿の男はもとソヴィエトの職員だったが、横領と収賄を何度も行なったために投獄されていた。ただ一人のプロレタリア出身の囚人として、この男はいつも不満をかかえていた。

弁護士がヴィトーリンを救いにやってきた。

「どうか隅にひっこんで黙っていてください。おとなしくしてください、イワン・セルゲイヴィチ」弁護士は言った。「ここの人は皆あなたを知っています。あなたがどんな労働者だったかを知っています。わたしがあなたを敬いひざまづくということはないでしょう。あなたは片方の手で小銭をかすめ、もう片方でそれをポケットに入れた。あなたはそんな仕事をする労働者だった」

もとソヴィエト職員はかんかんに怒り、弁護士に罵言を雨あられと浴びせた。彼を卑しい高利貸し、汚い鼠、ひねりつぶされるべき虱《しらみ》呼ばわりした。それから怒りの矛先を、弁護士にもっともという風にうなづきかけた、キエフ出身の髪を入念に分けた俳優に向けた。

喧嘩は毎日のように起きた。市立女子校教師のセミョーン・アンドレーヴィチが、教会で物乞いをしていた浮浪者の老人の脇腹をつついて唸った。

「それ以上近づくな、森の妖怪め、おいぼれコレラめ。体じゅうの骨を折ってやる。尻《けつ》が二つあるみたいにのさばりやがって。もっと縮こまれ。消えろ。あと百年は顔を見せるな」

最古参の老人はヴィトーリンのほうを向いて肩をすくめた。

「ここじゃいつもこんなもんだ。共同生活の送り方を忘れちまったものばかりだ。犬ころみたいに吠えあっている」

赤十字の看護婦が来ると喧嘩はおさまった。そこらじゅうから質問が浴びせられた。看護婦は囚人たちを光や生命や幸福な過去と結びつける唯一の絆《きずな》だったからだ。だが看護婦は囚人との会話を禁じられていた。彼女は黙ったまま一日分のパンを一人一人に配った。毛布にくるまり、熱を出し震えて板張りの寝床に横たわっていたもと地主のストロシェフには薬箱から水薬が与えられた。隣人に小突かれないよう隅の一番暗いところにひっこんでいた浮浪者は腰痛を訴えた。そして蔓苔桃《つるこけもも》が欲しいと言った。汁を背中にすり込むのだそうだ。彼が看護婦に言うには、その薬は間違いなく効き、喀血や蜂に刺されたときも重宝で、神に愛されたもの《アムフィロギ》と呼ばれたヤコヴレフスキー修道院の司祭から昔もらったことがあるそうだ。

役者が弁護士に近寄ってきた。監獄にいるうちに伸びた赤い髭を撫で、部屋を出て行く看護婦を目で追いながら小声で言った。

「気がついたか、レオニード・ヴァシリエヴィチ、あの女が俺を見る目つきを。俺に惚れてるんだ。何日かまえから気づいてた。俺に会いたくて来るんだよ」

いっぽう浮浪者は盛んに喋りだした。

「あのアムフィロギと呼ばれた僧のいたヤコヴレフスキー修道院には、たくさんの聖遺物があった。みんなが蠟燭を手にそこに詣でる。以前は聖体パンとお茶と砂糖とオートミールを乾かしたものと四十カペイカがふるまわれた。今年の秋に行くと司祭自身が無一文になっていて、村を回って物乞いをしていた。近くにもう一つ、聖なる偉大な殉教者にちなんだ修道院があった。たくさんはもらえなかったが、必ず二十カペイカは恵んでくれた。ベルディーチウの修道院には久しく行ってない。よしひとつ足を運んでやろう、とわしは思った。そこで何を見たと思う。敬虔な司祭たちは追い出されて、何かの人民委員会が入ってた。だがそれがどうした。巡礼してもお恵みがなけりゃしかたがない」

「だが赤軍が、コミュニストどもがお前を逮捕した。宿を恵んでくれたじゃないか」役者が言った。

「わかるもんかね、旦那。わしを逮捕したのは赤軍なのかコミュニストなのか」物乞いの老人が言った。「どうやって見分けるんだね。そんなことができるのは、神さまくらいのもんだ。他の国のものなら、習慣《しきたり》があるから、それでわかる。ドイツ人とタタール人を見るがいい。タタールはカルムイクとも呼ばれている。ドイツ人なら自家製ブランデーで香りつけした煙草をくれる。だから見分けはつく。タタール人は頭を剃って目がただれて、魚を食って生きている。タタールにはそんな習慣がある」

引き続いて彼は修道院でどんなもてなしを受け、どんなものを恵んでもらったかを話した。だが誰も聞いていなかった。彼の話は眠たげで一本調子なつぶやきと化し、ときたま言葉の切れ端が聞こえるだけだった。棒鱈、蜂蜜入りオートミール、クリームだんご、チーズパンケーキ、八十露里、教父ポリフィルス、祝福されたお方、浸礼、輔祭アリスタルコ。そのうち誰も聞くのをやめた。

晩になると元ソヴィエト職員が連れ去られた。「手荷物を持って司令官のところに行け」彼は名を呼ばれると真っ青になった。だが黙って立ちあがり荷物をまとめた。監獄に持ち込んだ小さな藁布団は、隣にいたジュメールィンカ（ベルディーチウから一〇〇キロメートルくらい南にある都市）出身の魚商人にやった。それから別れの挨拶を囚人仲間にした。いがみあっていた弁護士や俳優にも。

魚商人が藁布団を持ってヴィトーリンの隣に座った。

「上司と喧嘩したせいだって本人は言ってたが」彼はささやいた。「本当は賄賂を取ってたんだ。もう帰ってはこないだろう。お前も今にわかる。他の奴だってここにいるかぎり長生きは難しい。だが俺は司令官と約束した。反革命分子の名を六人挙げれば釈放される」

そしてヴィトーリンの顔を探るように見てとても小さな声で言った。「四人はもう見つけた」

＊

次の日に新しい囚人が二人連れてこられた。前線で逃亡した赤軍兵士と、石炭と原料が欠乏したため操業を停止したベルディーチウの機械工場で働くエンジニアだった。このエンジニアはまだ若い、生き生きと動く目をした髭のない男で、すぐ他の囚人に自己紹介をすると、憤懣と快活の混ざった口調で自分が逮捕された理由を語った。

「僕はソヴィエト政府の権威を転覆させた悪魔なんだ。——なにしろ工場長にこう言ったから。『もう全ロシアに一缶分しか石油はありません。それはレーニンが持ってるんです！』」

そしてこの青年が言うには、チェカの奴らはまだ仇敵の老テロリスト、アルテミエフを捕まえるのに成功していない。日夜を問わずベルディーチウやジトームィルやオーヴルチやキエフで家宅捜索が行なわれているというのに。

「だが奴の同志ヴェラ・シェドエヴァは訊問を受けた。七年前にウルソフ公の暗殺が遂行されたときアルテミエフの共犯者だった女だ。こいつはキエフでアルテミエフと待ち合わせしたことを認めた。だが奴は現れなかった。見張りに気づいたからだ。それでもキエフにいるのは確かだ。二日前に郊外のペチョンスクの大兵舎で奴を見た人があるそうだ。逮捕の手が伸びたときはもう行方をくらましていた。しかしつかまるのは時間の問題だろう」

「どうして時間の問題なんだ。俺はアルテミエフだって額に名前が書いてあるわけじゃあるまいし」学校教師が言った。

「それが書いてあるんだ」エンジニアが答えた。「百羽の鴉の中から一羽の鷹を見つけるのはたやすい。僕は戦争前にアルテミエフを見たことがある。モスクワの〈十七人の裁判〉のときだ。僕は奴を知っている。顔を一目見ればわかる」

さらに会話は続いた。とつぜん窓辺に立っていた弁護士が小さな叫び声をあげた。

「神さま」彼は叫んだ。「何てことをボブロニコフにしやがる。〈死人〉を撃ち殺しやがった」

そして白墨《はくぼく》のように色を失った顔で、乗馬用の鞭を手に拍車を鳴らしながら監獄の裏庭をぶらつく若い男を指さした。

「あそこを行くのは司令官の助手だ。ボブロニコフの帽子と毛皮の服を身につけてやがる」

*

日が暮れると近隣の村から人質として徴発された八人の農夫が囚人房に入ってきた。そのうち一人は八十二歳だった。囚人たちは間隔を詰め、みっしりと座り、寝台で手足を伸ばすことはもうできなくなった。看守は去り際にこう言った。

「これも今夜だけのことだ。明日には楽にしてやると司令官はおっしゃっている」

地主は板張りの寝床を明け渡さねばならず、やむなく毛布にくるまって扉の近くに座った。その日一日誰とも口をきかず、黙って自分の最期を待っていたが、やがて空《うつ》ろに響く声で話をはじめた。

「ツァールスコエ・セロー（ペテルブルグ郊外の地。ラスプーチンの墓がある）に埋葬された長老《スターレツ》はわれわれを呪い、それ以来ロシアに陽は射さなくなった。光はなくなり、生命もなくなった。長老は毒でも殺せず、銃弾を浴びせても死ななかったので、両手で絞め殺された。神の王国、義の安らう地、そのロシアの地で長老は悲嘆の声をあげ、神はそれを聞き給うた」

「お前の聖者の話はよせ」学校教師が叫んだ。「お前のラスプーチンがぺてん師で恥知らずに生きたってことは、子供でも知っている。それに神さまなどいるものか。いるのは悪魔だけだ。ロシア中が悪魔だらけだ」

　老いた浮浪者は頭を振った。

「旦那さん、あんたはたんと本を読んだね。間違いなく最高の教育を受けたお方だ。だが神さまがいないってのが、ほんとうであるわけがない。神さまはいらっしゃる、これはキリストさまがわしらの主《しゅ》なことと同じくらい確かなことだ。わしにはそれが証明できる。旦那がたもご自分で考えてみるがいい。いつか田舎道を歩いてたときのことだ。野良仕事の駄賃に農夫から八十カペイカもらった。一軒の酒場が目にとまった。わしは思った。『今日は暑い。中に入ろう。でも酒は飲まない。お茶をたらふく飲もう』だが店の親爺が自家醸造の酒を出してきたので、店を出たときはポケットに一カペイカもなかった。『酒場はみんな地に埋もれろ』とわしはひとりごとを言った。『悪魔がまたしてもわしをたぶらかしやがった。わしを鞭打ってくれる奴がほしい』いいか、旦那がた、するとどうなったと思う。そのときは町に入りかけていたんだが、男が二人やってきてわしと諍《いさか》いをはじめ、わしを馬みたいに棍棒で叩きのめした。というわけでわしは鞭をくらった……神さまがいないのなら、誰がわしの願いを聞きとどけてくれたというのだ。だから旦那がた、神さまはいなさる。これでおわかりでしょう」

「俺にわかるのは、お前が燕のように愚かってことだけだ。それ以外は何もわからん」学校教師が言った。「お前に鞭をくらわしてやりたいよ。そして――」

そこで学校教師は黙った。表から銃声と入り乱れた騒音が聞こえてきた。

*

朝の六時に看護婦が囚人房に来た。その後ろから包帯で腕を吊った将校が入ってきた。

「ソヴィエト軍は倒れました。ウクライナの志願兵連隊が町を占領しました」看護婦が言った。「あなたがたのうち、身元を保証してくれる親戚か友人が町にいる人は釈放されます」

誰も一言も喋らなかった。誰も身動きしなかった。部屋の隅から微かなすすり泣きが聞こえた。とつぜん浮浪者が立ちあがった。そして自分の前にいる役者を押しのけて将校に迫った。

「旗手さん、どうやらあなたは第三ウクライナ志願兵連隊の人ですね」浮浪者が言った。「あなたの連隊の指揮官をここに呼んでください。わたしはアルテミエフです。わたしがここにいる全員の身元を保証します」

*

役所から、住居から、喫茶店から、地下室から、あらゆる隠れ家から、人々が街路に転び出てきた。そして互いに抱擁し祝福しあい、四方八方から喜びにあふれた歓呼の声が聞こえてきた。

「ソヴィエトが倒れた!」――「ボルシェヴィキはいなくなった。夜中に逃げだした!」――「だから言っただろう。三週間は持ちこたえるかもしれんが、それ以上は無理だって。言わんこっちゃない」――「執行委員会の議長は逮捕された!」――「夜中に目が覚めたら、フリント銃の音がして――」

目抜き通りは遊歩道と化した。あっという間に長く忘れられたツァーリ時代の軍服が、絹の婦人服が、宝石が、高価な毛皮製品が――それはまるで、町のブルジョワたちの本性を、ボルシェヴィキはまったく変えられなかったことを互いに見せびらかそうとしているみたいだった。

ミハイロヴィチ通りの角に征服者のポーズで志願兵旅団の指揮官が立っていて、四方八方に挨拶し感謝していた。青い軍服についた銀の飾り紐が冬日に輝いていた。まる二か月ボルシェヴィキを避けて御者用居酒屋に隠れていたもとロシア帝国議会《ドゥーマ》のサフィヤニコフが、友の祝福の言葉を受けた。パサージュ・ホテルの車寄せの前、志願騎兵連隊の軍楽隊が演奏しているところに、瀟洒な橇と将校の乗用馬が停めてあった。ユダヤ人たちは影を潜めていた。市立劇場は祝賀公演を予告した。中央広場はコサック兵の宿営地になっていた。

光と生気が街路に溢れる一方で、郊外ではまだ戦いが続いていた。貨物駅近くの倉庫で三人のコミュニストがバリケードを築き、コサック中隊の半数と手榴弾とリボルバーで防戦していた。二人が負傷したところで三人目が降伏した。赤軍兵士教程の女性教師は男性服に着替えようとしたときに捕えられた。彼女はリボルバーで自殺した。ウーマニ街の糧食倉庫の前に赤軍の衛兵が立っていた。彼は持ち場を離れなかった。弾薬が尽きると勇ましくも黙々と銃床を振り回して防戦した。額の傷から血が出ていた。降伏を勧告されたが彼は聞き入れなかった。馬で通りかかった志願兵の将校が軍用拳銃で彼を撃った。死骸を乗り越えて皆は糧食倉庫に殺到した。見つかったのは一籠の玉葱《たまねぎ》と刻んだ藁を混ぜた黒ずんだ小麦粉数ポンドだけだった。

＊

昼ごろ雪は激しい吹雪になり、街に人通りがなくなった。気がつくとヴィトーリンは誰もいない大通りに取り残されていた。昂奮で輝く顔はもはや見られず、歓呼の叫びが消えた今になってようやく彼が意識したのは、街が自由になった喜びに自分が何の関心も持っていないことだった。意味のない死からは逃れられた。牢はもう僕の行動を阻まない。だが今いるのは四日前にいた場所だ。ソヴィエト・ロシアの国境の外、目的地からはるかに遠いところだ。あらゆる苦労と危険は無駄になった。ガガーリン伯爵は意味もなく死んだ。セリュコフのために命を犠牲にしたあの若い将校の肖像が一瞬目に浮かんだ。血の気の失せた顔で目を閉じて雪に横たわった彼の上に、赤軍兵士が屈みこみ、ポケットを探っていた。

あの男は若いのに死なねばならなかった。しかもその死は僕を一歩も前進させていない。ヴィトーリンはうめき声でそうつぶやいた。孤立無援のままでモスクワまでたどりつける日は来るのか。彼は絶望的な気持ちで考えた。今もセリュコフは乗馬鞭を手に驕《おご》った顔をして、白い石で築かれた街を、ペトロフカやトヴェルスコイ（どちらもモスクワの大通り）を闊歩しているだろう。役所にいて、へりくだって請願に来た者を馬鹿にした口調で嘲っているかもしれない。「ああ、お前がそれか。お前の親爺だって。今朝未明に銃殺した。

出て行ってもらおう。わたしは忙しい。ポショル！」

あるいは徴発部隊を従えて馬を駆り、農夫たちを追い立てて集め、一斉射撃をしているかもしれない――

ヴィトーリンがあれこれと考えていると、不意にセリュコフの顔が浮かんだ。ずっと忘れていたあの憎々しげな顔が蘇った。猛禽の目、残忍に嘲弄する薄い唇の笑み、人間味のまるでない悪魔のマスク――それが目の前のセリュコフだった。

雪は飽かず降り続けている。ヴィトーリンは立ったまま考え続けた。何はさておき寝床を探して少し眠らなければならない。腹も減っている。一日何も口に入れていない。帽子になけなしの金が縫いこんである。手近の家の門に入って帽子の裏地を剝がそうとしたとき、労働服を着た若者がこちらに向かって歩いてきた。

「申し訳ありませんが、同志。わたしに従いてきてくれませんか。あなたと話したいという人がいるんです」

「誰が話したいというのです」ヴィトーリンはたずねた。

「心配することはありません。味方です。その人のところにお連れします」

＊

ヴィトーリンが案内された部屋は、別荘風にしつらえられた家の二階にあった。ボルシェヴィキの人民委員が執務室として使っていたところらしい。壁にレーニンとトロツキーとリープクネヒトの肖像に混じって、雑多なコミュニストの布告文書やポスターが貼られていた。「労働者たちの友愛世界万歳」――「プロレタリアートよ、この本を手に掲げよ」――「われわれはお前たちに武器を作る。われわれにパンをよこせ」――部屋にはしけった煙草の臭いがこもっていた。新聞や書類に埋もれた丸テーブルを囲んで、三人の男が、周りで何が起ころうと眼中にないように熱心に議論していた。ギムナジウムの黒い服を着た若い娘がけたたましくタイプライターを叩いていた。床に薬莢と空《から》の缶詰が転がっていた。

「同志アルテミエフ、尋ね人を連れてきました」ヴィトーリンの同行者が報告した。

ようやくヴィトーリンはそれがかつての囚人仲間と気づいた。老革命家は他のものと離れて窓際に立っていたが、髭を剃ったおかげで、あいかわらず擦り切れた農夫服を着ているものの、すっかり西ヨーロッパ風の顔つきになっていた。彼はヴィトーリンをちらとも見ず、彼の注意はすべて自分の前に立つ学校教師に――身を屈め心配げな表情で奇妙な風に腕を伸ばす男に向けられていた。

「同志ポシャール、記録してくれ」アルテミエフが丸テーブルの三人のうちの一人に呼びかけた。「こいつのポケットから、一万二千ロマノフルーブル、八万ドゥーマルーブル、ピクリン酸（爆薬の原料）の入った袋、小口径のリボルバー――コルト拳銃が見つかった。

すべてわたしの持ち物だ。牢で盗んだに違いない」

「違います。誓ってもいい。わたしは無実です」情けない声で学校教師が叫んだ。「なんでそんなものがポケットにあったんでしょう。訳がわかりません」

「黙れ、セミョーン・アンドレーヴィチ、騙《だま》そうたって無駄だ」アルテミエフは言い、顔に憤怒と悲哀の表情を浮かべた。「お前は貪欲から、悪意から、あるいは前の癖が出て盗んだ。包みを開けて中を見せろ――ほらやっぱりだ。ソヴィエトルーブル。今はたいした価値はないが、むげに捨てることもできなかった。自分で言ってみろ、わたしはお前をどうしたらいい?」

学校教師は額から吹き出る汗を拭った。

「どうにもわかりません。きっと寝ぼけてやったんでしょう」彼はうめいた。「どうかご慈悲を。このまま行かせてください。生まれてからずっと正直に生きてきたのに、あの呪われた日になって――」

アルテミエフは手をあげたが、ふたたび下ろした。

「もういい。行け。行って悪魔にさらわれろ」軽蔑をあらわにしてアルテミエフは言った。「待った!　そんなに急ぐな。包みを忘れるな。もうこんなことは二度とするな、さもなくばいつかは壁際に立たされるぞ。わたしの言うことを聞いて悪癖を捨てろ
――」

ヴィトーリンを連れてきた者はいきなり帽子を床に投げて、けたたましい笑い声をあげた。丸テーブルについていた三人もいっしょに笑った。タイプを打っていた娘もハンカチで笑いを抑えた。戸口にいた学校教師は女子学生を睨みつけ唾を吐くと、次の瞬間には姿をくらました。

「ようやくわかったようね」まだ笑いながら女子学生が言った。

アルテミエフは頭を振った。

「何もわかっちゃいない。奴の魂には愚昧の大海原がある」

それからヴィトーリンのほうを向いて言った。

「やあ同志、どうか調べさせてもらえないか。君も同じようなことをやったんじゃないのか」

ヴィトーリンはリュックサックの紐を解いた。ロシア語の単語を記した赤い小冊子がまだ一番上にあった。だが驚いたことに下着類のあいだに自分のものでない茶色の小さな革袋があった。

「ほら見ろ。こちらによこせ」アルテミエフが言った。「ルーブルじゃなかったな。だが何であれ、わたしが取っておこう。すべて良きものは神から来る（詩篇、六・二一）」

ヴィトーリンの頭に血がのぼった。激昂して彼は叫んだ。

「僕が盗んだっていうんですか」

アルテミエフはとんでもないというように両手を上げた。

「違う。このわたしが、君に向かってそんな寝言をいうとでも思ってるのかい。君のささやかな助力を感謝して自分のものを取りもどしたいだけだ。わたしの置かれた立場を考えてもみたまえ、そうすれば君にもわかるだろう——リディア！　リドーチカ！　同志！　仕事を止めてくれ。これじゃ話しも聞きもできない」

タイプライターの騒音が止んだ。アルテミエフはヴィトーリンの手から革袋を取ってテーブルの上に置いた。

「いいかい」彼は話を続けた。「わたしはいろんなものを身につけて町を出かけたところを逮捕された。わたしの服は改められなかった。軍事警察の連中は浮浪者のポケットに爆薬と雷管があるなんて思いもしないからな。かくてわたしは牢屋に入った。わたしのような者にとって、監獄は安全なところだ。外ではアルテミエフを捜しているが、牢屋でわたしを気にするものはいない。そこで聞いてくれ。わたしは監獄司令官の名を聞いた。十六年前わたしがハリコフの砲兵隊兵舎で活動していたとき、その男は秘密警察の一員だった。そいつは後にわれわれのところに来て革命党員となり、モスクワの戦闘ではバリケードでわたしと肩を並べていた。以来奴は奴の道を行き、わたしはわたしの道を行った。今では奴はボルシェヴィキで、わたしは名もない地下活動家に戻った。奴が牢に来ても——きっとわたしがわからないだろうが、それでも奴の経験はあなどれない。——『おい、そこのお前、こっちに来い。目つきがうさんくさい。ちょっとポケットの中を見せてみろ』——こんな状況にわたしはいた。わたしに何ができるだろう。そこで自分のものを分散した。人のポケットに入れておいたのだ」

ヴィトーリンは真っ青になった。

「この革袋に爆薬が入っているのですか」

「雷汞《らいこう》だ」アルテミエフが教えた。「だが恐がらずともいい。湿らせてあるから爆発の危険はそんなにない」

「でももしこの雷汞が見つかって、僕が銃殺されたらどうするんです」怒りを爆発させてヴィトーリンは叫んだ。「それでもあなたはこれ以上生きていく権利はあるんですか」

「わたしは全権力機構を掌握する国家を敵に回している」アルテミエフは言った。「君には革命の何たるかがわかっていない。シュトロムフェルドが一九〇二年にモスクワ政府の建物の爆破を試みたとき、四十人の無関係な者が巻き添えになって死んだ」

「シュトロムフェルドの暗殺計画はずさんで準備も十分でなかった。あれは失敗すべくして失敗した」テーブルにいた三人のうち一人が口をはさんだ。

「それはともかくだ」アルテミエフは言った。「同志、もうひとつ頼みがある——君の持ち物の中をまた探してくれ。小さな白いボール箱はないか。——よし、あった。それから君の左ポケットに、身分証明書と軍事人民委員会の印判が入った包みはないか。無いって？　そうだ思い出した、君じゃなくてあのエンジニアが持っている。レーニンの石油缶のことを喋っていたあいつだ。急げ、アローシュカ！――いやあわてなくともいい。あいつならここの機械工場で会える。――もう行っていい、同志。煙草は吸うか？ドイツから来たのか。戦争捕虜か。どこに行こうとしている」

「モスクワです」ヴィトーリンが言った。

アルテミエフが口笛で何かのメロディーを吹いた。ヴィトーリンははじめてその歌――ロシアのどこでも歌われている小さな林檎《りんご》の歌を聞いた。

「どこに転がっていくの、林檎ちゃん、お池に落ちてしまうわよ――モスクワだと。狼どもから逃げて森に帰りたいのか」

「その狼の一匹に言ってやりたいことがあるのです」ヴィトーリンが答えた。

アルテミエフはつけつけとその顔をながめた。そしてそれとわからぬほどわずかにうなづいた。

「やっぱりそうか。わたしの目は狂っていなかった。君が牢に連れて来られたとき、わたしはつぶやいた。こいつは狂信者の目をしている。だがそれでもまだ完全には腑《ふ》に落ちない。君はどの党に入っている」

部屋は静まった。ヴィトーリンは皆が自分の答を待っているのを、何らかの決定がこの一時に隠されているのを、意識した。

「どの党にも属してはいません」ヴィトーリンはきっぱりと真実を告げた。アルテミエフのような男をごまかすのは無理だ。「自分ひとりだけで行動し、自分ひとりだけの目的を持っています」

そして一瞬置いてつけ加えた。「いま気になるのは、モスクワにたどりつけるかどうかだけです」

「ふん。胸を張って行くのは難しかろう。這《は》って行ったらどうだ」アルテミエフが薄く笑って言った。「行け、林檎、どこへでも転がれ。同志ドルグーシンが今晩発つ。お前をペチェルカ・スラヴァ駅まで連れて行く。そこからは――」

部屋の奥から褐色の髭を生やした男が椅子から発条《ばね》のように飛びあがった。

「すみません、同志アルテミエフ、何とおっしゃいました。こんな誰ともわからないドイツ人を――」

アルテミエフは手真似で黙らせた。

「あの男はインテリゲンツァを信用していない」ヴィトーリンに言った。「それだけですでに半分ボルシェヴィキだ。――同志ドルグーシン！　一九一一年にグローモフ少尉がわれわれのもとに来たとき、お前は言った。『われわれはお前のことを知らない。お前に何がやれるか見せてみろ』――次の日少尉はロストフへ行って地方警察の長官を白昼の街路で射殺した。そのときお前は言った——」

「あの頃は個人の発意にもとづくテロ行為がわれわれに有益だったのです」ドルグーシンが声をあげた。「だが今は党に害しかもたらしません。奴らのおかげでわれわれの行動には統制が取れてないように見えて、ヨーロッパの共感を失わせています」

「ヨーロッパの共感か」けたたましい笑い声をあげてアルテミエフは叫んだ。「まだヨーロッパの加勢をあてにしているのか。そんなものどこから来る。トロッキーの特別仕立ての車両に乗ってロシア中を走らせてもらってキャビアで餌付けされた新聞記者からか——そんなのはもうあてにするな」

彼はヴィトーリンのほうを向いた。

「夜の九時にスハロフ通りの御者ヤンケル・ホルンシュタインの家の前でドルグーシンを待ってろ。今度はわたしが言う番だ。お前に何がやれるか見せてみろ。——どれだけ時間が必要だ。いつ報告を受ける」

ヴィトーリンは背筋を伸ばした。シベリアの鉱山で消息を断ったグローモフ少尉が地方警察長官を暗殺しにロストフに行ったときのようにアルテミエフの前に立った。モスクワに行けることが確かになった今、彼の課題の残りの部分は、たやすく片がつくように思えてきた。

「一週間後に連絡します」そう言って彼はリュックサックを摑《つか》んだ。

ラ・フリオーサ

モスクワ。この世界革命の火薬庫にして野営地は、当時みずからの九三年収穫月《メシドール》の日々（フランス革命時の王党派の革命政府への反乱〔ヴァンデの乱〕になぞらえている）を送っていた。血の煙がロシアの地をおおった。あらゆる前線で激戦がくりひろげられ、あらゆる前線で白軍――「外国の債権所有者とその仕着せの召使の傭兵」――が進撃していた。オレンブルクとウファはコルチャーク提督のコサック軍が陥落させ、チェコスロヴァキア軍はヴォルガ河まで進撃しカザンをおびやかした。南でもソヴィエト政府の形勢はよくなかった。フランスの支援を受けたデニーキン将軍はその宣言の中で、〈裏切り曹長ブジョーンヌイ〉を、彼が〈ユダヤ人レイバ〉と呼んだトロツキーもろとも絞首刑にすると言った。ニーコポリで撃退され、クレメンチュークで倒されて、赤軍はドネツ盆地を手放し、ポルタヴァから撤退し、ハリコフを敵に明け渡した。アナーキスト農民マフノ率いる〈黒団〉はそれまではソヴィエトと同盟していたが、反革命側に寝返った。トゥーラで赤軍第四歩兵連隊の兵士たちは司令官を殺害し、ヴェニョーフの農民反乱軍と手を結んだ。北方ではユデーニチ将軍の軍隊がイギリス艦隊の後援のもとでレニングラードに進攻しようとしていた。

こうした苦境に立たされてクレムリンは英雄的な措置に出た。ソヴィエト共和国は最大級の危機のもとにあると布告し、あらゆる戦闘可能な労働者に赤軍に加入するよう呼びかけた。工場の敷地に演習場が作られた。木材工と紡績工と製紙工で一つの連隊が編制された。六日間の養成期間の後、この部隊が街の熱狂的な歓呼の声に送られて前線に赴いた。武器を手にしたことのない萎黄病で栄養不足のソヴィエト文士も動員され敵の前に投げ出された。バルト海の駆逐艦隊にも援軍が要請された。誰もが可能と思わなかったことが実現した。艦隊はネヴァ河をさかのぼり、マリインスク運河を通ってヴォルガ河に入り、チェコスロヴァキアの前線へ血なまぐさい不意の砲撃を開始した。

もとツァーリ軍の将校であった幕僚を同行させて、トロツキーは急テンポで一つの前線から別の前線へ訪れた。前線は全部で十一あったが、風聞によれば、トロツキーの軍事顧問であったラトヴィア人ヴァツェチスは「われわれはすぐに新しい前線を得るだろう。飢餓という名の前線を」と言ったという。食料品と燃料が足りなくなった。それでも弾薬製造所は休業しなかった。「石炭がなければブルジョワのピアノでボイラーを焚けばいい」と金属工たちの集会でカーメネフは断言した。——一袋のじゃがいものために二日間の汽車に乗る必要があった。モスクワの街路で大蒜《にんにく》の束や鱈の干物や苔桃《こけもも》を売っていた行商人たちが一晩のうちに姿を消した。かろうじてボタンや靴墨やノートなら買うことができた。

布告により個人の所有する自転車や双眼鏡や懐中電灯が徴収された。別の布告によってブルジョワたちが街路や兵営の清掃に動員された。同時に共産党は入党を希望するものには誰にも門戸を開いた。三日のうちにモスクワだけで二万人が登録した。労働者の果てしなく長い列が閉じたシャッターの前に見かけられた。食料を買う列でなく、赤軍の武装用の義捐金《ぎえんきん》を渡す列だった。マッチ工場の従業員は「労働への邁進により階級の敵を打倒する」決意を固めた。カザン駅で長い時間ひとりの男が監視されていた。男は戦場に行く部隊に毛皮や靴や懐中時計、海泡石のパイプ、ベンジンライターを分け与えていた。逮捕されると毎夜通行人から略奪を行なったのは「ブルジョワから奪った贅沢品を勇敢な赤軍兵に贈って喜んでもらおうと思った」からだと言いはった。

兵士や機関銃や弾薬箱を載せたトラックがひっきりなしに街を走った。ヤロスラフ駅に向かう重装備砲兵隊二隊は、「われわれの名はパリにまで轟くだろう」との標語を掲げていた。車両の屋根から砲兵隊長は部隊を見送る群集に演説をした。「ここが本当の前線である」と彼は叫んだ。「諸君のいるモスクワこそ前線である。われわれは外で諸君の背後を援護するだけだ」

聴衆はなるほどと思った。当時反革命勢力はまだモスクワで完全には殲滅《せんめつ》されていなかったからだ。噂によれば、モスクワ市司令部の建物は白軍の謀反人によって地下に爆破のための坑道が掘られ、またスモレンスカヤ通りに沿ったある家に白衛軍の全組織の参謀本部が秘密裏に設けられているという。また、間近に迫る教会の祝祭に乗じた反乱が計画されているとも言われた。毎日のように見られる大量の逮捕や処刑はこうした噂に常に新たな燃料を与えた。

謀反人をすべて捕えることはできなかったので、大衆の革命的な怒りは古い時代の石の象徴に向かった。ツァーリの記念像が台座から撤去された。ソコリニキ公園のアレクサンドル二世像が壊されたとき、公園の番人と二人の小市民の婦人が抗議の声をあげた。だがそれは〈解放者ツァーリ〉（アレクサンドル二世の仇名）の石像だからではなく、つぐみの番《つがい》がその金属の王冠に巣を作っていたからだった。

いたるところで過去の時代の大革命家の記念碑や胸像が建てられた。そのいくつかは現れたときと同じくらいすぐ消えた。バクーニンの胸像が未来派の芸術家により、「ブルジョワジーの反動的表現手段」を唾棄して瓶のケース、マッチ箱、電球、箱の蓋、電線、靭皮の靴から作られたが、反革命的な突風によって下水溝に投げ込まれた。〈赤の広場〉のイヴェルスカヤの生神女《しょうしんじょ》から遠くないところで見られた革命記念碑は素朴ながら感銘を与えるものだった。巨大な斧が同じく巨大な白壁に打ち込まれ、その壁に大きな赤い字で「白衛軍」と書かれてあった。——この記念碑にいたる石段で、ある朝、こめかみを撃たれたコチュベイ老侯爵が発見された。彼の三人の息子は内戦で倒れていた。一人は赤軍兵として、残りの二人はデニーキン麾下《きか》の将校として。老侯爵は晩年の日々をビラ貼りをして送っていた。

これが一九一九年三月のモスクワだった。正気を失ったこの市《まち》をヴィトーリンは歩いた。疲れ、病み、飢え、擦り切れた服で、セリュコフを見つけようと。

*

モスクワの中心を貫く街路で、国営食堂で、水夫やチェカの集うダンスホールで、市外の仮兵舎で、彼はセリュコフを捜した。あるいは戦争人民委員会の建物の前にたたずみ、目の前を流れすぎる人の顔を眺めた。所持金はモスクワに着く前に底をついていた。生活は〈非合法的〉で、町はずれの無人の納屋や材木小屋、あるいは橋の下で夜を明かした。飢えに耐えられなくなると捜索を一時やめ、わずかなルーブルを稼ぐために、労働斡旋所の指示する仕事についた。プロパガンダのポスターのデッサンを引き受け、二日間ぶっ続けで、太鼓腹のブルジョワが金袋を引きずって国境を越える絵や、赤軍兵士の銃剣を前にして逃げだす白軍司令官たちの絵を描いた。三日目にはセリュコフを革命党の将校クラブで捜すためにその仕事を放りだした。戻ると警告を食らった。怠けものや仕事に不平を言うものやさぼるもののために強制収容所というものがあるそうだ。

ヴィトーリンはもっと自由のきく仕事を探した。パン半ポンドとスープ一皿のために、日雇いとして木材の積み込みを手伝った。午後はクズネツキー橋やサハロフ広場やストラニスキー大通りの雑踏にまぎれこんでセリュコフを捜した。

疑問の余地のない論理的帰結と自分では思われた一連の推理によって、セリュコフはモスクワにいるはずだと彼は確信していた。三週間の捜索が空振りに終わったあともそれはゆるがなかった。ただ捜し方は変えることにした。数か月前に出たソヴィエトの布告によって、旧軍隊の将校はすべて登録されたらしい。そこでクズネツキー橋はやめてソヴィエト役所の問いあわせ窓口に何時間も立つことにした。いかにも目標を間近にした男らしく、落ち着いて自分の名が呼ばれるのを待った。彼の話は不審げに、あるいはじれったそうに、あるいは無造作に聞かれ、身分証明書と労働組合手帳の提示が求められ訊問されたあげく、翌日また来いと、あるいは別の窓口に行けと言われた。

だが最後には正しい場所にたどり着けた。求める将校の名と特徴を、書式があらかじめ印刷された黄ばんだカードに書けと言われた。気難しそうな目をした役人が彼のカードを他の二枚といっしょに、パンくずと吸殻がいっぱいに溜まった皿に投げ込み、ここで待つか一時間後にまた来いと言った。それから床を磨く二人の老婦人のほうを向いて叱った。

「ぐずぐずするな。さっさとやれ。いつまでもフランス語でくちゃくちゃ喋るな」

一時間後ヴィトーリンはカードをまた手にとった。もとセミョーノフ連隊幕僚大尉ミハイル・ミハイロヴィチ・セリュコフの住所がはっきりと書かれていた、タガンスカヤ広場十五番四階。そしてこの情報の正しさが、当番の役人の署名と、それから登録係の印章と脂ぎった拇指紋で保証されていた。

*

その夜ヴィトーリンは二時間ほどタガンスカヤ広場十五番の建物の前に立っていた。四階の窓から明かりが漏れている。セリュコフはまだ寝ていない。落ち着きなく、目を血走らせ、脳裏に死の思いを踊らせ、人類の敵は部屋をうろついている。死者が眠りをさまたげる。あるいは四方から自分をねらう危険を察知しているのか。いや、奴は何も恐れはしまい。革命側に足を踏み入れたのだから。――「旧皇帝軍の将校はわれらの最上の協力者だ」――昨日あるボルシェヴィキの弁士がアルバート広場の集会でそう言っていた。――「去年は社会革命党の蜂起を鎮圧してわれわれを助けてくれた。われわれは彼らから何を奪ったか。金の肩章。それだけだ」――金の肩章とウラディミール勲章をセリュコフはもう身につけていない。その代わり自家用車を酔いどれ水夫に運転させてモスクワの街を飛ばす。役所に着くと赤軍兵士のひとりにマントを投げつけ、命令し、死刑宣告に署名し、無抵抗のブルジョワを兵舎に押し込み、心労にやつれた請願人を追い払う。酔った兵士に機関銃を持たせて村に送り込み、農夫から馬や女を徴発する――これがセリュコフだ。十五番の建物の上のほうでせわしげに、乗馬鞭を手に部屋をうろついているのはそんな男だ。

武器も持たず、後ろ盾も立会人もなくセリュコフの部屋に押し入るのは正気の沙汰ではない。それは承知している。そんな振る舞いをする敵を侮辱するのは奴にはお手のものだ。ポショル。だめだ。今はだめだ。別のやり方を周到に準備せねばならない。ヴィトーリンは計画を固めた。翌朝にはもう実行にとりかかった。

彼はまた労働斡旋所に顔を出した。求人されていたのは技師、未熟練労働者、読み書きできる者、それに特殊な語学あるいは科学知識のあるものだった。木材倉庫で簿記係のポストがあったが、ヴィトーリンは断った。斡旋所の所長に面会を求め、所長のしたためた推薦書を手に、公衆衛生人民委員会の冶金部門におもむいた。そこでは〈西ヨーロッパ言語の専門家〉が求められていた。

この部門の長は立派な風采の老人で、彫りの深い顔立ちは学者を、ロマのように乱れた巻き毛は芸術家を思わせた。老人はヴィトーリンの書類を調べて問題がないことを確認すると、話をはじめた。話題はバルカン諸国の栄養不足からスウェーデンの銑鉄輸入の数値におよび、他の領域をいくつもかすめたあと、テーヌの歴史哲学的理念の検討で話をしめくくった。そしてヴィトーリンがドイツ人であって、首尾よく職を得るともう何もやらなくなるような人間ではないことに満足の意を表した。わたしはドイツ人というものを知っています、と彼は言い添えた。まる三年ハンブルクのドックで働いていましたから。

ヴィトーリンの仕事はイギリスやアメリカやドイツの主な新聞の経済欄から抜書きを作ることだった。毎日八時に職場に来て管理台帳に名を記入した。夜は遅くまで残った。部門長は彼の仕事に満足した。一週間が過ぎて彼の得たものは、食糧配給の優遇、ソヴィエト職員であることを示す証明書、二枚のシャツと数枚の下着、くしゃくしゃになった二百ソヴィエトルーブル札、それからブルジョワの住居の一部屋を自分用に徴発することを認める指示書だった。

これこそ欲しいと願っていたものだ。毎日遅くまで机に向かっていたのはこの指示書が目当てだった。セリュコフは宿舎の割り当てに対抗する保護状を持っているかもしれない。いや、きっと持っている。かまうものか。ヴィトーリンにとって大切なのは部屋ではない。〈合法的宿舎〉ではない。指示書。この驚くべき小紙片が、セリュコフの住居に押し入り幕僚大尉に歩み寄る権限と力を与えてくれる。「おや、ミハイル・ミハイロヴィチじゃありませんか。なんという奇遇でしょう。せっかくの機会だから、ゆっくりお話でもしましょうか――」

永遠の夢が現実になるべき時が来た。彼は二人の赤軍兵士を伴い、ポケットにモーゼル拳銃を忍ばせ、手榴弾をベルトにつけて、セリュコフの住居へ向かった。

＊

十五番の建物の四階にあるその扉の前に立ち、真鍮板にM・M・セリュコフ――ミハイル・ミハイロヴィチ――の名を見ると、息が止まり心臓が高鳴った。すぐ呼び鈴の紐は引かずに時間をかせぎ、心臓が静まるのを待った。――ヴァイオリンが聞こえる。セリュコフの部屋でバッハのガヴォットを弾くのは誰だ。まだ心臓は落ち着かない、われながら情けない。まったく何もかもあっけなかった。登録局で照会。タガンスカヤ広場十五番。そして三階分階段を上がるとM・M・セリュコフの表札――なんてあっけない。あっけなさすぎるくらいだ。そして今――呼び鈴の紐を引く――この扉の向こうにセリュコフがいる。

向こうにセリュコフがいる。この扉の向こうにセリュコフがいるはずということが、とつぜん信じがたいほど不思議なことに思えてきた。何もかも簡単だった。難しいこともなく、最後の瞬間まで障害もなかった。階段を三つ登るとごく当たり前の扉。大いなる瞬間がどうしてこれほど素っ気ない顔を見せるのか。M・M・セリュコフ。表札にはそう書いてある。セリュコフ、セミョーノフ連隊幕僚大尉。そんな奴は一人だけだ。ヴァイオリンはまだ止まない。

ヴィトーリンはふたたび呼び鈴の紐を引いた。今度は静かに、気を昂ぶらせることもなく、もはや震えていない手で――

ヴァイオリンの音《ね》が止み、足音が扉に近づいた瞬間、ヴィトーリンにはわかった。どうしてわかったのか説明できなかったが、一点の曇りもなくわかった。この扉の向こうにセリュコフはいない。

*

戸口に立ったのは長身の痩せた男で、さくらんぼ色の寝間着と刺繡入りの部屋履きというすこしばかり滑稽な格好をしていた。二人の赤軍兵の姿を薄暗がりに認めると、男は驚いたように一歩後ろに下がった。そして一瞬のあいだ硬直したように動かなくなった。だがすぐに自分を取り戻した。くぼんだ頰を撫でる様子は、髭を剃っていないことだけを残念に思っているようだった。男はヴィトーリンに向かってていねいな口調でたずねた。

「何か御用でしょうか」

「あなたの住居の一部屋を徴発するよう命ぜられました」少しめんくらってヴィトーリ

ンは答えた。「ここに指示書があります」

男は書類を受け取り、見もせずに手に持ったまま、やつれた顔に愛想よく微笑みを浮かべて言った。

「部屋は自由に使ってくださってけっこうです。どうぞお入りください」

「あなたがセリュコフさんですか」ヴィトーリンがたずねた。

「ええ、わたしがセリュコフです。ミハイル・ミハイロヴィチ・セリュコフです」

「この住居にはいくつ部屋があるのか」赤軍兵の一人がきつい口調でたずねた。

「三つです。大部屋が二つと小部屋が一つ。小部屋は化粧室といったほうがいいかもしれません」

「こんな化粧室つき住居に住まう権利のある、何らかの職に就いているのか」

「いえ、職には就いていません。無為に日を送っています」寝間着姿の男は言った。そして少し黙ってから言いそえた。

「前は三人で住んでいたのです。今はわたし一人です」

「ワーニカ、明かりをよこせ」それまで黙って階段の最上段に立っていた一人の赤軍兵が不意に叫んだ。

懐中電灯を同僚から受けとると、赤軍兵はその光を部屋の持ち主の顔に浴びせた。そして憎悪のこもるしゃがれた笑いとともに言った。

「お元気でなによりです。ご主人さま」

懐中電灯が消えた。

「コーリャ、お前か」さくらんぼ色の寝間着を着た男がたずねた。その声には驚きもあせりもなかった。「どうやら酒は飲んでないようだな——今度は家を間違えず正しい場所に来られたというわけか」

「あらためてご主人さまにごあいさつ申しあげます」まだ笑いながら赤軍兵は言った。

「わたしにはご主人さまがすぐわかりました」

「お前は来るのが遅すぎた、コーリャ」寝間着姿の男は続けた。「ナターリア・アレクセイヴナと小さなルーシアはもう見つからない。だがわたしはまだいる。勇んで駆けつけるがいい。たっぷり褒美がもらえよう。けちりはするまい」

赤軍兵が軍隊的な直立不動の姿勢でヴィトーリンの前に立った。

「上官どの！　部屋に関して何か希望はあるでしょうか。何もなければこれで失礼いたします。——前進だ、ワーニカ！　ごきげんよう、ご主人さま」

＊

「あなたは今奇跡のような再会に立ち会ったのですよ」ヴィトーリンが一人になると、寝間着姿の男が言った。「あのコーリャは以前わたしの召使でしたが、わたしが家から追い出しました。盗癖がおさまらなかったからです。ええまあ、彼はわたしによい思い出は持っていません。いつか復讐することでしょう。やるならやるがいい。——実はわたしはセリュコフという名ではありません。ピストルコルス男爵と申しまして、かつてはツァーリの侍従でした。無理もありません。なにしろわたしは光栄なことに、わたしの首に懸賞をかけました。無理もありません。なにしろわたしは〈祖国救済委員会〉の同盟員として、ソヴィエトにいくぶんの困難をもたらしたからです。——あなたは外国の方ですね。われわれの革命を見物にいらしたのですか。ダントンやロベスピエールみたいな男を見つけようというのですか。いいですか、わたしたちのダントンやロベスピエールには、近くで見ると、崇高なところはまったくありません。この部屋ですか？　セミョーノフ連隊の将校から身分証明書込みで買ったんですよ。——そうです、セリュコフという名でした。ペテルブルグでは誰もが誰もと知り合いですが、わたしはここで群集に埋もれたかったのです。ですから身分証明書を買いました。あのときはナターリア・アレクセイヴナもまだ生きていました」

　彼の顔はますます灰色になり、ますます萎《しな》びていった。まる一分間、彼はぼんやりとあらぬところを見つめていた。

「ジフテリアだと医者は言いました」彼は続けた。「そして小さなルーシアをいっしょに連れていったのです。おそらくそのほうがよかったのでしょう。わたしの魂はあれには貧しすぎました。――将校ですって？　ええ、セリュコフさんは連隊を率いて前線に向かいました。モスクワにはもういません。すでに前線にさえいないかもしれません。林檎がどこに転がるか、誰にわかるでしょう」

彼は二つの部屋のうち小さいほうで満足してくれるようヴィトーリンに頼んだ。数日のうちに住居全体を自由に使うようになれるでしょうと言って。

「わたしは逮捕されます」彼は言った。「あのコーリャは鼠です。チェカに走っていってわたしのことを告げるでしょう。きっとそうします」

「おめおめと逮捕されるつもりなんですか」ヴィトーリンは叫んだ。「抵抗して自分の命を守ろうとしないのですか。今日にでも逃げるべきです。ここにいてはいけません。今夜匿《かくま》ってくれる友だちがいるんじゃありませんか。それで明日町を出て、安全なところに行けばいいじゃないですか」

もと侍従は礼儀ただしく耳を傾けたあと、かすかに手を振って、その助言が自分にとっていかに無意味かを示した。

「わたしはあなたに感謝します。神さまのご加護がありますように」彼は言った。「でもなぜ、この空《むな》しい生をこれ以上守らねばならないのでしょう。小さなルーシアを橇に乗せたあの朝から……ええ、わたしは少しばかり孤独になりました。神に忘れられ、みずから苦労を背負い――煙草は吸いますか。どうぞお取りください。以前の蓄えがまだあるのです。わたしも吸わせてもらいます」

彼は煙草に火をつけた。そして話題を変えて話し続けた。

革命ですって？　奴隷の反乱がうまくいっただけの話です、と彼は言い、いかにも嫌そうにボルシェヴィキの指導者らのことを語り、〈人間の尊厳の強制徴収者〉と呼んだ。なかでもレーニンが一番憎悪に値するとした。そして窓辺に寄り、沈んでいく陽のなかで金と紫に輝くクレムリンの塔を指した。

「あそこにウラディミール・イリイチ（レーニン）が座って、鉄の鎌を研いでいます。農夫たちのあいだで古くから『司祭とロマがツァーリの玉座に座る』と予言されていました。――さて、ウラディミール・イリイチはロマではありません。むしろ司祭でしょう。ミサ祭服を着ず、しかし乳香は焚きしめている司祭です。あの男はロシアを美しい言葉で夢見させ、若者を時間の毒で毒しました――『自由、正義、大衆の創造的エネルギー、何世紀もの闇から名もない人民が、新しい時代に浮かび出る』――でも、もしこれら全部がただの戯言《たわごと》で嘘だったとしたら、いったいどうなります？」

　ヴィトーリンの大きな使命によってみずからの運命が定まった男は、黙ったまま煙草を最後まで吸った。そのあとこう言った。

「われわれのバラトゥインスキーを知っていますか。エヴゲニー・バラトゥインスキーです。この人の悲歌《エレジー》をご存知ですか。

誇り高い市よ、かつてお前は地を統《す》べる女王だった。
お前の壮麗な瓦礫の前に
今は巡礼が嘆きの身振りで立ち止まる。
勝利の勇敢な守護者はお前を見捨てたのか
時の中にお前は黙しそびえる
色褪せた世代の石棺として。

バラトゥインスキーはこの悲歌を『ローマ』と題しましたが、今では『ペテルブルグ』と呼ばれています。わたしはこの詩のオリジナルを持っています。バラトゥインスキーがみずからの手で記したものです」

彼は書き物机から黒檀の手箱を出してきた。中にあったのは――彼の言によれば――「途上で拾いあげた世紀の漂着物」で、「あらゆる国と時代の珍品と貴重品」だった。敬虔な愛をこめて彼はその宝物を書き物机にひろげた。イギリスの彩色銅版画、日本の木版画、ペルシャの細密画、デューラーの画、レンブラントの素描。バンベルク時代のE・T・A・ホフマンの自画像。ナポリ王に宛てたタレーランの手紙、ポーランドの貴婦人にあてたバルザックの手紙。スコベレフ将軍の二通の指令書。スタンダールがティルジットで宿営したときチョコレート一杯と馬車の予約に二ターレルと八銀グロッシェン払ったことがわかる宿屋の勘定書き。ムソルグスキーの散逸した若書きをもとにした手書きの楽譜、そして最後に手紙、請願、日記断片、ロシア詩人の詩が、それぞれ名が記載されて一束になっていた。

こうした蒐集物の持ち主の説明にヴィトーリンがわずかな興味しか示さず、しきりに話題をセリュコフという将校に引き戻そうとしているのに気づくと、男爵は「珍品と貴重品」を手箱に戻して書き物机の引き出しにしまった。そして自分のものとして残った部屋に引き上げた。

一九一七年一月に、帝国議会《ドゥーマ》の自由主義派議員の代表団と会わないようにという、今にして思えば運命的な助言をツァーリに行なった頑冥な旧体制擁護者ピストルコルス男爵とヴィトーリンとの会話はそんな成り行きをたどった。

その後は男爵は自室に閉じこもってひたすらヴァイオリンを弾いていた。ほとんどはバッハで、ほかには古いイタリアの熱情的なメロディーがあった。ヴィトーリンに顔を見せることもなくなった。人との交際を絶ったというのに、あの晩にかぎって見知らぬ他人に心を開いたことを悔いているのかもしれなかった。さくらんぼ色の寝間着しか服がないのを知られたくなかったのかもしれない。

朝から夜遅くまで男爵はヴァイオリンを弾いた。タルティーニのソナタ〈ラ・フリオーサ〉を弾いていたときチェカの迎えが来た。

＊

前日ルビャンカの監獄から放免された司祭が、ヴィトーリンにピストルコルス男爵の手紙を渡した。日付の次に発信元として「生の裏庭より」と書かれていた。もと侍従はヴァイオリンと数冊の本とカーテン代わりに使う茶色の毛布を所望していた。人の世界は愚かで残酷です、悪意、復讐欲、低劣な心が時代の聖三位一体です、とも書いてあった。囚人仲間と「なんとか耐えられる関係」を保つために煙草がほしいともあった。

毛布は男爵の持ち物の中になかった。ヴィトーリンは自分の毛皮の上着を進呈することにした。だが翌日の朝、包みを手にルビャンカに行くと、受け取りの担当者が、男爵は二時間前にアレクサンドル学校で銃殺されたと教えてくれた。

がらくた市でヴィトーリンはヴァイオリンを売った。職場にも行かなくなった。毎日街を歩き回り、前線から戻った兵士を見張るようになった。いまではモスクワが自分の家のようになった。スハレフスカヤ広場で屋台から下着と靴を買えるのはいつかを知った。ドン政府とリトアニア共和国とグルジア共和国の発行するソヴィエトルーブルやケレンスキールーブル紙幣も今は区別できる。着ているのはロシアのルバシカだ。食糧品を得るためにはどこに並ばなければならないのか、またそれがいつ配給されるかも知った。前線帰りの兵士と彼らの言葉で話し、話したがらないものに口を割らせるやり方も知った。

だがセリュコフの件だけは前に進まなかった。得られた情報は互いに食い違っていた。セミョーノフ連隊はオルスクを占拠して栄光に包まれたと昨日聞いたと思ったら、今日は今日で連隊は反革命的な信条のため数か月前に解散させられたと知らされた。連隊はシベリアに進攻して勝利し、それでいて同じ日に北方前線で壊血病のため多数の死亡者を出し戦闘不能となった。セリュコフ自身はハリコフで師団司令官に任命され、クピャンスクで砲兵隊斥候に降格し、ユーリエフで連隊金庫を持って敵に寝返り、しかもそれらはすべて同じ週のできごとだった。ヴィトーリンに答えた兵士たちのあいだでただひとつ共通していることがあって、それは彼らがセリュコフを前線で見かけたということだった。ヴィトーリンが彼らにセリュコフの特徴を教えると、ああその男なら、と彼らはすぐさま言うのだった。

失敗をものともせず彼は調査を続けた。ゴールにたどりつく方法は他に思いあたらなかった。あいもかわらず駅近くで、その夜のねぐらを探す兵士たちに話しかけた。自分の家に泊まるよう誘いかけ、紅茶と煙草でもてなし、彼らが薬莢で作ったライターを買いとった。何時間もの会話と短い睡眠のあとで彼らが出て行くと、男爵の部屋に残るのはマホルカ（安煙草の銘柄）や湿った羊の毛皮や革ジャケット、馬糞、アニス油、玉葱、キャベツスープ、それから雨に濡れた草の匂いだった。
ヴィトーリンのそんな日々も、別の前線から来た男に出会った晩に終わった。

＊

ヴィトーリンが貨物駅の近くでその男に歩み寄ったとき、男はちょうど立ったままとっていた食事の残りの黒パンひとかけらと塩漬け胡瓜《きゆうり》をリュックサックに詰め込んだところだった。他の前線兵士とは眼鏡をかけているところだけが違っていた。古い砲兵帽のボタンに赤い染みがついていた。この男の眼鏡から、別の前線に移動中のどこかの大隊で事務をとる書記に会ったとヴィトーリンは思った。

男には泊まるところがないのがわかった。タガンスカヤ広場へ行く道で彼はヴィトーリンの問いに単音節でしか答えなかった。長い旅で疲れているらしい。玄関の間で男はぼろぼろのマントを脱いだ。――その非プロレタリアート的な生活習慣がヴィトーリンの目を引いた。それまで彼の家に来たものは誰もそんなことをしなかった。

二人が男爵の書斎に入ると、男の態度は奇妙なふうに、そして驚くほど変わった。おずおずとして疲れた様子はすっかりなくなった。ヴィトーリンが茶を沸かすあいだ部屋を見回し、書き物机と書棚が特に彼の目を引いたようだった。それからこの家の客ではなく主人のような態度で化粧室を通って口笛を吹きながら寝室に入った……部屋をすべて目に入れると窓辺に寄って探るような目を下の街路に注いだ。

「いま何時だ、同志」男はヴィトーリンのほうを見ずにたずねた。

「七時だ」

「七時か」窓辺の男がつぶやいた。「この疥癬《かいせん》の悪魔め。お前はちっとも変わっちゃいない。古いロシアはなくなった。時代の波に洗われて消えた。この司祭の息子はまだいる、ちっとも変わっちゃいない。ただ今じゃソヴィエトの名で俺を追っている。俺がバリケードの上に立っていたとき、奴らは『神よツァーリを救いたまえ』と歌っていた。臆病者ばかりだ、鵞鳥が鳴いても恐がる」

「誰のことを言ってるんだ、同志」

「チェカの犬どもだ。ほかに誰がいる。今この時間にもあいつら胡瓜食いは、俺が今朝までいた住居を捜索してるだろう」

「住居があるのか。前線から来たんじゃなかったのか」ヴィトーリンが叫んだ。

男はゆっくりとヴィトーリンのほうを向いた。

「どうしてそう思った。俺が七日前からお前を見張っていたのに気づかなかったのか。非合法者が聞いてあきれる」

ヴィトーリンはリボルバーを探った。だがポケットにそれはなかった。

「動くな」彼は叫んだ。「こちらに近寄るな。お前の目的は何だ」

「ポケットのモーゼル同志のことは気にするな」見知らぬ男は言った。「俺が知りたいのは、お前が何の組織に属しているか。誰がお前をこのポストに据えたか。それだけだ。お前はやたらに動いている。軍との繋《つな》がりをつくろうとしている。何かはっきりした計画に沿って活動している。すべてお見通しだ。この数日間にお前は七連隊の所属員と何かを打ち合わせた」

「そうか。お前が七連隊と言うなら七連隊なんだろう。だがそれがお前に何の関係がある」ヴィトーリンはうろたえて叫んだ。

男は肩をそびやかした。

「アルテミエフはお前を右寄りの将校組織の一員だと言っていたが、どうやらそのとおりかもしれない」男はそう言った。「〈復古連盟〉とかいう組織があるようだ。だがうまく接触できなかった」

旧知の名を聞いてようやくヴィトーリンは態勢をたてなおした。

「なんだ、アルテミエフの手下なのか。それなら早くそう言ってくれ。アルテミエフとは知り合いだ。奴に用がある。いまどこにいる。モスクワにいるのか」

「モスクワにいるとも。革製品配給センターの現金輸送車襲撃のニュースを読まなかったのか。あれはアルテミエフの仕業だ。少し安心したようだな。お茶の一杯もふるまおうという気にさえなったらしい」

「何を話し合おうというのだ」ふたたび不審を感じたヴィトーリンがたずねた。

男はヴィトーリンを手招きして座らせた。そして自分もその向かいに座った。

「目下の状況を見ていると」男は話しだした。「こんな絵柄が浮かんで来る。反ボルシェヴィキ勢力は分裂した。奴らに欠けているのはちゃんとした方針、統一された指導だ。お前の組織がいい例だ。お前は軍隊で活動し、あちこちと繫がりをつくっている。そこでいいか、俺たちも党細胞を赤軍の連隊内につくることに関心がある。ようするに、魚に味つけする同じ胡椒《こしょう》が二つの瓶に入っている。でもどうして瓶が二つ要るんだ。それというのもお前の組織が、俺たちと協力して動かずに──」

「僕は何の組織にも入っていない」ヴィトーリンは反駁した。

「なら組織ではなく友だちとしておこう。言い方が気にさわるんなら──」

「モスクワに友だちはいない」

「言葉の問題で争う気はない。お前の上官が──」

「この件に上官はいない」ヴィトーリンは力を込めて言った。

「それじゃこう言うのか。お前の活動の背後には何の勢力も党も運動もないと」

もと戦友のフォイエルシュタインのいつも汗をかいている太って赤らんだ顔がちらと目に浮かんだ。

「全部ひとりでやっている」とつぜん打ちのめされたような気分になってヴィトーリン

は言った。「誰も助けてくれない。最初あった組織はばらばらになってしまった」

「いきなり信頼してくれと言っても無理なのはわかっている」すこし黙ったあと見知らぬ男は言った。「俺も含めてお前はあらゆる人間を警戒しているはずだ」

「そのとおりだ」ヴィトーリンがきっぱり言った。「僕の一番の友は逮捕された。最後に僕といっしょにいた人は射殺された。ガガーリン伯爵だ。お前は知ってるか」

「いや知らない。同志、もしかしたらお前は真実を話しているのかもしれない。だがお前の組織が解散したのなら――考えてもみろ、お前一人でやることに何の意味がある。いますぐ選んでもらおう。俺たちの仲間になれ、でなければ活動をやめろ。頭を振るな。どちらかしかありえない。お前は長くモスクワにはいられない――」

「僕はモスクワにはとどまらない」ヴィトーリンは言った。「もうここで探るものはない。前線に行く」

「行ってしまうのか」眼鏡の男が叫んだ。一瞬その顔に驚きの表情が浮かんだ。「絶対間違いないのか。同志、お前の決心が残念でならない。大切な任務を任せようと思ったのに。いつモスクワを発つつもりだ」

「今はまだ言えない。だが前線に行くつもりだ。しかもある特定の連隊に。こいつがけっこう難しい。お前にもわかるだろう」

「それのどこが難しい」

「管区の委員会が個人の希望をかなえてくれるはずがない」

「妙なこと考える奴もいたもんだ」眼鏡の男が言った。「管区の委員会に何の用がある。」

俺たちは全連隊の印章を持っている。連隊本部、連隊委員会、師団本部、幹部養成学校、それから軍部人民委員会のもある。どんな用途の書式でも揃っている。通行証、更改指令、モスクワ・ソヴィエトの執行部さえわれわれに公用印章を委ねざるをえなかった。紙切れ一枚ならすぐお前に用立てられる。――この建物に裏口はないのか。そりゃまずいな」

＊

二時間後、その夜をプレスネンスキー地区で過ごしていたアルテミエフは　新聞紙の隅に走り書きされた報告を受けとった。

「場所について言えば、わたしが監視を任されたあのドイツ人の住居は、爆弾の製造および隠匿にきわめて適しています。おまけに窓からタガンスカヤ広場が見渡せます。この広場には羊毛商会本部と疾病者補助金支払所があります。われわれの組織の財政状況を考えれば、これは重要と思われます。というのもそこから見張れますし、徴収に好都合な時期を見計らうこともできますから。住居委員会の委員長はわたしの知り合いです。金をやればこちらのほうは難しくないでしょう。ドイツ人とも話しました。本人は言を左右にしましたが、わたしはこの男がブルジョワ政府の樹立を目指す右寄りの団体に関係しているとにらんでいます。部屋の一つに元大臣ゴレムイキン、将軍エフィモヴィチ、およびその他のツァーリ時代を代表する人物の肖像があったことがそれを示唆しています。この団体との協調行動は問題になりません。団体は解散しつつあり、主要メンバーは逮捕されました。ドイツ人は隠密行動を放棄しモスクワを去ることに決めています。わたしの考えではこの男はせいぜい偵察に使えるくらいでしょう」

＊

スパスカヤ門の向かいにある、もとはクダシェフ侯爵の住居の一部だった地下食堂でヴィトーリンはアルテミエフと会った。ここでは魚のスープと茹でた蕪のほかに、しばしば砂糖なしの薄いコーヒーを出したが、これは陶製のポットで客に供される。午後になると近くの役所から来る人で店はいっぱいになった。彼らは急いで飯をかっこむと、湾曲する木の階段で立ったまま待っているものに席を代わった。だが今は正午で、店にはアルテミエフとヴィトーリンしかいなかった。

老革命家は帽子を後ろにずらし、口の端に煙草をくわえ、長椅子にまたがってヴィトーリンを観察していたが、そうしながらも店の入口から目を離さなかった。ここでは顔であるらしく、彼が目配せすると痘痕面《あばたづら》の給仕は厨房に使われている仕切り部屋に消え

「生きているお前にまた会えてうれしい。お前が見つかった」アルテミエフは口をきった。「生きているお前にまた会えてうれしい。お前は骨惜しみせず動いて、赤軍部隊と本部に関するあらゆる情報を丹念に集めている。これは、同志、有用な行動だ。だがお前はソヴィエトの権力者の誰かに対して具体的な行動計画を持っていたのではなかったのか。ベルディーチウではそう聞いたが」

ヴィトーリンはテーブルに目を据えた。

「その計画はまだあります」彼は言った。「けしてあきらめていません」

「ドルグーシンは」アルテミエフが続けた。「お前も覚えているだろう、お前を駅まで連れていった男だ――そのドルグーシンは帰るとわたしに言った。『同志、テロとはどういうものか俺は知っています。あのドイツ野郎はレーニンもラコフスキーも殺さないでしょう。モスクワに行ったらいろいろやってみるでしょうが、何にもなりますまい。力が内にないのです』――ドルグーシンは旋盤工だ。三十年前から戦闘組織にいて、鉄橋爆破の名人だ。奴はインテリゲンツァが気に食わず、胡散《うさん》臭く思っている。奴から報告を受けたときロシアの地は雪に埋もれていた。だが今は草が刈られている――」

「僕はたいそうな時間を無駄にした」ヴィトーリンは打ちひしがれた声で言った。「ここでやったことはまるで意味がなかった」

が現れた。

「それで同志、お前はこれからどうする」

ヴィトーリンはテーブルの面をにらみ、肩をすくめた。その顔に疲れたうつろな表情が現れた。

「わたしは潮時を知っている」アルテミエフが言った。「わたしにもそんな失意の時期があった。屍衣を着て手足を縛られて——何をやってもうまくいかない——わたしは自分に言った——幸運はよそに行ってしまった。わたしは倒れるだろうが、代わってくれるものはいない。奴らがわたしを砂に埋めたら、わたしの何が残るだろう。大いなるロシアの民、草原の村と工場の民は、わたしの愛する民になるだろうか。わたしの生と戦いを理解する民になるだろうか——そんな折には死の虚しさがわたしのなかにあった——だが新しい日が来て、新たな勇気を運んできた——まだわたしは生きている——わたしはそう自分に言う——まだ司祭は蠟燭を配らず、わたしの額に油が注がれはせず、胸に土がふりかけられることもない」

ヴィトーリンは頭をあげた。

「あなたの言うとおりです。モスクワを発って、最初からやり直しましょう」

「モスクワを去るというのか。田舎に行って農村で活動をするのか」

ヴィトーリンは頭を振った。「前線に行きます」

「なんでよりによって前線なんだ」アルテミエフがたずねた。「蜂蜜クッキーで歓迎してくれるとでも思っているのか。農村での活動は大切なものだ。農夫たちの同胞愛はいつでもわれわれの強みだ」

「前線に行かなくてはならないのです」力をこめてヴィトーリンは言い切った。

「〈行かなくてはならない〉！――わたしも前は言ったものだ。自分はこうしなければならない、ああしなければならない。だが今あらためて、何で〈しなければならな〉かったのかと問うと、何も答えられない。前線に行くと言ったな。よかろう。若木の育つのを妨げたりはするまい。前線でもどこでも行け。ここには小型人民委員会みたいに書式も印章もなんでもある。旅行指令書をつくってやろう。軍事人民委員会が保証するやつを――お前の名と父称は何という」

「ゲオルク・ヴィトーリン。父の名はカール」

「ゲオルク・カルロヴィチ・ヴィトーリンか――軍事人民委員会は生年――」

「一八八九年」

「生年一八八九年、プロレタリア出身の同志Γ・K・ヴィトーリンを軍務に――どの連隊にする？」

「セミョーノフ連隊」

「あの連隊なら」アルテミエフが言った。「今はリープクネヒト赤軍連隊という名で第二モスクワ狙撃師団に属し、ハリコフ・ベルゴロド前線を守っている。ところで同志、どういう資格で連隊に入るつもりだ。列車輸送司令部に配属してやろうか。車の運転か乗馬はできるか？　馬の扱い方はわかるか？」

「乗馬も運転もできない」ヴィトーリンは小さな声で答えた。

「もっともだ、人は何もかもはできない」アルテミエフが言った。「もし狼が飛べたら神は鷲を創らなかったろう。それじゃ手榴弾専門家にしてやろう——それでいいな？」

「僕には専門知識はない」ヴィトーリンが言った。

「手榴弾の投げ方くらいわかるだろ」アルテミエフが声をあげた。「前線の専門家なんて知れたもんだ。たとえば、そうだ、衛生班ってあるだろう。むかし薬局で床を掃いていた奴がいた。それが今はいっぱしの医者面《づら》をしている。——よしできた。これが旅行指令書だ。これは軍用運転免許証。こっちはモスクワ軍管区の証明書だ。この証明書があればお前には市の司令部から三日分のパンと砂糖の糧食が旅行用に配給される。——それからもうひとつ。お前の住居には二度と戻るな」

「あれは指令によって割り当てられたものだ。僕には権利が——」

アルテミエフは仕切り部屋から出てきた給仕にちらと目をやった。

「お前の住居は昨晩から見張られている」声を低めて彼は言った。「わたしにはお前に注意をうながす義務がある。タガンスカヤ広場にチェカの警官が配置されている。お前を逮捕するつもりだ」

「なぜ僕が逮捕されなくてはならないんです」

「変なことを聞くね。チェカの警官はお前の行動に目をつけた。ろくすっぽ用心してなかったろう」

「でも服も下着も――みんな家に置いてあるのに」

「そんなもののために命を危険にさらそうというのか。必要なものは全部ここにある。今日にでも発つのが一番だ。何があっても家の近所に姿を見せるな。約束しろ。よし。その言葉を忘れるな。――それではこの書類を持っていけ」

ヴィトーリンは書類をポケットに収めて赤軍兵士になった。

＊

前線行きに必要なあらゆるものが揃った。装備、書類、旅行中の食料、そしてセリュコフとの決着という大いなる瞬間のためのリボルバー。それでも彼は最後の決定的な一歩が踏み出せずにいた。早まってとりかえしのつかないことになるのではないか。彼は二度クールスキー駅まで行き、二度引き返した。いつも同じ懸念が、決意の実行の前に立ちふさがるのだった。セリュコフが今でも、かつて内乱時に属していた連隊にいるのは確かなのか。すでに退役してはいないか。後方基地にいるのではないか。新しく編制された連隊にいるか、あるいは昇進してすでに連隊指揮官ではないのではないか。モスクワを永遠に去る前に、ヴィトーリンはその確証を得たかった。
まる二日間彼は〈カール・リープクネヒト〉連隊に所属していた帰休兵や負傷兵や傷痍兵を探し歩いた。だが行き会うどの赤軍兵士の肩を見ても、連隊の印であるK・Лの頭文字の徽章はなかった。住居には二度と戻らず、レニングラード街道沿いの兵営に宿泊した。三日目の朝、ある会合に参加するために革命歌を歌いながらクレムリンへ行進する郊外の工場労働者の仲間に加わった。

この日工場は祝日になっていた。ミラノで労働者が全権を奪取したこと、そしてエルバーフェルト（ドイツ西部の都市。現在のヴッパータール）で市街戦が起こったことをヴィトーリンは知った。この知らせはその発生の同時性によって、世界革命の勃発が間近いことを認識させた。西ヨーロッパのプロレタリアート兵士は集会で、革命的デモで、行列で、公的娯楽で、赤軍兵のパレードで敬意を表された。

ほとんどのソヴィエト役所は閉まっていた。ただ各部門の本部だけは正午まで業務を行なっていた。かつて帝国劇場があった赤い広場でヴィトーリンは仲間と別れた。軍事人民委員会に入るのは難しくなかった。

個人登録部にはこの時間、そこに勤務する役人のうち二人しか席にいなかった。まばらな尖った髭を生やした禿頭の年かさの男は、ここの部長らしく〈プラウダ〉を読んでいる。疲れきった様子のまだ若い娘がなにかの書類に番号を打っていた。

この若い娘にヴィトーリンはたずねた。

「同志。ひとつ教えてほしいことがあります。前線にいるある連隊の小隊、中隊、大隊指揮官の名が知りたいのです」

「残念ですが、同志」娘は小声ながら美しい響く声で言った。「その種の情報はお教えできません」

ヴィトーリンは引き下がるものかと思った。将来の上官の名を知りたいのだとこの娘に理解させるため、書類を出して見せようかとも思った。だが偽造を見破られるのを恐れてその考えをひっこめた。いくらか安全と思われた別の手を使うことにした。

「同志、規則はこのような場合は例外とされるのではないでしょうか」彼は執拗に懇願する口調で言った。「これは考慮の余地があるケースです。わたしが宿営している部屋の家族は――奥さんが病身で、子供が三人いて、一家の主人は前線に出ています。二か月前から便りが来ていません。この奥さんの立場を思ってもみてください」

ヴィトーリンは自分の言が娘の心を動かしたのを見た。彼女はためらい考える様子でもの問いたげな視線を上司に投げたが、上司はかまわず新聞を読み続けていた。

「夫の両親も奥さんは面倒を見なければならないのです」ヴィトーリンは続けた。「二か月も便りがとだえているのですよ！　奥さんは僕に問い合わせてくれるよう頼みました。ご主人は最近まで赤軍連隊〈リープクネヒト〉の小隊長でした。つまり――」

「それでもどうしようもありません」娘がヴィトーリンの言葉をさえぎった。「どんな情報も提供するわけにはまいりません」

そのとき部局長が新聞を手から放した。

「提供しないなんてことがありましょうか」彼はヴィトーリンのほうを向いて言った。

「その小隊長はどの連隊に属しているとおっしゃいましたか」

「赤軍連隊〈リープクネヒト〉です。以前はセミョーノフ連隊という名でした」

「少々お待ちください。お望みの情報を持ってきましょう。ここに座っていてください。すぐに必要な手続きをいたします」

彼は部屋を出ていった。娘はおずおずと目を扉に向け、ほぼ閉まっていることを確認した。次の瞬間、彼女はさっとヴィトーリンのそばに立った。

「すぐ出て行って。お願いだから」彼女はヴィトーリンにささやいた。「あなたは無実の人をひどい目にあわせようとしている。右の廊下に入って二つ目の階段を降りれば表に出るから。さあ早く——ああ、もう手遅れ」

部局長とともに小太りのたくましい男が部屋に入ってきた。顔が幅広く、頬骨が突き出して、目は魚のように小さくて光がない。平たい緑色の縁なし帽をかぶり、制服の上着には赤い飾り紐と金のソヴィエト徽章がついていた。

娘が机越しにお辞儀をし、何ごともなかったかのように書類の端に連番を振り続けた。

部局長は手招きしてヴィトーリンをそばに来させた。

「あなたのおっしゃっていた指揮官は何といいましたかな」

「ミハイル・ミハイロヴィチ・セリュコフです」

「住所は」

「タガンスカヤ広場十五番――でも今セリュコフは前線にいます」

「それはわかっています」部局長が言った。そして赤い飾り紐の男のほうを向いて言った。

「部下を三名連れて、この同志とともに今言った住所に行け。そこにいるものを全員逮捕しろ。〈非常時委員会〉に連行して訊問しろ。そいつらは逃亡兵の家族だ」

そしてあぜんとしているヴィトーリンに目をむけて言い添えた。

「もとセミョーノフ連隊は四日前、全将校もろとも敵方に投降した」

＊

真鍮の表札にセリュコフとある扉の前で、ヴィトーリンは今一度、自分の無謀が招いた結果から逃れようと試みた。

「くどいようですが同志、これはまったくの無駄足です」彼は言った。「部屋には誰もいないでしょう。わたしは誤解されているのです」

三人の赤軍兵士は銃を構え何ごとか命ぜられるのを待っていた。彼らの髭のはえた幅広の農夫面には完全な無関心があった。ひとりが帽子を脱いで額の汗をぬぐった。

指揮官は輝きのない丸い目をヴィトーリンに据えた。

「今にわかる」そっけなく彼は言った。「鍵をよこせ。持ってないだと。もし部屋に誰もいなかったなら、ルビャンカに行ってもらう。きっとお前は奴らの居場所を教えてくれるだろう」

指揮官は呼び鈴の紐を引いた。

かん高い音が鳴り、かすかな震えを残して消えた。前に一度だけこの音を聞いた。ポケットに徴発指令を入れて心臓を高鳴らせながら扉の前に立ったときだ。中でピストルコルス男爵がバッハのガヴォットを弾いていた。——あの音《ね》はどこにいったのか。風が吹き払った。部屋は無人で、息遣いひとつ聞こえない。がらくた市のどこかにあのヴァイオリンは転がっている。監獄の裏庭のどこかに老侍従の亡骸《なきがら》は埋もれている。〈ラ・フリオーサ〉の熱のこもった憂鬱なメロディーで男爵は世界に別れを告げた、みずからの記憶に別れを告げた。

不意にヴィトーリンはびくっとした。誰もいないはずの住居から足音が聞こえる。

足音が扉に近づくにつれ、ヴィトーリンの脳に妄想めいたものがひらめいた。——死んだ侍従がヴァイオリンを取りに来た。いや違う。茶色の毛布が欲しいんだ。なにしろ地面の下は冷えるから――

「どなたですか」

一度も聞いたことのない声だった。

指揮官はモーゼル銃の銃床で扉を叩いた。

「さっさと開けろ。家宅捜索だ」

扉は開けられなかった。代わって呪いの言葉、それから警報が鳴った。短くかん高い、つんざくような口笛が二度。

「かかれ！　打ち壊せ！　扉を破れ！」指揮官が叫んだ。

兵士らが棍棒でめった打ちすると、扉はばらばらになった。銃が撃たれ、弾がヴィトーリンの肩をかすった。彼を狙って撃たれたものだ。赤軍兵らが玄関の間に押し入り、憤って発砲した男を襲って床に倒した。指揮官は彼らを尻目に銃を手に居間に急いだ。

誰もいなかった。最初に目に入ったのは手動印刷機だった。インクの乾ききらないパンフレットが横にあった。書き物机の上には黄色い粉が乾燥させるためにひろげられ、椅子の上にブリキ箱や金属のカプセルや鉛玉やガラス管が載っていた。

指揮官は書き物机に寄り、粉末をひとつまみして臭いをかいだ。物音がして彼は目をあげた。隣室に通じる扉が開き、アルテミエフが立っていた。

チェカの男はアルテミエフを知らなかった。引っくくれるものが自分の手に落ちたと思っただけだった。彼は指についた粉末を吹き払った。そして訊問をはじめた。

「お前がこの部屋の住人か。こっちに来い。手動印刷機。パンフレット。さてはここで秘密出版をしていたな」

アルテミエフはチェカ役人の顔をつけつけと眺めた。

「お前はロシア人かい」彼はたずねた。「むしろカルムイクかブリヤートに見えるがな」

「質問に答えんか」チェカの男がどなりつけた。「この粉はなんだ」

「挽き割り麦さ」アルテミエフがこたえた。「わたしの主食だ」

「いくらでも戯言を言ってろ。いまにそれどころじゃなくなる。お前を逮捕する」

「逮捕か。くだらない言葉だ。言葉じゃひよこ一羽つかまえられない。何か行動してみろ。わたしはフョードル・アルテミエフだ」

チェカの男は色を失った。モーゼル銃を握る手が震え、額に汗が浮かんだ。彼は生きてこの部屋を出られないことを知った。目はアルテミエフの握りしめた手から離れなかった。しゃがれ声で彼に話しかけた。

「おとなしくしろ。この建物は包囲されている。抵抗しても無駄だ。ソヴィエト政府は流血を望まない。もしお前がプロレタリア大衆のために働く気があるなら、情状酌量がなされるかもしれない――わたしはジェルジンスキーを知っている。ステクロフも知っている。二人とは知り合いだ。わたしの力でお前のことを頼んでやる。──そこから動くな。手も動かすな。射殺などろくな死に方じゃない──」

「せめてあんたが黙っててくれりゃね。でもあんたはひっきりなしに喋ってる」アルテミエフが言った。

赤軍兵らが銃を構え部屋に押し入った。不意にアルテミエフを荒々しい渇望がとらえた。敵からまた逃げてやろう。群衆に埋もれて、自分の仕事を最初からやりなおそう。彼の醒めきった脳に数秒のあいだ、狡猾で向こう見ずで狂気じみたいくつかの企みが交錯した。

彼はそれらをすべて捨てた。

「ようこそ」彼は赤軍兵らに言った。「まずいときにいらしたものです」

彼は一歩前に出ると、隠し持った赤く光る金属の小筒を、部屋の中央に投げつけた。

＊

爆音が轟いたとき、ヴィトーリンはすでに建物の外に出ていた。体がいきなり投げ出されガス灯にぶつかった。立ちあがると一人の女が叫びをあげ、手を掲げて、家の中に逃げ込むのが見えた。タガンスカヤ広場の中央で御者が狂ったように馬を鞭打っていた。窓ガラスが砕ける音が聞こえた。

ヴィトーリンは振り返りもせず走った。逃げねばとしか考えられなかった。入り組んだ見知らぬ街路を、面《おもて》を伏せて彼は急いだ。行き会う人は誰も秘密警察官かスパイか民兵のように思えてならなかった。

気がつくと教会の前に来ていた。疲れて動けなくなったので中に入った。側廊のアルコーヴの中、奇蹟者聖ニコライのイコンの下にうずくまって目を閉じた。

教会を出たときは午後の四時だった。気分はやや落ち着いていた。身元がばれて逮捕されるかもしれないという恐れは、今はそれほど大きくなかった。街角でマッチを一箱六十ルーブルで売っていた娘に彼は近づき、駅へ行く道をたずねた。

この時分にはソヴィエトのお祭り気分は最高潮に達していた。サドーヴァヤ通りを不気味な葬送歌の響きのもとに葬列が通った。議会政治は墓に葬られた。その柩《ひつぎ》の後ろから、将軍や司祭や火酒醸造業者や実業家に扮した集団が口笛を吹き嘲った。巨大な金袋で象徴されたアメリカがスモレンスカヤ大通りを引き摺られていった。聖パウロ教会の階段からプロレタリアの詩人が自作の革命詩を、旧時代と、ブルジョワと、亡きツァーリの軍隊と戦う歌を朗誦した。アルバート広場では即興サーカスが繰り広げられていた。ヨーロッパの政治家や君主が、ハイエナや狼や鰐《わに》や山猫、そして尾を振る小猿で演じられた。道化役はウィルソンとヴァンデルヴェルデとロイド・ジョージだった。

ヴィトーリンが最後にモスクワの声を聞いたのはクールスキー駅の前でだった。メガホンが〈冬宮殿襲撃〉への参加を誘い、続けて最新ニュースが放送された。ペルミの町がソヴィエト旅団に占拠されました。赤軍パルチザン部隊がコルチャーク軍の裏をかいて弾丸列車を転覆させました。ソヴィエトの不倶戴天の敵であり外国資本の回し者であった反革命分子アルテミエフは、逮捕と処罰を逃れようとしたところを死に見舞われました。

大叛乱の終結の報は雷のような音声《おんじよう》で広場や街路に響き、ヴィトーリンをも立ち止まらせた。自分が関係あるとは思いもしなかった。自らの手でアルテミエフを敵に渡したとは知る由もなかった。ただ奇妙に思ったのは、運命がアルテミエフを、ちょうど自分が前線に行く助力ができる時間だけ生き延びさせたことだ。まるでそれがアルテミエフの波乱万丈の生涯の最終目的だったように。

だがそのことに頭を悩ます暇はなかった。長靴の胴から旅行指令書と軍用運転免許証を出すと、それを手にヴィトーリンは駅のホールに入っていった。

進撃指令

赤軍ペンザ師団第三狙撃兵連隊は一九一九年六月末の前線において、敵の砲火を浴びながら即席に編制されたものだった。その夏に六度参戦し、ハリコフ防衛線の一翼となったが、ヴァルキで敵の主力勢を撃退し、軍事委員会の旧ロシア事務局の報告で二度名誉ある言及がなされた。十一月のはじめ、いっこうに止まない雨の降るなか、兵力のきわめて乏しいこの連隊はミロピル（ウクライナの都市。ベルディーチウから約五〇キロメートル北西）南東で白軍旅団に対峙していた。

連隊司令官は老前線大尉で、左手で命令書に署名した——右手はカルパチアの戦いで失っていた。第一大隊の先頭には水夫のスタシクが立ち、第二大隊は暖炉工事夫のストロチェフが率いた。二人はモスクワで指揮官課程を修了し、ともに赤旗勲章を授けられていた。

書類上は第三大隊も存在していた。

連隊司令官の管轄下には軽砲兵隊のほかに特別に養成された人員からなる偵察隊があった。偵察隊の指揮官はモスクワの大学生で、みずから前線を志願した男だった。名をベレージンといって、モスクワに老いた母と婚約者を残してやってきた。

湿っぽく寒い十一月の朝、ベレージンは偵察行を終え、第一小隊副指揮官と共有する兵舎に戻った。

この兵舎はもと納屋だったが、虫の喰ったテーブルと椅子何脚かのおかげで、かろうじて人間の住まいになっていた。割れた壜の首に挿した蠟燭が、炎を揺らめかせて部屋の一部を照らしていた。小さな鋳鉄のストーブの前で赤軍兵のエフィーモフがしゃがみ、木箱を壊してできた湿った板切れを炎に押し込んだ。

ベレージンが泥のはねた皺《しわ》くちゃのマントを乾かそうと壁に掛けた。それからストーブに寄って手を暖めた。

「あのドイツ人はどこだ」彼が聞いた。「出ていったか」

「眠ってる。あそこで横になっている」――エフィーモフは肩越しに暗がりを指した。

「熱が引かないのか」ベレージンがたずねた。

エフィーモフは肩をすくめて言った。

「熱病かもしれないし、ほかの病気かもしれない。がたがた震えてやがる。いつも寒がっている。看護兵の助手が来て水薬を飲ませようとした。だが追い払ってしまった」

ベレージンは長靴を脱ぎだした。エフィーモフは茶を沸かすための水を小さな鉄ストーブにかけてから報告を続けた。

「食い物なら同志、今日はパンの配給はなしだ。代わりに缶詰がある。二人で一缶。それ以上は持って来なかった。だがお前のものだ。ドイツ人は食おうとしない。喉が渇くとばかり言って、一晩中水を欲しがる。——向こうの白軍はどんな感じだ。昨日は榴散弾をよこしてきやがった。発砲の音も聞こえた。狼はまた牙を剝いたか」

「あいつらは呑気にやってるよ、あの忌々しい悪魔どもめ。オートミールにミルクを入れて食ってやがる」ベレージンが言った。「晩の点呼のあと祈りと歌が聞こえた。ツァーリの時とおんなじに連隊付司祭がいて、おまけに讃美歌の歌手までいる」

部屋の隅でヴィトーリンが目覚めた。腫《は》れた目をこすり、マントと毛布をはねのけて立ちあがった。

「お前か、ベレージン。なぜ入口を閉めた。暑くてたまらない。空気を入れてくれ。それで——奴を見たか？」

ベレージンは床にひざまづいた。リュックサックから取っ手の折れたカップを取り出した。上着の端でていねいに拭い、それから茶を注いだ。

「入口を開けてくれないか。新鮮な空気を入れてくれ」ヴィトーリンが叫んだ。

「熱にいかれて外は夏と思ってやがる」ベレージンが言った。「どのみちこの隙間風じゃ暖かくはなるまい」

「病気なものか。どこも悪くはない――それで奴は見なかったのか」

「誰を」

「あの白軍将校だ。部下に〈口笛吹き〉と呼ばれてる奴だ」

「いや、そいつには出くわさなかった。柳の藪を抜けて、斥候がひとり、こちらから二十歩離れたところを通り過ぎた。その後、夜が白みかかるころ、二人目を見た。もう少しで鉢合わせするところだった。それくらい霧は濃い」

ヴィトーリンは目を閉じた。はじめてあの白軍将校の話を聞いたのはいつだったろう。乗馬鞭を手に、口笛で指揮して部下に襲撃させるという噂だった。その口笛吹きが捕虜を並ばせ、赤軍将校を前に出させ銃殺させた。重苦しい憎悪に押し潰されるようになって、ヴィトーリンはその〈口笛吹き〉を探し、投降者を一人残らず問い詰めたが、そいつがセリュコフに違いないと確信したのは、熱を出して日夜刺すような思念に苛《さいな》まれるようになってからだ。セリュコフ。乗馬鞭を手に人生を歩む男。小奇麗に身を整えて、血にまみれた、香水をふりかけた人殺し――

「ベレージン！」ヴィトーリンはうめき声で言った。「あのときはどうだった。お前が奴の馬を――」

「またその話か」ベレージンが答えた。「十日前のことだ。俺たちは奴の乗った馬の脚を撃った。生きたまま捕えようと思ったから。だが奴は高慢ちきな顔で煙草を吹かしながら、リボルバーで続けざまに撃ってきた。俺の隣でマルーシンが倒れた」

高慢ちきな顔！　あいつも撃ちながら煙草を吸う——煙草なしのセリュコフを見たものがいるだろうか。

「それでどうなった。先を続けてくれ」

「どうもこうもない。側面射撃を食らって退却するしかなかった」

ヴィトーリンはうめき声をあげて藁の上に倒れた。目が痛む。赤い霧が納屋に満ちる。——「退却するしかなかった」——自分がいたらセリュコフを逃しはしなかった。退却などするものか。側面射撃がどうした。掩護して戦い続ければいい。

悪寒が背を走った。ヴィトーリンは立ちあがり、マントをはおって落ち着かなく、檻の中の獣みたいに納屋をうろつきだした。

僕は病んでいる。自分でもそれは感じられた。熱が上がる。夜は関節が痛む。明日あたり野戦病院に遣られるだろう。戻ってきたときには——連隊はどこにいる。連隊はそのうち引きあげる、と大隊指揮官のストロシェフは言っていた。よその前線に投入されるそうだ。ミロピルにはすでにトラックが待機している。林檎はどこに転がっていく？　革命は前線から前線へ部隊を投入する。ストロシェフはそう言っていた。革命は血とガソリンで勝利するのだと。

そしてあの向こう、砂糖工場の廃墟の向こうにセリュコフはいる。明日にも野戦病院に連れて行かれるかもしれない。行動しなければ。踏ん切りをつけなければ。

「ベレージン！」

彼は聞いていない。床に寝そべって、蠟燭を前に置いて、〈赤軍前線兵士〉新聞に読みふけっている。

「ベレージン！　今日はまた外に出るか？」

「午後、四人の部下と偵察に行く」ベレージンは答えた。「向こうのお隣さんがどんな風に暇をつぶしてるか見てきてやる。夜は当番兵に聞き耳をたてさせるだけだ——ところでここを読んでみろ。わけ知り顔の記者がいるぞ。こう書いてある。『軍隊はわれわれを支配する経済的・社会的・政治的圧力の帰結と考えられる』だとよ。政治集会で習ったことをそのまま書いたんだな。でも前線じゃあまり褒めてはもらえまい。——同志エフィーモフ、火を絶やさないようにしてくれ。これは命令だ。——部下には経済的圧力のことなんか話さない。こう言うだけだ。お前たちは英雄だ。お前たちは無敵だ——そう言えば俺についてくる」

「ベレージン、今日の偵察は僕がやろう。今日は僕が代わりに行く。お前は疲れている。寝てもいない」

「だが同志、お前は病気だ」ベレージンが言った。「俺は責任を負えない」

「病気であるもんか」ヴィトーリンは熱で体を震わせながら叫んだ。「風や雨にあたって、爽やかな空気のもとで運動しなきゃならない。納屋にいると体が腐る。虱に食われる。病気にもなる。代わりに行かせてくれ、同志」

「わかった。悪魔に攫《さら》われろ。行きたきゃ行け」ベレージンが言った。

そしてあくびをすると、半分閉じた目でもう一度火を調べ、それから眠ろうと体を伸ばした。

*

暗くなってようやくヴィトーリンは偵察行から戻った。部下をすぐ兵舎に戻らせると、一人でさらに垣根沿いに榛《はん》の木の藪を後にして窪地に通じる道をたどった。樹々から重い雫《しずく》が落ちた。土と水溜りの臭いがした。闇を透かして白漆喰の家が仄めいていた。あの中で連隊司令部が宿営している。

「Стой! Кто такой!（止まれ。誰だ）」歌うような小声で歩哨が呼びかけた。

ヴィトーリンは立ち止まった。

「Свой（味方だ）」

「合言葉は」

「コミンテルン」

「通れ」

幕僚室の前でヴィトーリンは連隊司令官に出会った。運動家の体つきをした若い男で、栗色の巻き毛を額とうなじに垂らしていた。

「報告することがあります、同志」そう言って彼はかじかんだ指を帽子のひさしに当てた。「向こうの白軍に今夜、高位の幕僚が訪れました」

二回の野戦とキエフの市街戦に参加した人民委員は、ヴィトーリンの顔を探るような目でしげしげと見た。

「何を見た、同志」

「フランス軍の服装をした将校たちを見ました」ヴィトーリンは報告した。「イギリスの鞍具をつけた馬も見ました。さらに学校の建物の前に騎兵電信装置を設置する騎馬電信隊も目撃しました」

「いつのことだ」

「午後五時ころです」

「他に変わったものを見なかったか」

「いいえ――いいえ、ありました。校舎に伝令兵がいました――」

「軍団の移動には気づかなかったか」

「気づきませんでした」

人民委員の目にあるのは悪意ある嘲りの輝きではないのか。床がヴィトーリンの足元で揺らいだ。垂木の木材が上から落ちてくる気がしたが、歯をくいしばって力を奮いたたせた。不動の姿勢を保ち、視線に耐えた。意志は熱に勝った。

「白軍前線を視察する高位の司令官かもしれない」少し沈黙したあと指揮官が言った。

「どこからお前はそれを偵察した」

「先週に砲撃を加えたあの農家の屋根からです」

「すると敵の拠点のあいだをうまく突破したわけだな」

「そのとおりです」

「当方の損害は」

「ありません。部下は帰し、一人で行きました」

指揮官は黙った。いつまでも黙っていた。もう質問はないのか。新たな罠はないのか。血がヴィトーリンのこめかみでざわめき、歯がかちかちと鳴った。膝と関節が鈍く痛んできた。長く立ったままではいられない。そうヴィトーリンは感じた。あと何秒かは耐えられるかもしれない。だがその後は――

「よし。お前の報告は上に伝えておく」人民委員は言った。

夜の十一時だった。連隊司令官の部屋で石油ランプが燃え、煙草の濃い煙雲がかぶさっていた。壁にマントと帽子、保弾帯とカービン銃が掛けてある。テーブルに地図が広げられ、その上を赤と青の小形の旗でできた二重の線が横切っていた。反革命部隊に占領された領域である小旗の向こうに連隊司令官のポケットナイフと銀の懐中時計が置いてあった。

三人の男がテーブルを囲んで座り、地図を眺めていた。

連隊司令官は窓辺に立ち、その右袖はだらりと垂れていた。ストーブの炎が軽く爆《は》ぜて消えつつあった。第一大隊部隊長、水夫のスタシクは火のない煙草で電話器を指し、師団本部の将校たちへの不満を遠慮なくぶちまけた。

「あいつらの意見はまだ一致していない。あいつらはまずもって、前線全体の戦略と作戦の状況を論議しなきゃならないんだ」嘲りの笑いをあげてスタシクは言った。「誰かが何か提案すると、誰かが反対して、この本やあの本にお前の計画は役立たずだと書いてある、とか言ってるんだろう。問題は単純なのに、鼻に眼鏡をかけるとあらゆるところにいちゃもんをつける。時期もよくない。草地は泥沼になっていて、連隊には百挺しか小銃がない。旅団の装備も十分ではない——」

「それに」連隊司令官が言った。「向こうの白軍には鉄条網と機関銃があるし、砲兵隊はわれわれより勝っている。これを付け加えれば、わたしが一時間前に師団本部長に報告した反論がすべて尽くされる」

第二大隊を率いる寡黙なストロシェフはうなづいて、司令官と同じ懸念を持っていることをほのめかした。ストロシェフは無鉄砲な試みよりも、確実に敵を殲滅できる周到に準備した攻撃法を好んでいた。水夫スタシクはまた別のタイプだった。何ごとであれ、野戦でも賭け事でも、女でも喧嘩でも、すばやい決断をしようとした。赤い幅広の手をテーブルに置いて、彼は身を乗り出した。

「司令官同志のもとにも報告が来ていませんか」彼は叫んだ。「部隊の規律がなくて、赤軍兵士らが前進を拒んでいるとかいう」

「規律は行き届いている」連隊司令官は静かに応じた。「だが規律だけで敵陣地の急襲はできない」

「まるで白軍のお偉方たちを逃亡させたいみたいじゃないか」スタシクがストロシェフにテーブル越しにささやいた。

それが隻腕の大尉の耳に入った。大尉は顔色を変えて水夫に二歩詰め寄った。だが連隊人民委員が彼の前に出た。そしてぴしりとスタシクに言った。

「同志！　連隊司令官は敬意をもって遇さねばならない。わたしは司令官の行動すべてに連帯責任を持つ。もし君が今の非難を即刻撤回しないなら、この件をしかるべき筋に報告しよう」

ヴァルキで雨あられと飛ぶ弾丸をかいくぐって敵の大砲二基を奪った水夫スタシクも、人民委員の前では叱られた小学生のような情けない顔をした。彼は口を開こうとしたが、大尉はそれをどうでもいいといった身振りで押しとどめ、先ほどまでいた窓辺に戻った。

このとき電話が鳴った。大尉が受話器を取りあげ、名を名乗った。

「ペンザ師団第三狙撃兵連隊――司令官」

彼は受話器を耳にあてたまま、じっと動かなかった。目は壁のマントと帽子に、まるでそこから話しかける声がしているように据えられていた。一分が過ぎた。彼は背筋を伸ばし、今受けた命令を復唱した。

「ツィルキー・イワニフカ間に駐留する白軍マルコフ旅団を、明朝六時、新たに投入されたわが軍の部隊は、ヤムノエ・ソボレヴスク方面から側面攻撃します。当赤軍第三狙撃兵連隊は、五時四十分、敵の注意を引く陽動作戦に出ます」

大尉は受話器を置き、連隊人民委員と二人の副指揮官に顔を向けた。

「聞いての通りだ。必要な準備をしなければならない。同志スタシク、お前の大隊は――」

三人の男は黙って地図の上に屈んだ。

夜の暗やみから樹々や藪が浮かび出てきた。空がゆっくりと色づき、青白い丘に薄明かりがさした。間に合わせの掩蔽《えんぺい》の陰に屈んだ赤軍兵士らのマントから雫が垂れ、黄色い濁った雨水が地面の穴ぼこに溜まった。頭上を銃弾が歌いながら通り過ぎた。樹の幹や岩に当たると鞭を打ったような音が響いた。探りを入れるようにそこら中に砲弾が落ちた。遠くで雷の音がしたかと思うと、空気が裂け、掩蔽に体が押しつけられ、畑の畝《うね》に茶色の土柱が高く上がった。

ヴィトーリンは低い土塀の陰で中腰になって、畑の湿った土がこびりついた鋤《すき》の刃を防御用に頭にかぶった。西の彼方では砲弾戦がたけなわだった。敵の重砲がたえまなく炸裂した。黒と硫黄色の煙が千切れ雲となってなだらかな山の背にかかった。鉄片と炎がそこから落ちてきた。それでも散兵線はじりじりと前進した。視界はほとんどきかず、どこまでも続く白い煙雲の連なりがときたま風で途切れるときだけ、何かがわずかに認められるばかりだ――うなりをあげて坂をくだり、崩れ落ちて地面に消えるものが。

あそこで勝敗は決するだろう。ヴィトーリンにはそれがわかった。目を閉じると、たちまち混乱した夢が思念に紛れこんだ。向こうで走って撃っているものたちは、みんな自分と結びついている。自分の一件を彼ら自身のこととして引き受けてくれている。だから僕は横たわって休んでいてもいい。クレムリンの印章をつけたモスクワからの電報。今日受信されるとたちまち前線すべてに広まる。「――を捕まえろ」。前進せよ。あそこに奴は乗馬ズボンとエナメルの長靴姿で立っている。だが顔は見えない。硫黄色の煙雲が濛々と肩から上にかぶさっている。誰もあれがセリュコフと知らない。——を捕まえろ！　ほらもう、赤軍兵たちが、地から湧き出て、セリュコフを見つけた。四方八方から迫って奴を包囲した。だが奴は立っている。退きはしない。奴の息は砲火だ。肩から上の煙雲から大音声が赤軍兵に発せられる。

「ポショル！」

夢想のとばりが引き裂かれ、ヴィトーリンはわれに帰った。爆発物の破片が音をたてて頭上を飛んでいった。掩蔽の十歩前で榴弾が破裂したのだ。小銃斉射が荒れ狂い土塁を鞭打った。そして砲火が何秒か静まった今、向こうの杜松《ねず》の藪近く、一人の男の姿が地面から浮かびあがった。男は走りだし、畑の溝に消えたが、また現れたときには、顔も見わけられた。ベレージンだ。ひとっ飛びに土塁を越えてヴィトーリンのわきに大の字になって転がった。

地形を熟知したベレージンは最前線を偵察してきたのだった。彼は激しく息をあえがせた。そして戦いのけたたましい騒ぎの中でヴィトーリンに戦況を説明した。

「旗色はよくない。味方の右翼は後退し、白軍が反撃に出ている。あの信号弾が見えるか。砲兵隊の援軍を要請してるんだ」

彼はポケットからメモ帳を出して報告を書きつけた。手早く鉛筆を動かしておまかにスケッチし、敵の機関銃二基の位置を印した。メモはヴィトーリンに託された。それからベレージンは掩蔽から立ち去った。向こうに開いた榴弾の穴の中に部下たちを待たせていたからだ。砲弾でむやみに掘り返された地面を気をつけてゆっくり歩いていると思ったら、杜松の繁みに現れたときのように不意に消えた。

散兵線が鈍角をなして曲がるところから数歩奥に入った塹壕に分隊指揮官がいた。淡い金髪の青年で、顔肌が少女のように柔らかいので連隊ではソネチカと呼ばれた。七か月の前線経験はこのホルン奏者を赤軍将校にしたてあげていた。

ヴィトーリンは彼にベレージンの報告を手渡した。ソネチカはそれを読み、紙片を折りたたんだ。そして双眼鏡で敵におおわれた戦地を視察した。

「われわれは前進して機銃隊を一掃しなければなりません。一刻の猶予もなりません」

ヴィトーリンはしゃがれた声でソネチカに説いた。

ソネチカは双眼鏡をそばの地面に置いて頭を振った。

「それは砲兵隊の仕事だ」彼は言った。「聖水式の日の悪魔みたいな顔だな。病気か」

「熱があります。でも軍医と結託して何でもないことにしました」そう言ってヴィトーリンは弱弱しく微笑もうとした。だがたちまち彼の表情はもとの引きしまって狂気を帯びたものになった。熱に浮かされた脳は、自分の分隊を村にやり、セリュコフの退路を断たねばとしか考えられなかった。「これ以上ここにとどまってはなりません」彼は言った。「攻撃は止んでいるようです。なぜ率先して戦闘を開始しないのです」

「そんな命令は受けていない」ソネチカが答えた。「地形がよくない。上りの斜面が隠れ場なしに三百歩分続いている。雨がわが軍を洗い流すまでここに居続ける。それは確実だ――おい、そこの同志！」

彼は散兵線にいた一人の赤軍兵を呼び寄せて言った。

「この紙を持って、大隊本部までひとっ走りしてこい」

彼は立ちあがって赤軍兵にメモを渡した。

「それじゃ前進したくないんですね。恐いんですか。そんなだから女の名で呼ばれるんですよ」

だがソネチカは聞いていなかった。跳ね返った弾が腰に当たったからだ。その表情がゆるみ、手で地面を探ってそのまま倒れた。

「大隊本部へ」ささやき声で彼はもう一度言った。「俺はもうだめだ。指揮は任せる。無駄弾は撃つな。攻撃を受けたときだけ発砲しろ。目下の前線は――」

そして息苦しそうにあえぐと、両手で自分のマントを裂き開こうとした。頭が垂れた。そのまま動かなくなった。

「衛生兵！」ヴィトーリンは叫んだ。だが軍医もその助手も見あたらなかった。

ひとりの赤軍兵がソネチカの上に屈み、マントと上着の前を開いた。

「衛生兵は要らない」彼は言った。「もう婚礼で踊ることもない。こいつの日は終わった」

そして死体から長靴を脱がせにかかった。ソネチカに命中した弾は分隊全員の運命を決した。ヴィトーリンは前線に躍り出て叫んだ。

「僕が指揮を引き継ぐ。同志たち！　前進！　向こうの裏切り者を殲滅せよ。プロレタリアの祖国がそれを要求する。プロレタリアの祖国は危機に瀕している。同志たち、ロシアを救え！」

呼びかけに応える声はなかった。遮蔽物のない地形では、わずかな動きさえ敵に察知されることを野戦慣れした赤軍兵たちは知っていた。それでも彼らは従った。黙ったまま前進の構えをした。

「銃剣構え！」ヴィトーリンが命じた。

かちりというかすかな音が散兵線を走った。それがやむと、聞こえるのは銃弾の響きだけになった。しかしとつぜん死神に捧げられた列からメロディーが起こった。一人が何げなく口ずさむと、別のものが和し、だんだんと高まって聖歌《コラール》のようになった。そしてとつぜん、全員が歌い出した。

「どこに転がっていくの、林檎ちゃん

　二度とお家に帰らない
　明日の戦死者リストには
　赤軍兵が百人も……」

「前進！」ヴィトーリンは叫んだ。歌声は阻止投擲される榴弾の破裂音に紛れて消えていった。

＊

殲滅砲火をうまく掻《か》いくぐれたのは急襲した兵のごく一部だった。狂気のような襲撃は村への道半ばで挫折した。両側から挟まれた赤軍はしばらく小果樹園の藪や樹々の陰で応戦した。弾薬が尽きると弾痕だらけの農家へ逃げこんだ。戸口に大きな毛むくじゃらの犬の死骸が横たわっていた。ここで彼らは手榴弾と銃床で改めて敵を退けた。何分間か後、屋根の棟木が燃え出すと、彼らは降伏を決意した。

真っ赤に燃える瓦礫の煙にまかれ半ば失神しながら出てきて捕虜になったものの中に、ヴィトーリンも混ざっていた。

＊

ヴィトーリンは崩れた砂糖工場の裏庭に寝ていた。煙で黒ずんだ工場の壁が朝靄から浮かびあがっていて、それは手のとどかない遠くにある何か不思議なものに見えた。そこから別の世界がはじまるように見えた。ここに彼は横たわり、壁沿いに他の捕虜たちも、憔悴し絶望し自失した表情でうずくまっていた。クバン河コサックの軍服を着た見張りが二人、裏庭の中央でカービン銃にもたれて立っていた。三人目が干草車の轅《ながえ》に座ってアコーディオンを弾いていた。

ここで命運は尽きた。自由な人間として堂々とセリュコフと対決したかったのに――これではどうしようもない。運命はまた自分をチェルナヴェンスクの収容所に投げ込もうとしている。運命は一めぐりし、自分はここに寝ている。またもや僕は一介の捕虜、またもやセリュコフが主人だ。あらかじめそう定められていたのか。病気。捕虜。僕は打ちのめされて無力だ――運命は報復の時をそう定めた。

いや違う。無力ではない。チェルナヴェンスクでは故郷を、父の家を、再会の日を思った。――すべて過去のものになり、もう何もない。時代の恐怖をくぐりぬけた今、人生はすでに何の意味もない。いつセリュコフが来ても覚悟はできている。目の前にセリュコフが見えた。――奴だ。胸にウラディミール勲章と聖ゲオルギー十字章――ミハイル・ミハイロヴィチ！　僕がわかるか？　わかるとも！　セリュコフは僕を認めた。何が待っているかも知って、真っ青になった。この高慢な顔に一発。この顔から世界のあらゆる悪徳が、恥を忘れた時代のあらゆる悪行が覗く。一発。そしてまた一発。セリュコフはよろめき後ずさり、サーベルを抜いた。——だが僕、ヴィトーリンはもうそこにいない、チェルナヴェンスクの収容所はとうに壊された——僕はどこにいった。農家に立っている、窓の木の鎧戸にひまわりと白薔薇が描かれていて、入口の前に毛むくじゃらの犬が寝ていて、誰も中に入れさせない。「こいつは死んだ。こいつは死人を守っている」とアコーディオンのような声で誰かが言った。この痛みはどこから来るのか。たえまなくこめかみと胸がうずく。弾丸がうなった。ヴィトーリンは積まれた材木の陰にひざまづいて撃った。気がつくとベレージンが隣にいた。顔をゆがめたベレージンが——

「誰が命じた。おい。なぜお前はこんなことを」——「なぜって？　そうあらねばならなかったからだ。はじめから決まってたことだ。わからないのか。世界中の悪徳がこの顔から見つめているのが——」

まぶたが鉄のように重かった。目が閉じた。さまざまな夢があらわれて彼を彼方に連れ去った。氷河に流され、砂漠の燃える砂を通り、大渦巻のなかに、そしてその奥の薄ぼんやりした深みに。それらが彼に飽いて放り出すと、彼は日の光の中に浮かびあがった。

裏庭の中央から歌うような調子の号令が聞こえた。

「立て！　集まれ！」

眠気と痛みがヴィトーリンの体から満腹した血吸い蛭のように落ちた。時は来た。彼は立ちあがり、背筋を蠟燭のようにまっすぐ立てた。左右には捕虜が一列になって並んでいる。

「人民委員、赤軍将校、コミュニスト細胞は前へ出ろ！」下士官が命じた。

他の四人とともにヴィトーリンは捕虜たちの前線から進み出た。六人目が一瞬ためらってから後に続いた。彼らの背後で列の隙間がふさがった。

「止まれ！」

彼らは立ち止まった。ヴィトーリンの隣の男がささやいた。

「俺らは銃殺される、俺ら六人は。間違いない。俺が埋まった地面を耕すがいい。――ほら来た。〈口笛吹き〉だ」

「どこに」ヴィトーリンが叫んだ。

「そこを歩いている。あの呪われた野郎が。お前、見えないのか」

「大尉どの、捕虜二十七名です」下士官の声が聞こえた。「うち六名がコミュニスト細胞です」

赤い霧のとばりが目の前で落ち、ヴィトーリンはずっと追い求めてきた悪魔の顔を見た。セリュコフが目に入ると彼は一声叫んで前に飛び出た。

「ミハイル・ミハイロヴィチ！　僕がわかるか？」

将校は頭を巡らせて、ひとりの男が酔っ払いのようなおぼつかない足取りで近づいてくるのを見た。彼はリボルバーを掲げ、また降ろした。

「なんだお前か。なぜここにいる」将校は心を動かされたように叫んだ。「ボルシェヴィキになったのか」

「ボルシェヴィキになったとも」ヴィトーリンは言い返した。セリュコフはいつのまにか姿を消し、今は同じ場所に別人が立っている。この男なら知っている。ノヴォフロヴィンスクで床を掃いていた騎兵大尉だ。どうしてあいつがここにいる。セリュコフはどこに行った。

「本当のことを言え」騎兵大尉が叫んだ。「徴兵されて前線に出たのか。なぜお前がロシアと戦っている」

「志願して来た」つかえながらヴィトーリンは言った。目を大尉から空《くう》にそらし、セリュコフを捜したがどこにもいない――どこにもいない。消えてしまった。

「結構なことだ」騎兵大尉は言った。「行け。お前のような奴にもロシアの将校は約束を守る。行っていい。俺は忘れてはいない。わからないか。お前は自由だ。行け」

ヴィトーリンは理解した。一歩進んだが、そのはずみで直立姿勢を保っていた力が抜けた。よろめいて地に伏した彼に、夜と静寂がいっしょに襲いかかってきた。

下士官が彼のマントと上着を脱がせた。

「どうやら大尉」彼は報告した。「敵は向こうから発疹チフスをよこしたようです。すでに胸に発疹があります」

騎兵大尉は汚らわしそうに顔をそむけた。

「内と外から毒が回ったか」彼は言った。「発疹チフス。ボルシェヴィスム。似たようなものだ。さっさと片付けてしまえ」

だが次の瞬間、今は地に伏すこの人間の屑も、かつて自分の友だったことを思い出した。

「石灰坑へですか、大尉」下士官が聞いた。

「レベディン（ウクライナの都市、キエフから二〇〇キロメートルほど東にある）の野戦病院へ連れて行け」騎兵大尉シュタッケルベルクが言った。声に厳しい憤りの響きがあった。自分の言葉を、自分の思いを、自分の涙を恥じているような声だった。

どこに転がっていくの……

ベッドから見えるのはアカシアの裸の枝と、雪雲におおわれた空の一部だ。ぼんやりと思い出すのは縺《もつ》れた恐ろしい夢、渇き、ソネチカの死、身を苛《さいな》む不安、アコーディオンのメロディー、赤い霧、耳障りな喋り声、沸騰するほど熱い湯船の湯。ノヴォフロヴィンスクから来た騎兵大尉との出会いは頭からすっかり消えていた。

看護婦が教えてくれた。自分が三週間前から隔離仮兵舎にいること。クバン河コサックが二人して朝の四時ころ自分をここに連れてきたこと。封書を預かっていること。いつ熱が急に下がるか医者は正確に予知していること。手に茶色の発疹があるが心配はいらないこと。書類と服は必ず返還されること。

看護婦はそれ以上のことには答えられなかった。封書にしても野戦病院に搬入された事情は何も語ってなかった。中には小額紙幣で二百フランスフラン入っていただけだった。

続く日々はヴィトーリンに今後の方針を定める余裕を与えた。セリュコフの件は放棄しない。道を誤ったのははっきりしている。いままでたどったのは嘘の痕跡だった。つまり最初からやり直さなくてはならない。

心は挫《くじ》けていなかった。やるべきことは正確にわかっていた。じりじりしながら彼は病院を追い出される日を待った。その日は案外早くやってきた。

十二月末にロシアの運命は定まった。赤軍は東はノヴォチェルカスク（ロシア南部の都市）、西はバルツィ（現モルドヴァ共和国の都市）とティラスポリを攻略したが、ポルタヴァからハリコフの間はいまだ白軍前線が保持していた。とはいえデニーキン司令官の本営はすでに退却の準備にかかりだした。

一月始めには野戦病院が撤収した。白軍連隊が最後にもう一度絶望的な戦いを起こそうと南下し、クリミア半島とカフカス山脈に結集しつつあるとき、ヴィトーリンはハリコフ政府内のドネツ河南方にあるスタロメナ村に向かっていた。

ノートにこんな言葉が書きつけてあった。

「グリーシャ、セリュコフの従卒。グリゴリー・オシポヴィチ・ケドーリン（カドーリン？）、スタロメナ村出身、スラヴァンスク駅、ハリコフ州」

＊

午後も遅くなってヴィトーリンは目的の地に着いた。河くらいに広い街道の左右にスタロメナの村がどこまでも延びている。雪に埋もれた菜園の上を、山鴉が鳴きながら飛んでいる。家並みの裏に煉瓦を焼く環状窯と煙突があって、セリュコフの従卒グリーシャは戦争前にそこで働いていたそうだ。村の最長老者である髭面で背の高い農夫がそう教えてくれた。

「グリゴリー・オシポヴィチ・ケドーリンか。知っとるとも。ここにはいない。将校さまにお仕えしている。去年のクレタ十殉教者の日には、わしらの国の大戦《おおいくさ》から帰ってきて一騒ぎやらかした。アーシャ・ティモフェエヴナが鍛冶屋と結婚したからだ。奴は女を叩きのめして、鍛冶屋にも打ってかかった。だがおおかたは酒のせいだ。酔っぱらってわしのとこに来たんで、地区監獄に突きだしてやった。母親が迎えに来るまでそこに入ってた。だが酒についてては野暮なことは言うまい。ここじゃ誰でも熊みたいに呑むからな」

老人はさらにスタロメナの住民を罵った。こっそり村役人を選んで、ボルシェヴィキがこの村にも来て最長老の彼を追い出すのを、手ぐすね引いて待っているのだそうだ。

「あいつらは今こそ十字を切っとるが、明日にも聖者さまの像に唾を吐きかねん。神は十枡《ます》ぶんの災いを世界に撒いたが、そのうち九枡はスタロメナの農夫が拾った。グリーシャだって同じ穴のむじなだ。ああ、あいつの母親だってここに住んでるとも。手紙をよこしてたから、あの女ならあいつが今どこにいるか知ってるかもしれない。旦那を連れていってやろう」

老いた農婦は小さな家の前で鶏に餌をやっていた。その日は日曜だったので頭巾姿だった。都会から息子のグリーシャに会いに来たと聞くと、彼女は顔を輝かせた。「あれはわたしの息子なんです」彼女は言った。「神さまの祝福を受けてわたしが産んだんです。どうぞお入りください、旦那さま。むさ苦しいところですけど」

部屋はミルクと湿った薪と鰊《にしん》と茹でたじゃがいもの匂いがした。眠りを邪魔された鶩鳥がテーブルの陰からあらわれて、シューシューと鳴きながら、首をのばしてヴィトーリンに向かってきた。暖炉の上にすっかり年老いた農夫が横たわっていた。兎皮の帽子を耳までかぶって眠っていた。古びて消えかかった聖セルギイの肖像の前で青いガラスの小さなランプが燃えていた。

「手紙はもらったけど、ずいぶん前のことなんですよ」老女は言った。「革のかばんを持った郵便配達の人が、ずっと遠くにいるうちから大きな声で、『アグラフェーナ・マトヴェーヴナ! お前さんに手紙だよ!』って呼ぶんです。——手紙を受けとると、脚ががたがたしました。そして思ったんです。あの子はどこにいるんだろう。眠ったりお祈りする場所さえないかもしれない。そこで外に出て、パンテレイを連れてきました。パンテレイっていうのは聖具守の倅《せがれ》で、本でも手紙でも読めるんです。夜は煉瓦焼き場で見張りをやってます」

ここで老女は屈みこんで、ずり落ちた赤い木綿のストッキングを整えた。それからまた話を続けた。

「倅の手紙には、馬と橇を売るようにって書いてありました。でも将校さんたちが子馬と燕麦《えんばく》を持っていってしまって、おまけに値打ちのないルーブルでしか払ってもらえませんでした。前はちゃんとした値で売れたんですが、今は払われたものを受けとるしかありません。あと倅の手紙には、心配しなくていい、いつか帰る。でもいつ帰れるかはまだ自分にもわからない。それじゃ母さん、家のことは頼む。何だろうと捨て値で売ったりするな、と書いてあって、それから雨と寒さのことがあって、自分がご主人さまに仕えて住んでいる町には、正教の信者もトルコ人もいて、港に面しているということでした。それから時計は見つかったかとも書いてありました」

町の名を老女は覚えていなかった。そこでテーブルの引き出しを開けて手紙を探しはじめた。干からびた林檎が出てきた。それから鶏の羽が一束、グリーシャの父親の色あせた写真、鏡の破片、板に描かれた出エジプトの絵、銅貨、パイプが二つ、石膏の粉が立ちのぼる紙袋、革バンド、へこんだフライパン。

「ああ聖母さま！」老女が嘆いた。「ここにはありません。旦那さま、どうか勘弁ねがいます、見つかりませんでした。どこに紛れこんだんでしょう」

だがとうとうスカーフに包まれた手紙が、お茶や砂糖や蠟燭をしまってあった木箱の底から見つかった。封筒の裏を反すとヴィトーリンの知りたかったことがすべて書いてあった。セリュコフと従卒のグリーシャはバトゥミ（黒海沿岸にあるジョージア［グルジア］の都市）のクタイスカヤ地区にあるカラバディアンという商人の家に住んでいた。

「まあなんと、悪魔はそんなとこにあいつを連れてったのかい」村の長老が頭を振って言った。「バトゥミ！　そんな町は聞いたこともない。でも旦那、司祭さまにたずねてごらんなさい。あの方は世界のどんなところでも書いてある本を持ってなさる」

ヴィトーリンは言った。バトゥミなら知ってます、ここから三日ほどで行けます。空想の中で彼はすでに故郷に向かっていた。ロシアとはお別れだ。バトゥミはちょっとした寄り道にすぎない。運命はついに自分に微笑みかけた。

老女はベッドの枕の下からトムバック（銅と亜鉛の合金。紛いの金）の時計を出してきた。「旦那さま、お願いです」彼女は頼んだ。「グリーシャに会ったら、これを渡してやってください。倅の時計なんです。ここを出て行くときは時計が見あたらなかったんで癇癪を起こしたんですよ。旦那さまにお預けします。どうか渡してください。そして言ってやってください。母さんは干し草とパンで三月まではなんとかなるけど、そのあとは羊を売ることになるだろうって。それから鍛冶屋のおかみさんが逃げたって。母さんはここに座ってお前を思って泣いていると。新しい篩《ふるい》を買ったけれども、誰も庭を掘ってくれない。それだけ言ってもらえますでしょうか」

そしてヴィトーリンが橇を待たせてあった教会までいっしょについてきた。鐘が夕べの祈りの時刻を告げた。老女は扉の前で十字を切った。ヴィトーリンは橇に乗って毛布にくるまった。駅までは十二露里だった。心づけをあてにしていた村の長老はむすっとしたまま首の後ろを掻いた。老女は走る橇に後ろから呼びかけた。

「倅の代父ガヴリーラ・イヴァニッチ・シクーリンは亡くなりました。庭を掘りおこしてくれる人はもういません。鍛冶屋は盗んだ馬を売ったので郡庁まで連れていかれました。グリーシャに言ってください、捨て値で売ってやしないって――」

＊

昼になると暑さは耐えきれないくらいになり、道を急ぐ人に果物やシャーベットや蜂蜜のワッフルやピスタチオのクッキーを差しだす商人の呼び声もやや弱ってきた。ガラタ（イスタンブールの商業地区）とスタンブール（ガラタの対岸地）をつなぐスルタン・ヴァリデ橋（金角湾にかかる橋。今のガラタ橋）の上に立ったヴィトーリンはとうとう蒸気船〈アウローラ〉を見つけた。青い地に白の十字と白の縞をあしらったギリシャの国旗が翻《ひるがえ》る船が、向こうを走っていく。明朝七時にトリエステに向かう〈アウローラ〉はブリンディジ（イタリア南端にあるアドリア海沿岸の都市）にも寄航する。旅行斡旋人はそう教えてくれた。三等船室の費用は賄《まかな》いなしで六十リラだ。ギリシャの船では食事は各自で用意しなければならない。

ヴィトーリンには金もパスポートもなかった。金は昨夜十七フランと半トルコポンド賭けで負けた——どのみちそれでは足りない。けれど今日は勝ってみせる。彼は決意を固めた。六十リラ——それだけあれば問題ない。四日間ならパンと煙草で生きていける。すでに実証済みだ。

どうやって明日の七時までに旅行用の書類を手に入れるか。むしろそちらに心は悩んだ。パスポート二冊とバトゥミの協商委員会が発行したロシア亡命者証明書は持っている。だがそうした書類はすべてリュセットがしまいこんでいて、ヴィトーリンに渡すのを拒んだ。昨日彼はそれを話に出してみた。自分は旅立たねばならないかもしれない。二日間だけ。はっきり決まったわけではないけれど——するとリュセットは大騒ぎをはじめた——あなたって何て嫌な人なの。あたしから逃げるなんて。あなたみたいな卑怯な人は世界中探してもいないわ——そして涙の愁嘆場——呪わしいホテルの給仕全員がたちまち部屋の外の廊下に集まった。

リュセットは若くてきれいな踊り子だった。百人の恋人がいてもおかしくなかった。でも「十二スーの香水」をつけているギリシャ人が嫌いで、「ぜんぜん体を洗わないレヴァント人」にがまんならなかった。ともあれ自発的に別れてくれないことは確かだ。

今朝、彼女が眠っているとき、ヴィトーリンは部屋中を捜した。下着簞笥に胡桃《くるみ》の木の小箱を見つけたので、泥棒のように用心深く、リュセットの枕の下から鍵を引き抜いた。だが小箱から出てきたのは三人の〈トレド・ダンシング・ガールズ〉の業務通信、ミラノのマネージャーからの手紙、ガラツィやスミルナ（トルコの都市。今のイズミル）やアテネやアレクサンドリアやポート・サイドのティンゲルタンゲル（安キャバレーの俗称）の支配人からの手紙、トレド・ガールズの写真が載った新聞の切り抜き、くしゃくしゃのリボン、萎れた花束の残骸、そして「パンクラース」の署名が入った一束の手紙。パンクラース——リュセットの踊り子仲間エセルとアデルがよくその名を口にしていた。パンクラースとは誰で、リュセットとどんな関係があるのか、ヴィトーリンは知らなかった。だがたびたび耳にはしていた。

パスポートは小箱になかった。別の隠し場所が部屋にあるに違いない。急がなければ手遅れになる。ペラ（イスタンブールの駅。今のベイオール）まではロープウェイが通っていて、十分間で上までいける。だが二十パラ（トルコの旧貨幣単位）がなかった。賭けで全部すってしまった。一時ころリュセットは起きる。朝食のあと龍涎香《りゅうぜんこう》の煙草を吹かす。それから入浴してペイシェンスをするか、エセルの鸚鵡《おうむ》と遊ぶ——そんなふうに毎日が過ぎる。トレド・ガールズが踊るカフェ・エリゼのオーナーのルーマニア人が来ると、リュセットは首までぴっちり閉まったモーニングガウンを来て迎える。かわいそうなルペスク氏はあまり目の保養ができない。

彼女とはバトゥミで知り合った。その日ヴィトーリンは荷物運びでたんまり稼いだので、マリインスキー街のカフェで食事をすることにした。トレド・ガールズ三人がそのみすぼらしい酒場に雨宿りに来た。これがリュセットとの出会いだった。今ヴィトーリンの暮らし向きはよく、飢えは過去のものになった。彼はカフェ・エリゼでヴァイオリンを弾いていた。リュセットは出演するすべての店でむりやり頼んで、彼をオーケストラの代わりに雇わせた。スペインの女に、エキゾチックな蝶々に、シヴァの女王に、あるいは片眼鏡《モノクル》に白い胸当て《ディッキー》姿のダンディーに扮してトレド・ガールズが夜踊るとき、ヴィトーリンは楽譜越しにリュセットのあらゆる動作を目で追った。知り合って何週間もたった今でも、他の女になく彼女だけにあるものが彼を驚嘆させ続けていた。二人きりになってしなやかで敏捷な体を抱きしめているとき、これが晩にカフェ・エリゼで百の貪欲な目が向けられたルーシー・ドブリーなのだと、何度も自分に言い聞かせねばならなかった。彼女が目を閉じて口を半ば開き、物も言わずぐったりと彼の腕の中で横たわっていると、その声と笑いを夢で聞いた。

でも行かねばならない。決意を固めるのはやさしくはなかった。彼女なしでどう生きるのか想像もつかない。しかし課せられた任務が最後の犠牲を要求する。セリュコフの件が片付いたらリュセットのところに戻ろう。そのとき彼女がコンスタンティノープルにいようがルセ（ブルガリア北部の都市）やスミルナにいようがきっと見つける。そしてもう離れない。

バトゥミではセリュコフと会えなかった。はや五か月前にコンスタンティノープルへと発っていた。ヴィトーリンはセリュコフの跡を追って、町のあらゆるホテルで彼のことを聞いた。高級レストランを、料理屋を、バーを、カフェを、ビアホールを、ガラタの飲み屋を回った。ローマにいるとわかったのは三日前だ。

ローマ、ヴィア・ナツィオナーレ、オテル・ロワイヤル・デ・ゼトランジェ。そこにセリュコフはいるはずだ。セリュコフはもはや、自分を侮辱した高慢なロシア将校ではなかった。堕落した時代の悪霊だ。目に映るあらゆる醜悪なものをセリュコフとして彼は憎んだ。闇商人、両替屋、世界の所有を分かちあう人間獣どもをセリュコフとして憎んだ。コンスタンティノープルはその種の薄汚い手合いでいっぱいだ。指紋を警察に登録された奴でいっぱいだ。どこに行っても欲が張って卑劣で胡散くさい脂ぎった顔ばかりだ。戦争で儲け、政治で儲け、スパイ行為で儲ける。彼方のクリミア半島では、ウランゲリ将軍（白軍の総帥）の部隊が最後の戦いを戦っている。その陰で奴らは暴利をむさぼり、人を騙し、白軍でも赤軍でも払いのいいほうにつく。鞍具、蹄鉄の釘、リボルバーのホルスター、雑巾、潤滑油、傷んだ缶詰の肉。取引がまとまるとシャンパンの洪水。奴らは無数にいる。奴らは無敵である。奴らは遍在する。パリ。ブカレスト。ウラジオストク。だが裏切られた人々や毒された世界に成り代わってヴィトーリンが復讐できるのは一人だけ。その一人こそセリュコフだ。

うだるような暑さが街をおおっている。今ヴィトーリンのいるのはペラ大通り（イスタンブールの目抜き通り。今のイスティクラル通り）だ。向こうのガラタでは狙撃兵が警官代わりでいるし、ここには青と白の腕章をしたイギリス人の巡査《ボビー》が立っている。オテル・デ・ロンドゥレのテラスにイギリス人やギリシャ人の将校に混じって闇商人が、青蠅が、禿鷹がいる。国籍の曖昧な男たちが粧《めか》しこんだ女を連れている——値が折り合えばその女も売る。奴らには他の商いと変わらない。

家々から戦勝国の色をした旗がたなびいている。大通りにはフェズ（房のついた赤いトルコ帽）ひとつ、タルブーシュ（フェズの異称）ひとつ見えない。トルコ人は家に閉じこもっている。自国で外国人になっている。

カフェ・エリゼに出演する芸術家たちがその二階に泊まる小さなホテルの前に、女みたいな顔をして淡いブロンドの髪を額で分けた若者が、ステッキを振り回し、煙草を斜めに口の端にくわえて立っていた。その男がヴィトーリンになれなれしく、指を二本さっとスポーツ帽の縁に当ててあいさつした。ヴィトーリンは不快な気分でこの男とは昨夜賭けの席で知り合ったことを思い出した。何をするつもりなのか。なぜホテルの前に立っているのか。ヴィトーリンは負けたけれど、こいつを相手に賭けはしなかった。一サンチームだって借りはない。いったい何がお望みなんでしょう、旦那。

旦那は何も望んでなかったようだ。ヴィトーリンに背を向けてステッキを振りながらゆっくりと通りを下っていった。

＊

すでに階段を上っているときから、踊り子の怒気を帯びた声が聞こえてきた。部屋に入るとルペスク氏がいた。どっしりした体を安楽椅子にむりやり押し込み、その情けない格好で名誉毀損と轟々たる非難をひたすらやり過ごしていた。

「よくもここに顔を見せる度胸があったもんね。信じられない」リュセットが怒りに身を震わせて叫んだ。「厚かましいにもほどがある。何もなかったみたいな顔をしてやって来るなんて。真面目に仕事に取り組んでいる芸術家に向かって、新聞記者に下品な言葉を書かせるなんて、あんたいつもそんなことやってるの。どいつもこいつもろくでなしばかり」

ルペスク氏の顔はおびえた子犬のようだった。彼は後ろめたく思っていた。リュセットの怒りをかった〈ペラ新報〉のコラムは彼が金を出して書かせたものだったが、まずいことに印刷前に記事を確認しなかった。罪の意識を感じた彼は、自分のアンサンブルのスターに半ば同意してなだめようとした。

だった」

「もっともだ」彼は言った。「この記者があんたについて書いたことは、ちょっと貧弱だった」

だがこの発言は怒りに油を注いだだけだった。

「貧弱ですって」踊り子はいきりたって叫んだ。「あんたこれを貧弱っていうの。違うわ。たった二つの短い文にこれ以上の陰険さを籠めるなんてできないわ。下品よ。卑劣よ。それをあんたは貧弱っていうのね。そしてこのクズを弁護しようっていうのね。ずうずうしいにもほどがある。ほら、読んでごらんなさいよ。芸術家の名誉が傷つけられるを見るのがそんなに面白いんなら読んでごらんなさい」

そして丸められて床に転がった新聞紙を鷹のように掻っさらった。指の先で紙面を広げ、すでに諳《そら》んじている記事をルペスク氏の鼻先に突きつけた。

「ほら、読みなさいよ。そしてこのどうしようもない記事に、一言だって弁護する言葉があるなら言ってごらんなさい。あんたのお友だちが書いたものでしょ。ほらここ。『プログラムの活気にトレド・ガールズも——「も」ですって！——貢献した。彼女らはベストを尽くし同様に喝采を博した』。何よこれ。あたしがあんただったら恥ずかしくて死んでるわ」

「この〈ペラ新報〉は」カフェ・エリゼのオーナーはひどく小さな声で言った。「とるに足らない経済紙だ。誰も読んでやしないよ」

「この人の記事を誰も読まないからって、この人がこんな下劣な形であたしを侮辱していいってことにはならないわ。さぞかしご立派なお育ちなんでしょうよ。もう一度その情けない勇気を出して顔を見せたら、そう言ってくださってもいいわ——この記者って、もしかしたらのっぽでやせっぽちの、尖った髭を生やして鼈甲《べっこう》縁の眼鏡をかけた人じゃない？」

リュセットは思い出した。同僚のひとり、カフェ・エリゼのスブレット（小間使い役のソプラノ歌手）ミス・モリソンが、鼈甲縁の眼鏡をかけた尖った髭の男といっしょにいた。今思えばあれは新聞記者だった。

「誓ってもいいけれど、誰がこれを書いたかとんと見当もつかないよ」ルペスク氏がきっぱりと言った。

「見当がつかないですって。何も聞かなかった、見なかった、気づかなかった、あたしにそう信じろっていうの？　ふざけるのはよして。もちろんあんたは知ってる、裏に事情があるってことを。あんただってまるきりの馬鹿じゃない。あたしが虚仮《こけ》にされてるのを見て、さぞ面白かったことでしょう。なに見世物小屋の狒々《ひひ》みたいに座ってんの。そんなにわたしの時間を無駄にしたいの？　お行き！　出て行って！　あんたの顔はもうたくさん！」

リュセットは不幸なルペスクの背後で戸をばたんと閉めた。それから輝くような笑顔をヴィトーリンに向けた。

「あの人だってほんとうは誰が出どころか知らない。あの人は何にも知らない。でもね、あたしを甘く見ちゃだめってことをときどきは思い知らせてやらなくちゃ。どうやらあのミス・モリソンが犯人ね。ルペスクがあの女との契約を更新しないつもりだから、あんな嫌がらせをしたのよ。ただ知りたいのは、新聞社の人はあんな女のどこがいいと思ったかってこと。記者だって無意味なことはしないはず。それははっきりしている。顔はきれいかもしれないけど少なくともその分だけ性根は腐ってるから――」

「確かにあまり感じのいい女じゃない」ヴィトーリンが口をはさんだ。「でも性根が腐ってるってのは言いすぎだ」

リュセットは振り向いて憐れみのまなざしを投げた。

「あなたにもうんざりよ。なんて下品な趣味してるの。ねえ坊や、あの女の腕は荷物運びみたいだし、顔色はまるで木苺ジュース。あんな女とくっつきたいんならはっきりそう言ってちょうだい。われ鍋にとじ蓋ね」そう言って窓辺に行き街路を見下ろしたが、とつぜん小さく叫びをあげた。

「どうした」ヴィトーリンがたずねた。

「何でもない。何が起こるっていうの。ちょっと蚊が刺しただけ。雷が来そう。空に黒い雲がいっぱい。窓を閉めないと。いい、自分でやる」

実は通りに前の恋人を見かけたのだった。顔はこちらに向いてなかったが、リュセットには彼とわかった。姿かたち、スポーツ帽、鳩灰色の手袋、ステッキの振り方でわかった。窓を閉める手が震えた。この町にいることは前から知っていたが、いままで見かけたことはない。いまだにそこにいない彼の声を聞くことがある。だが理性が共に暮らすことを禁じた。あいつにはひどい目にあった。金を盗まれ、裏切られ、他の女たちのために金を使われた。その男がいた。ホテルのそばをぶらついていた。あたしを見張って、話すチャンスをうかがっている。リュセットは軽い恐れを感じた――男への恐れと自分自身への恐れ。そこでヴィトーリンのもとに逃げた。猫のように音をたてず近づいた。手で彼の髪を撫で、彼の肩に頭をもたせかけた。

「まだバトゥミのカフェのことを考えてるの」彼女はたずねた。「あそこでわたしたち初めて会ったのね。あなたはろくすっぽ覚えてないかもしれないけど、あのときのことをよく考えるの。一目見たら、あなたがどんな有様かってすぐにわかった。ポケットに二スーもないってことも。でもそんなことはどうでもよかった。はじめはロシアの将校さんかと思ってた。あなたの何に惹かれたのか、いまじゃうまく言えない。軍服だったかもしれないし、それとも――“Comme tes yeux sont grands…（君の目はなんて大きいんだ）”――覚えてる？　あなたがこのメロディーを口ずさんでいたときのことを。わたしにはわかった。これが何かのはじまりってことが。でもあなたは覚えてないのね、最初の言葉を話したのはわたしだったってことを。でも後悔はしていない。あなたはどうなの。あなたは？」

彼は何とも答えず、彼女を引き寄せて腕に抱きしめた。彼女は目を閉じて小さな声で言った。

「鍵をちゃんとかけてね――いつも忘れるんだから。最初に言ってあげなくちゃ」

夜の一時になって最後の客が帰り、給仕がやかましい音を立ててテーブルや椅子を片付けだすころ、ヴィトーリンはカフェ・エリゼのオーナーと密談をしていた。二人のいる楽屋では、グロテスクなコメディアン、フレッド・マスティーがワセリンで化粧を落としていた。そのコメディアンも割り込んでねだりだした長い話し合いのあげくに、二十フランの前借りを頼んだヴィトーリンに十五フランが手渡された。

金をポケットに入れてヴィトーリンは歩いた。ペラ大通りをずっと行き、照明のない狭い小路に折れた。海軍病院へ通じる道だ。二階建ての家の前で立ち止まり、呼び鈴を鳴らした。

連合国の指令によって、ペラ、フンドゥクル、トプハーネ、ガラタ（いずれもイスタンブールの街区）の遊興施設は午前一時に店を閉めなくてはならない。しかしいまだにそここの酒場では閉ざされた扉の裏で一夜を過ごすことができた。ヴィトーリンが今入った酒場の主人は、一時以降に来る客で生計を立てていた。

そこにいるのはおなじみの怪しげな連中ばかりだ。昨夜ヴィトーリンは彼らと一晩中賭けをした。彼らが宝石密輸業者か、コカインの闇商人か、それとも脱走した水夫なのか、誰にわかるだろう。

顔に皺が寄って重い時計の鎖を下げているあの小男はココという名だ。向こうの肩幅の広い、いま大声で「キャラウェー入りのラム」を注文した男は、ドラップ・ドラムと呼ばれている。胴元の〈セディーボーイ〉は顔が黄ばんで鼻のつぶれた痩せた男だ。ホテルの前でヴィトーリンが見かけた淡いブロンドの男もいた。この男は周囲の荒《あら》くれ男たちに混ざると優雅な生活を享楽する者の代表のように見えた——ギリシャのシャンパンを飲み〈セルクル・ド・ボスフォーレ〉を吸う。狭い部屋はアルコールと、菫《すみれ》ポマードと、麝香《じゃこう》と、メリーランド煙草の匂いがした。ヴィトーリンの出現はたいして注目されなかった。勝負がたけなわだったから。

ヴィトーリンは注意して賭けた。ポケットに十五フランしかないときは予算を大切にせねばならない。——最初の何勝負かでは場銭をすべてさらった。——負けたときは次の勝負は見送った。親が二度、あるスーツで、他の全員を負かすという意味で〈ル・ブルタル〉と名づけられたカードを得ると、ヴィトーリンは自分の賭け金を引っ込めた。そんな幸運《つき》と戦っても勝ち目はないと身にしみていたからだ。三時ころ手持ちの金は倍になっていた。十五分後に三フランしか残らなかった。四時には持ち金は賭けから降りられる最低額にも足りなくなった。四時四十五分に最後の一フランがなくなった。

「ここは暑いな。機械室みたいだ」ドラップ・ドラムと呼ばれる男が言った。「なんとかならないか。窓を開けたら親爺がお巡りにひっくくられちまうし」

彼は上着を脱いでシャツ姿で賭けを続けた。セディーボーイもこれに倣《なら》って右前腕の入れ墨をさらした。入れ墨は三日月と握りこぶしと兎みたいな動物と娘の顔からなっていた。ココがテーブルにカードを投げ出し、ハートの八を示して勝ち誇って言った。

「おやおや！　ちょうどいいときに来た。Monsieur le timide（臆病さんよ）」

彼は大当たりを当てた。セディーボーイがくしゃくしゃの紙幣を二枚テーブルに押しやり、ぼんやり決意したようにつぶやいた。

「駆け足《ギャロップ》で行くぞ」

「兄さんは賭けないのかい」淡いブロンドの男がヴィトーリンのほうを向いて言った。

ヴィトーリンは首を振った。

「次の勝負を逃すって法はない」ブロンドの男が言った。「われらの友セディーボーイがギャロップで金を追えば、奴は挽回するだろう。それは確かだ。この機会を逃す手はない」

「持ち金がない」平静を装ってヴィトーリンは言った。だが躊躇《ためら》いと賭け続けたい気持ちははっきり声にあらわれてしまった。「親から十フランでも借りられたら――」

「悪いけど空勝負《から》は受けられないな」親をつとめていたココが言った。

ブロンドの男が煙草の火をつけた。そして軽い調子で言った。

「俺にまかせな。なんとかしてやる。ほら兄さん、二十フランだ」

ヴィトーリンは驚いて彼を見つめた。

「恩に着る。だが」とまどって彼は言った。「もし負けたら——この金を返せるあてはない」

二十フラン紙幣はすでに彼の手のなかにあった。

「負けやしないよ」ブロンドの男はやけにきっぱりと言った。「上着を質に入れな。なぜ上着をかたにしない」

「上着だって」ヴィトーリンはたずねた。「ふざけてるのか」

「大真面目だ。運に見放されたときは誰だってそうする。そうすりゃつきが回ってくる——わかるか？　ときどき魔法みたいに効く。俺は負ける。二時間負け続ける。——よし、上着をかたにしよう。すると潮目が変わる」

「悪魔に攫《さら》われやがれ。まあいい——ほら、これが上着だ」

ブロンドの男はヴィトーリンの手から上着を受けとり、にやにやしながらそれを近くの椅子の上に置いた。賭けはさらに続いた。

朝の五時半ころ、勝負はお開きになった。外からミルクや野菜を運ぶ車の音が聞こえてきた。鎧戸《よろいど》の罅《ひび》や節穴から光が漏れてきた。

ヴィトーリンは三十フラン勝った。だが船賃には足りない。足りない。足りなければ金に意味はない。借りを返そうとしたが、ブロンドの男はもういなかった。実は一時間も前に帰ったのだが、賭けに夢中だったヴィトーリンは男が消えたのに気づかなかった。

彼は自分の上着を取った。ココとセディーボーイは立ったままカウンターでブラックコーヒーを飲んでいた。勝負に勝ったドラップ・ドラムが皆の分を払った。酒場の主人が入口の戸を開けた。市立公園から爽やかな風が芝生の匂いとアカシアの香を乗せて吹いてきた。

カブリスタン通りの角であわただしい握手――「また会おう」――「今晩な」――そして彼らは散り散りに去った。

＊

ホテルの廊下でようやくヴィトーリンは部屋の鍵を持ってないのに気づいた。ポケットをひっくり返して探した。どこにいった。落としたのか。酒場まで戻って探したほうがいいだろうか。あるいは戸口でしゃがんで、リュセットの目が覚めて中に入れてくれるのを待つか。彼は疲れていて眠りたかった。何も考えたくなかった。こうなった以上、リュセットを起こすしかない。彼はノックした。最初は軽く、二度目はやや大きく。中はしんとしていた。だが隣室のドアが開いた。ヴィトーリンは振り返った。エセルだった。その顔には不意をつかれた驚きと憤怒があった。

「あなたなの。まだここに用があるの？ You are a nice one, you are! A Beauty!（なんて人なのかしら。この色男）なんてろくでなし。誰だってそう思うわ。今さらここで何するつもりなの」

「何するつもりって寝るつもりだ。他に何の用がある」

「You devil you! Living on women! What did you get for it?（悪魔！　女のひも！　あれで何をもらったの）あの鍵でいくらもらったの？」

「鍵でもらった？　誰が？　誰に？」

「You rotter! You bully! You are（くず！　ポン引き！　あんたって人は）――パンクラースに鍵を渡していくらもらったの」

「パンクラース？」当惑してヴィトーリンは叫んだ。「ひょっとしてあの女みたいな顔したブロンドかい」

「You have played a low down trick!（何をいけしゃあしゃあと）恥ずかしく思わないの？」

「奴は鍵を僕のポケットから盗んだんだ」

「それであんたは気づかなかったってわけ？　言いくるめようたって――どこに行く

の？」

ヴィトーリンは鍵のかかったドアをがたがたと鳴らせた。エセルは短い悪意のこもった笑い声をあげた。

「どこへ行くの。何するつもりなの。三人で仲よくくつろごうっていうの。もちろんあいつといるわよ。あいつは一時間前に来た。リュセットは叫んで助けを求めた――でもお終《しま》いには意気投合したの。わかったらさっさと出て行って」

ヴィトーリンはドアノブを放して床をにらんだ。

「あいつらが意気投合したっていうんなら」彼は言った。「むろん僕は邪魔者だ。ここにもう用はない。僕は行く。――僕のパスポートと持ち物はどこだ」

エセルは部屋に引っ込み、ヴィトーリンの身分証明書と、ロシアに渡ったときのリュックサックを持って出てきた。

「大丈夫、あんたの顔とあんたの腕があれば、いつでも女のもとに転がり込めるから」

彼は何とも答えなかった。パスポートを開くと中に百フラン紙幣と紙切れがはさんであった。紙切れには「とっととお行き！」と書いてあった。

怒りがこみあげてきた。恋人を失った苦痛と憤り。あの男を呼びつけ、すべすべの女面を拳で殴ってやりたいという燃えるような思い。だがセリュコフへの思いは何にもまして強かった。あと一時間で〈アウローラ〉は出航する。急げば間に合う。彼はパスポートに紙幣と書置きをはさんでポケットに突っこんだ。そしてリュセットに別れを告げた。

「あの女によろしく伝えてくれ」彼はエセルに言った。「僕は何もしていない。だがどうでもいいことだ」

歩きながら彼は考えた。それでも何もしていないということはない――だからこそ百フラン受けとったのだ。だがどうでもいい。世の中にはパンクラースより大事なことがある。

一時間後、ヴィトーリンはゆっくりと港を出る〈アウローラ〉のデッキにいた。そして今までいた町の景色を讃嘆の目で眺めていた。テラスガーデンとミナレット。モスクの緑の丸屋根。白い大理石の宮殿と古い墓地の糸杉。扉のついた市壁――あらゆるものと別れを告げる今になって、ヴィトーリンはこれらをようやく見たのだった。

＊

ローマからセリュコフの足跡はミラノに向かい、そこで消えた。ヴィア・カッペラーリの小さな下宿に、彼は従卒のグリーシャとともに四日間滞在していた。その後二人がどこに発ったか、ヴィトーリンは聞き出せなかった。

そこで金が尽きたので、捜索はいったん止め、仕事を探す必要が出てきた。人生のハリケーンが彼を攫い、あの町からこの町へと投げ込んだ。ジェノヴァの港では石炭運びの仕事をした。バルセロナでは宛名書きをした。ナルボンヌではペンキ屋の助手になった。時は過ぎていった。彼はいろいろと学んだ。仕事がないときはチーズの皮と野菜くずでも生きていけること。鉄道は切符を持つ人のためにだけあること。通りで吸殻を一日中集めるとある種の郊外の飲み屋でパン一切れとワイン一杯と交換できること――収穫がよかったときは塩漬け肉一切れもおまけに付いたが、そんな日はまれだった。ツーロンではリュックサックを盗まれた。マルセイユでは警察に十四日間拘留された。貧民院のパン粥《がゆ》の味を知り、宿無しの服を消毒する硫黄蒸気の臭いを知った。セリュコフは無限の彼方にいた。アルジェか。ジュネーヴか。あるいはブエノス・アイレスかもしれない。

やがてヴィトーリンの運命を変える日が来た。一切れのパンをめぐる日々の戦いのなかで失われた自由がその日にふたたび与えられた。

コルドリー大通りを横切る車がヴィトーリンにぶつかった。運転していたアメリカ人は彼を病院に連れていき、治療費と慰謝料を置いていった。ヴィトーリンの肋骨は折れていて、両腕に裂傷と挫傷があった。四か月後に退院したとき、六百フランが手渡された。

その日のうちにヴィトーリンはパリに発った。

セリュコフがどこにいようと——居所をつきとめる何らかの手立てはある。パリでは——入院仲間から聞いたのだが——亡命者向けの新聞がいろいろ発行されているらしい。その政治的傾向はさまざまで、超保守主義、自由主義的君主制主義、立憲民主主義——ロシアへの武力介入を擁護する新聞もあれば、ソヴィエトとの和解を支持する新聞もあり、メンシェヴィキやエス・エル党の新聞もある——〈無党派〉を名乗るロシア・アナーキストの小集団にさえ日刊の機関紙があるそうだ。ロシアからの亡命者なら誰でも、このうちどれか一紙を購読し、祖国とのつながりを、そして世界中に散らばる友人とのつながりを保とうとしているという。

＊

空の曇ったある冬の朝、ヴィトーリンはミュリコフの主宰する〝Последние Новости〟（最新ニュース）〟紙の編集部におもむいた。こうした試みはこれで十一度目だ。だが今度は当たりだった。ミハイル・ミハイロヴィチ・セリュコフの名が購読者名簿にあった。この新聞はすでに八か月前から同一の住所に送られていた。ウィーン、ヴェーリンク・ギュルテル一二四、三階十六号室。

ヴェーリンク・ギュルテル一二四。ずっと家にいて、通りを歩いて角を曲がればいいだけだった。それ以上は何もしなくてもよかった。

新聞社の職員は不審そうにリストから目をあげた。ヴィトーリンの短くしゃがれた笑い声が聞こえたからだ。

「失礼しました」ヴィトーリンは歯をくいしばって言った。「でも本当に笑うしかないんです。発疹チフス、虱《しらみ》、飢え、戦争、投獄。ロシアを横断して、ヨーロッパの半分を横断して、この時代のあらゆる地獄をくぐり抜けたんです。腐った藁に寝て、モスクワで逮捕されそうになって、呪わしい砂糖工場で戦友が銃殺され――マルセイユ、コンスタンティノープル、あらゆる国の犯罪者と渡りあったあげくのはてに、実は――今ようやくわかったのは――何もかもお笑いぐさだったんです」

そこで彼は口を閉じ、うつろな目をガス灯の揺らめく炎に据えた。

「どうにもわかりかねます」職員が言った。「これはその場所ではない、とおっしゃりたいのであれば、あなたの国の大使館に相談してみてください。ここでは何もできません――他に御用はありませんか」

＊

フィーフィー嬢は劇場にいた。今週はこれで三度目。おとといはシャトレ、火曜はオランピア劇場のレヴュー、今日はトリアノン。第二幕の終わりで席を立った。劇場のロビーでマリオが友人たちとすこし口論した。このイタリア人は喧嘩っ早いが、その火種はどこで晩餐をとるか、〈ファンタシオ〉か〈シェモワ〉かということに限られていた。しまいには〈アドリエンヌ〉にしよう、あそこは名物のコック・アン・パテを食わせるからということで意見はまとまった。マリオはどこのレストランも知っている。今はホテルのバーにいて、フィーフィーは退屈していた。マリオは友人たちとビジネスや株式の話ばかりしている――クルーソー、ホチキス、トリノガス、ランドフォンテイン。もしランドフォンテインかタンガニカの株が数日中に上がれば、フィーフィーはプラチナの腕輪を買ってもらえる……。向こうはダンスルームになっていて、開いた扉からカップルたちが見えた。小柄なベルギー人も来た。フィーフィーにあいさつするためだけに。さしせまった用があって、すぐ行かなきゃならないんです。半時間たったらまた来ます。絵のような美青年で、気がきいて、上品で、行儀がよく、教養もある。礼儀作法も身につけている。でも時間にはだらしない。半時間で戻ってくるというのなら――ともかくまだ半時間たっていない。いっしょにブリュッセルに行こうと誘われた。親しいオペラ歌手がいて、歌声を聞いてくれるという。「あなたの声があればきっとお金持ちで有名になれますよ。僕を信じてください、フィーフィーさん。原石はもうあります。あとは磨くだけです」ブリュッセルは美しい町らしい。毎日音階練習をするというの？　それも悪くない。パリほど美しい町はもちろん世界のどこにもない。でもマリオは、あと一週間しかパリにはいないつもりだという。かわいそうなマリオ、ひとりでミラノに戻らねばならないのをまだ知らない。でもマリオだって「僕たちはいつかは別れる」と言っていた。

今ではブリュッセルでもロンドンでもマントンでも行きたければ行ける。自分には友だちが大勢いる。ロンドンには名前を覚えていない建築家がいっしょに行きたがっていた。でもロンドンはあまり食指をそそらない。今の季節にロンドンなんて！　男爵は誰よりも賢明だが、その彼はパリにいる。あの男爵はそれほど金持ちではないらしい、とマリオは言っていた。父親がかつかつの仕送りしかしていないそうだ。何があってもミラノへは行くものか。ミラノなんかぞっとする。あの小柄なベルギー人が今いればいいんだけど。

グラスが空《から》になった。給仕がすぐに現れてバケットからシャンパンの壜をとりあげた。マリオはあいかわらずイースト・ランドとクレディ・モビリエの株について話している。ここの給仕は本物の伯爵だそうだ。ヴォルコンスキ伯爵。男爵はしょせん男爵にすぎない。伯爵はマリオと親しげに話している。どこで貴族と知り合ったのだろう。マリオは靴工場主だ。真っ黒な口髭と赤らんだ丸顔のマリオがスモーキングを着ると、とても滑稽に見える。

フィーフィーはただ時間をつぶすために少し飲んだ。するとたちまち悲しくなった。どうし目に涙があふれ、マリオの肩に頭を乗せられればどんなにいいだろうと思った。どうしてこんなに泣きたくなるのか、理由ははっきりわかっている。一日中雪と雨が降り、太陽がひとときも見えなかったから。マリオとミラノに行かないだろうから。第三幕を見なかったから。貧しい給仕が本物の伯爵で、給仕にならざるをえなかったから。人生はなんと恐ろしく、なんと美しくて悲しいものだろう。そして時はなんと速く過ぎるのだろう。

だが悲しさが去り、涙が乾くと、フィーフィーは不意にまた上機嫌になり、もう少しではしゃぎだしそうだった。ここに座って人を眺めているのはすてきだ。この人たちがどこから来て昼間何をしているのかを想像するのは格好の暇つぶしだ。ここにはさまざまな人がいる。画家やその他の天才、パリの上流社会の人たち、アメリカの旅行者や田舎のおのぼりさん。鬚を剃った青ざめた顔の人は俳優みたいだ。おそらく映画の俳優ね。葉巻をくわえた太った人はオランダから来てバターの卸業をしている。パリの商売はいかが、ファンデルベークさん。擦り切れたスーツを着たあそこの男はカルティエ・ラタンの学生で、今日は無謀にも、いつもの一スーのコーヒーの代わりにモカをすすっている。なぜわたしを見てるの。服が気に入ったのかしら。教えてあげる。ルージュモン街のアトリエ・マドレーヌの服よ。何をしたいの。なぜわたしをそんなに見つめているの。

フィーフィー嬢は顔に助けを求めるような表情を浮かべた。マリオのほうを振り返って、「ねえ、あそこの男、わたしをどうする気なのかしら」と聞こうとした――だがそのとき、男が顔をあげ、額の髪をかきあげると、フィーフィーは立ちあがり、理由もわからずその男のほうに歩いていって、そのテーブルの前に立った。

「ゲオルク！　なんでここにいるの？」

「ほんとに君なのか。フランツィ。さっきからずっと見てたけど、君かどうかわからなかった」

「そんなにわたしって変わった？　でもあなた——いったいどこから来たの。ねえ話して」

すぐに彼らは二人きりで、百もの問いを投げかけ、嚙みあわない話をはじめた。フランツィはマリオに目をやったが、あいかわらず議論に夢中で自分が席を立ったのにも気づいてない。

「待って、そっちに座るから。だからどうか話して」

「君から話せよ。ウィーンから来たんだろ。僕の父さんはどうなった。妹たちは」

「知らない。うまくやってるんじゃないの。もうずっと帰ってないから。はじめは休暇旅行のつもりだったけど——ここが気にいっちゃって」

「ここで働いてるのかい」

フランツィは頭を後ろにそらせた。

「いいえ。あちこち旅をしたの。マントン。ブリュッセル——歌を習うかもしれない。

二三日中には決めなきゃ。友だちのひとりが――」

敵意ある目でヴィトーリンは彼女をにらんだ。

「あの男爵か」

彼女はあっと驚いた。

「知ってたの。どこから聞いたの」

しかしすぐ思い当たった。ずっと前に過ぎたことが頭に浮かんだ。二体の人形。布と端切れで巧みにこしらえてソファに座らせた――フランツィは微笑んだ。

「ええ、男爵もここにいる。ときどき会うわ。でも友だちはあそこの――黒い髭の人。ミラノから来た大工場主よ。ルガーノ（スイスの観光地）で知り合ったの」

ヴィトーリンにはまだ事情が飲み込めなかった。ただ彼女を失ったのはわかった。おそらく永遠に――今彼女は他人のものだ。

「あの男が好きなのか」彼はたずねた。「結婚するつもりなのか」

「ええ。というか――もしかしたら。でも結局同じなの。彼はカトリックなのに離婚してるから」

ヴィトーリンは黙っていた。

「パリってほんとうにすてき。夢みたいなところ」彼女は言った。「あなたはここが気に入った？」

ヴィトーリンは何とも答えなかった。

「わたしの手ばかり見ないで」彼女が続けた。「きれいじゃないってことはわかってる。見て、あそこの女の毛皮。あれチンチラよ」

ヴィトーリンは決意を固めた。彼女の顔を正面から見てこう言った。

「フランツィ、もし僕がこう頼んだら君はどうする。僕といっしょに帰ってくれ。二人で新しい人生を始めよう。そう言ったら君はどうする。答えてくれ」

意表をついた質問だった。彼女は混乱しすぎて、何と言っていいかわからなかった。

「もしあなたが頼んだらですって。あなたがそんなこと頼むわけないじゃない」

「それが頼んでるんだ。教えてくれ。僕の仕事はあと二日で終わる。明後日は自由の身だ。僕はまた働く。生活の資を稼ぐ。そのつもりだ。だから答えてくれ」

みじめな日常が戻ってくる。また電動タイプの前に座る。朝の七時に即席湯沸かし器でコーヒーを淹れる。中庭に窓の開いた夫婦用アパート——そんな暮らしはできない。考えるのもいやだ。この人は何もわかっていない。

それでもそっけなく「いいえ」とは答えられなかった。

「今すぐ返事しなきゃならないの、ゲオルク」

「もちろんだ。今答えてくれ。僕は待てない」

「きっとすてきでしょうね」彼女は言った。「でもうまくいくわけない」

「どうしてうまくいかないんだ」

「わからないの？　わたしが不意に姿を消したら友だちは何て言うでしょう。それから――」

「すると帰りたくないんだね」

「そうよ、ゲオルク。うまくいくわけないもの。悪く思わないで」

二人はとつぜんよそよそしくなった。どちらも黙りこくっていた。ヴィトーリンは時計を見た。もうあまり時間はない。フランツィはマリオのほうに目をやったが、どうやってゲオルクに別れを告げたらいいかわからなかった。二人ともう何も言うことがなかった。

そこに小男のベルギー人が来た。戸口に立ったまま、ぐずぐずしている。フィーフィーが知らない男といっしょにいるからだ。どう見てもフィーフィーに似合いの男じゃない。

「ごめんなさい、ゲオルク」フランツィが早口で言った。「待ち合わせてるの。また会えるわね？」

ヴィトーリンは席を立った。

「無理だ。あと四十分で汽車が出る」

「ふうん？」彼女は不思議そうに言った。「あと四十分でね。あなたちっとも変わってない。いつだって次の汽車で発つ――それじゃお元気で、ゲオルク」

そして小男のベルギー人といっしょにダンス用ホールに向かった。開いたままの扉からもう一度彼女はさっと振り返って合図を送り、それからダンスの相手の腕にしっかり抱きしめられた。他の男女が後ろに続いたが、ヴィトーリンはまだ彼女の襟ぐりについたモーヴ色のリボンとつやつやした髪を見ていた。すぐ彼女は消えた。

ヴィトーリンはそのまま立っていた。もう一度フランツィを見たかった。彼は待った。四分。六分。そろそろ行かなくては。何人ものカップルがダンス音楽のリズムに乗って扉をくぐり、見知らぬ顔が無関心にヴィトーリンのかたわらを通りすぎた。フランツィも混ざっていたかもしれないが、彼にはわからなかった。

セリュコフ

インスブルックを過ぎると、ヴィトーリンのコンパートメントの相客は三人になった。頭巾をかぶった老婦人は、宿屋で料理女の職につくためにビショフスホーフェンに行くのだそうだ。太って陽気な禿の男はワイン問屋の代理商で、商品見本を収めたトランクには、南チロルのあらゆるワイン銘柄の試供品が入っていた。インスブルックを出るとすぐこの男は老婦人にパンの一切れを所望した。ナイフを出してそれを四等分すると、トランクから盃を出し、同乗者にテルラーネルやトラミネールやサンタ・マッダレーナの味見をさせた。スポーツウェアを着た青年は発電所の技師だった。来年は南アメリカに行くそうで、彼に言わせればブラジルは今後有望な国だという。

旅商人がわが意を得たとばかりにうなづき、語りだした。南アメリカにはまだ金儲けのチャンスがあります。わたしの親戚がリマにいて、母方の大叔父なんですが、この人が学費を出してくれたことにはいつも感謝しています。実業学校での五年間がともかくも人生の基礎になりました。わたしの仕事にはある程度の教養がなくてはならないんです。お客さんと話すときには、相手がどんなことに興味があって、どんなことを聞きたがっているか、すぐに察しなくてはなりませんから——そうすれば仕事は取れたも同然です。ワイン商は五年前からやってます。その前はタイプライター製作工場のセールスマンだったんですが、これがとんでもないところでしてね——

「ところであなたは仕事でウィーンに行かれるのですか」旅商人はヴィトーリンのほうを向いてたずねた。

ヴィトーリンはすぐには返事しなかった。目の前に、赤いカーテンが窓に垂れた部屋が見えた。セリュコフがそこに立っている。書き物机の上には口絵に裸の女が入ったフランス語の小説——撃て！　セリュコフは撃った。扉の鏡板に銃弾がめりこんで板が裂けた。二発目を撃つことはない。次はヴィトーリンの番だ。だが部屋に女がいたら——どうしよう。奴はきっと女を囲っている。そして衝立《ついたて》の裏に隠している。女は叫ぶだろう。助けを呼ぶだろう。何なりとやるがいい。叫ぶなら叫べ。警察に電話しろ。何が起ころうとかまうもんか。セリュコフは床に横たわっている。もう動かない。倒れた拍子に衝立までひっくり返した——

「私用でウィーンまで行くのです」ヴィトーリンは答えた。

ザルツブルクではやや長く停まった。小柄で目立つほど色白の紳士が寒そうに肩をすくめてプラットホームを行き来していた。その洒落た細身のエナメル靴は、流行おくれの帽子や、仕立ての悪い冬服や、プレスの跡があまり残っていない太すぎるズボンとちぐはぐな感じを与えていた。男は歩きながら何かつぶやいていた。ヴィトーリンが会釈すると、青白い男はちらりと目をやって帽子を取ると、また散歩をはじめた。

ヴィトーリンは彼に近寄った。

「バンベルガーさんじゃありませんか。僕をお忘れですか」

男は立ち止まった。

「覚えてますとも、あなたは――わたしの記憶は万全ではありません。ヒントをいただけますか」

「僕はゲオルク・ヴィトーリンです」

「ゲオルク・ヴィトーリンさん。もちろんそうですとも。申し訳ありません、すぐ思い出せなくて――ところで何かご用でしょうか。ヴィトーリンさん」

「あなたとは何年も前に話し合いをしました。折に触れてあなたのことを思い出していました。お聞きしたいのはただ一つです。あなたの出征は勝利しましたか」

「出征ですって」バンベルガーは訳がわからないといった表情でたずねた。

「ええ、あなたはあのとき通貨の暴落を予想しましたけれど、それはみごとに当たりました。万人の万人への戦いがはじまり、自分はそれに勝利することに決めたとおっしゃっていました」

「申し訳ありません。どうもうまく思い出せなくて――お名前は何とおっしゃいましたっけ」

「ゲオルク・ヴィトーリンです。――あなたは僕の父の家で下宿されていました」

バンベルガーは手で額を叩いた。

「ようやく思い出しました。あのときの方だったのですね。わたしの記憶力はときどきわたしを見捨てるのです。妹さんたちはお元気ですか」

発電所の技師が通り過ぎざまに敬意のこもった会釈をしたが、バンベルガーは気にとめなかった。

「ひとりは結婚しました。年上のほうです。あなたもご存知と思ってましたが」ヴィトーリンは言った。「うちの家族とつきあいはもうないのですか」

「残念ながら交際は絶えてしまいました」バンベルガーは丁重に答えた。

「部屋がお気にめさなくなったのでしょうか」

「とんでもありません。しかし事務所の近くに小さな家を持ったほうが何かと都合がいいので――ところでヴィトーリンさん、あなたのほうはいかがですか」

「ここ何年かは旅に出ていました。フランス、スペイン、トルコ、ロシア」

「大学にでも行かれていたのですか」

「いえ違います。片付けなくてはならない私的な用件があったのです」

「それでこれから何をお始めになるのでしょう」

「それをあなたと相談したかったのです。僕は単調な仕事に戻りたくはありません。〈安定した終身雇用〉という言葉を好みません。自由でありたいのです。独立していたいのです。他人のポケットのためにではなく、自分自身のために働きたいのです」

バンベルガーは黙ったまま、物思いにふける様子であらぬかたを見つめていた。だがやがて口を開いた。

「わたしの意見を聞きたいというのですね。もしあなたに助言できるとするならば――」

そこで話は中断した。流行の服を着た青年がお辞儀をしながらバンベルガーに近づき、報告をしたからだ。

「お話中失礼します。まだ滞在時間は八分あります。鉄道電話はあと二分でウィーンとつながります。もしよろしければ――」

「わかった」バンベルガーは話を途中でやめさせた。「わたしが自分で話そう」

それから彼はヴィトーリンのほうを向いた。

「申し訳ありません。ウィーンと至急連絡をとらねばならないのです。ご家族にもよろしくお伝えください――そうそう、わたしの助言を求めておられたのでしたね。近い将来に関して、わたしはあまり楽観的ではありません。今は寒い風が吹いています。わたしの考えをとおっしゃるのなら――財政基盤のしっかりした企業で安定したつつましい職につくことが、ここ何年かは最上の選択かと思われます。あなたに会えてよかった、ヴィトーリンさん。妹さんたちにもよろしくお伝えください」

そしてバンベルガーは駅の建物のほうに向かっていった。

技師がコンパートメントの戸口で立って待っていた。

「あなたはバンベルガー総裁の個人的な知り合いなのですか」ヴィトーリンが席につくと技師がたずねた。

「ええ、少しばかり」ヴィトーリンは言った。「あの人は総裁なのですか。何の総裁なのでしょう」

「C・L・F・コンツェルンの総裁です。知らなかったのですか。経済界の指導的地位にいる方の一人です」

「そうなんですか。いっしょにいた若い人はどなたでしょう」

「おそらく個人秘書でしょう。羨ましいポストです。あんな幸運をつかんだ人もいるのですね。大臣に匹敵する給与をもらっているのではないでしょうか。いつも特別仕立ての客車で豪勢な旅行をしていますよ」

「特別仕立ての客車ですか」

「もちろんですとも。この列車が六分遅れているのはそのためです。シュヴァルツァハでバンベルガー総裁の特別仕立ての列車を待っていたんです。はたしてリンツまでに遅れをとりもどせるかどうか」

ヴィトーリンは黙って額の髪をかきあげた。自分が人生のフルコースを譲ったお洒落な青年の風貌は、かすかな記憶としてしか残っていなかった。

「あの人は百万長者なんてもんじゃありませんよ」技師は続けた。「何週間か前に日刊紙で読みましたが、バンベルガーはわたしの勤める会社の株の過半数を買い占めました。エレクトロ・ユニオンです。ところでどうしてあの方と近づきになれたのですか」

「あの人から一度、特別仕立ての車両に誘われたことがあるんです」ヴィトーリンは感慨深げに言った。「でも断りました。旅行の行き先がぜんぜん違いましたから」

＊

冬の朝のもの悲しい光が郊外の家の屋根や窓に落ちていた。夜のうちに雪解けの水たまりに薄い氷が張っていた。ヴィトーリンは速足で歩いた。薄いオーバーは彼を凍えさせ、風はぺとぺとした綿雪を顔にぶつけてきた。だが服を透かす冷たく湿った風は意識にのぼらなかった。弟のオスカルはなんとか同じ歩調を保とうとしていた。ときどき探るような目を帰ってきた兄の顔に向けた。こわばった見慣れない表情はオスカルを心配させた。そして三たび会話の糸口を引き出そうと話しかけてみた。

「いつもならこの時間はもう職場にいるんだ」ショッテントーア（ウィーン西北部）のほうに無意識に手を動かしてオスカルは言った。「朝は八時に始まる。でも今日は休暇を取った。気送郵便はまったくすばらしくて、インフルエンザとか何とか二行ほど書けば、それが言い訳になる。そういえば僕の同級生がひとり、六週間前にインフルエンザで亡くなった。日曜の夜いっしょにワインを飲んだのに、木曜にはもう葬式だ。あっという間のことだった。ちっともそんな感じじゃなかった。だから、どこに隠れてるんだ、どうして姿を見せてくれないんだって、今も思ってしまうんだよ。いやそんなことより――兄さんは願書を書いて履歴書をつけてさえくれればいい。安心して任せてくれ。僕は上司のpersona gratissima（一番のお気に入り）だから。でも願書には何年も無職だったって書いちゃだめだよ。悪い印象を与えかねないから、うまくごまかしてね。でもほんとうに、外国で職を探すっていうのは、そんなに難しいものなの」

「同じ場所に長くいたことはないんだ」ヴィトーリンは答えた。「お前も知ってるだろう。僕はぐうたらののらくら者なんだ。エーベンゼーダーが一度そう言ったけど、なるほどそうには違いない」

「あいつが言ったことなんか気にしちゃだめだ」オスカルが言った。「兄さんと同じくらい僕もあいつが嫌いだ。ずいぶんとローラに説教もした。あいつを受け入れるな、結婚するなって。だが父さんが辞めさせられたんで――『どうしようもないじゃない』って言ってた。『お父さんとヴァリーの将来のことも考えなきゃ』今のところ父さんは心配ない。ときどきささやかな仕事をしては小遣いをかせいでいる。ヴァリーは音楽学校に行っている。エーベンゼーダーは悪い人じゃないけど、どうも気に食わないな。ローラだって今はあの人が好きなのかもしれない。女心っていうのはわからない」

そこで目的地に着いた。他と変わりない建物だった。入り口の右側にガラス屋の親方の店がある。左は花屋と宝くじの営業所だ。陶器の小さな看板が、中二階に内科の専門医の診療室があることを告げている。買い物袋をさげた老婦人が、継ぎのあたった木綿の雨傘をさして立ち、小さな黒い犬が他の犬といっしょに街路をうろついているのを、自分のほうにおびき寄せている。配達車からは積荷の樽が降ろされていた。

ヴィトーリンはじっと立っていた。

「願書は今日書いてくれる？」オスカルがたずねた。

「わからない」

「もし今日のうちにもらえれば、明日にも兄さんは上司に会えるんだけど」

「さしあたって今は何も計画しないほうがいいと思う」ヴィトーリンが言った。

「翌月のはじめから働けるかもしれないのに」

「翌月はじめに僕がどこにいるか、まだわからないんだ」

「今日また会える？」

「それもわからない」

オスカルは心配そうに兄を見た。そして言ってみた。

「僕もいっしょに行っちゃいけないかな」

ヴィトーリンは頭を振った。

「だめだ。これから行くところはひとりで行かなくてはならない。人の助けは借りられない」

「ならここにいる」オスカルはきっぱり言った。「家には帰らない。ずっとあそこのカフェハウスで待ってる」

「いいとも」ヴィトーリンは言った。「でも半時間たっても僕が戻ってこなければ、それ以上待たなくてもいい」

「どういう意味？」オスカルが声をあげた。「訳がわからない。いったい何をするつもりなの。言っとくけど、もし兄さんが半時間たっても帰らなければ、何が起こったか見に行くから」

「来ればいいさ」ヴィトーリンが言った。

ヴィトーリンはがらりと変わった街路の幻を見た。あらゆる窓が開かれ、頭が突き出され、この建物の前に人がひしめいている。入り口に長身の警官が立ちはだかって誰も中に入れさせない。

——「さっさと行け！　立ち止まるな！」——「何が起きた」「事故か」「人殺しだ。医者が患者に撃ち殺された」「違う、三階だ」——「あのロシア人が？　いや、死んだのは別人だ」——「もと将校が二人、介添なしで決闘した」——「ロシア人は負傷した」——「入れてくれ。ここに住んでるんだ」——「行け！　立ち止まるな！」「うん」ヴィトーリンは言った。「もし半時間たっても戻らなければ、迎えに来てくれてもかまわない」

そしていつになく温かく弟の手を握った。

階段室は暗かった。かすかな不安が襲ってきた。不意にこの急な階段を上っているのは自分だけではないような気がしてきた。何かが暗がりに動いてやしないか。自分は音のない歩みに——影に囲まれていないか。死者たちの影。この戦いで死んだ者たちが来ている。決着のつく場に立ち会いたいらしい。さくらんぼ色の寝間着を着た老侍従が、手すりにもたれかかって、彼にうなづいた。——「犠牲者として戦いに倒れた」という声がして、一瞬ヴィトーリンはガガーリン伯爵の子供っぽい顔が微笑むのを見た。闇からアルテミエフがささやいた。「お前はあれか、同志？　お前には期待していた。ではお前にできることを見せてもらおう」——かすかなざわめき、軋《きし》みと呻《うめ》き——あれは赤軍兵たちだ。セリュコフと対面するために、ミロピルで榴弾幕を突っ切らせた赤軍兵たちだ。彼らが来ている。ぎっしりと押し固まって背後にいる。ふたたび僕に従うために。

玄関ホールの窓から光が、階段に、使い古された手すりに、白く漆喰《しっくい》を塗った壁に落ちている。ゆっくりと重々しくヴィトーリンは最後の段を上った。今いるのは扉の前だ。

心当たりのない名が表札に書いてあった。ヴィトーリンはぎくっとした。——遅かった——逃げられたか。昨日発ったのかもしれない。行き先は誰にもわからない——そんなことを思っていると、異国の芳《かぐわ》しい香りがただよってきた。閉じた扉から漏れでている。シベリアで知った香りだ。チェルナヴェンスクの収容所。あの中国煙草の香《か》。セリュコフの吹かす煙草の香。ヴィトーリンは目を閉じ、言いようもない幸せな気持ちで香りを吸い込んだ。

そして呼び鈴を鳴らした。今はわかる。この扉の向こうにセリュコフはいる。

扉の正面にあるベッドには縞模様の掛け布団がかかっていた。ベッドと窓のあいだの空間を変な器具が占めていた。小さな机みたいな形をして、車輪が二つとペダルがついている。右手の壁にある書棚は嵩《かさ》の割にわずかな本しか入れていない。棚の空いたところにアルコールランプと陶器のティーポットが置いてある。部屋のあらゆる場所に小さな木彫りの人形が、ところ狭しと並んでいる。棚の上、箪笥の上、窓枠の上、そしてあらゆる片隅に。何色もの絵具で塗られた村の楽師たち、サーベルを振るコサック、酒盛りをする農夫、トロイカ、村の鍛冶屋、踊る熊、水壺のそばには青い丸屋根の教会が置いてあって、豆粒のような巡礼者がひしめいている。

部屋の中央に置かれたテーブルの上に、さまざまな形の刃をつけた彫刻刀が、絵具壺や丸い木材といっしょに置いてあった。その前に座る男は眼鏡をかけ、髭を剃らず、着古したよれよれの上着を着ている。この男がセリュコフだった。

ヴィトーリンはドアノブを握ったままで、色鮮やかな木彫り人形に、すりきれた掛け布団に、眼鏡の男に、割れた水差しに目を注いだ。部屋は寒かった。鋳鉄のストーブに火は入っていなかった。

セリュコフが立ちあがった。擦り切れた部屋履きを履いていた。ズボンは膝が抜けていた。ペダルと車のついたテーブルは旋盤だ。

「僕がわかりますか、ミハイロヴィチ」長い沈黙のあとヴィトーリンは言った。だめだ。セリュコフは覚えていない。

セリュコフは眼鏡を外してレンズを磨いた。目が爛《ただ》れていた。

「チェルナヴェンスク収容所のヴィトーリン少尉です。もと戦争捕虜で、第四仮屋にいました」

セリュコフの顔をした男は微笑み、セリュコフの声で言った。「チェルナヴェンスク！　遠い昔だ。あの頃は将校でロシアに仕えていた」

「それで今は」

「見てのとおりだ。どうにか生きている。わたしが玩具を彫り、大戦のころ従卒だったかつての戦友が街で売る。売れることもあれば、一文にもならず夜遅く帰ることもある」

ヴィトーリンは言うべき言葉を探した。だが見つからなかった。ひどい空《むな》しさがこみあげ、窓の外の街路をずっと見ていた。失せろ《ポショル》――ポショルとはこんなときの言葉か。顎に無精鬚を生やし、部屋履きをはいたセリュコフが目の前にいる。聖ゲオルギー十字章はどうした。煙草はどうした。煙草なしのセリュコフなど、見たことがない。中国煙草の香はどこに消えた。今はラッカーと膠《にかわ》と塗りたての絵具しか匂わない。

「煙草は吸いますか。ミハイル・ミハイロヴィチ」抑えた声で彼は聞いた。

「吸わない。前は吸っていた。だがもう止めた」

「でも僕が来る少し前に吸ってませんでしたか。外国煙草を――」

「いや」セリュコフが言った。「止めてもう一年になる。だがもしよければ――」

彼はヴィトーリンが差し出した煙草を一本取って火をつけた。真似できないやりかたで煙草を左手の二本の指ではさみ、青い輪を空中に吐いた。その瞬間、ヴィトーリンは幕僚大尉のセリュコフを目の当たりにした。驕り昂ぶった顔をして、聖ゲオルギー十字章とウラディミール勲章をぶらさげたセリュコフ――

「あなたは今の生活に満足しているのですか」ヴィトーリンは聞いた。その声には冷たく硬い響きがあった。「調子はどうですか。ミハイル・ミハイロヴィチ」

「満足だって。ひょっとすると満足以上でさえあるかもしれない。わたしはいつも運がよかった。戦友はこう言う。『セリュコフさまはいつもついてますね。地獄でさえ涼しい木陰を見つけるんですから』調子はいいとも。いいか、わたしはモスクワに愛人がいた。オペラの歌手だった。見たまえ、その女もここにいる。向かいのあそこの部屋に住んでいる。女はわたしがここにいるのを知らない。今後も知ることはなかろう。今のこんなありさまは見せたくない。だがこの窓からあの女が眺められる。ピアノのそばに座って歌うところが毎日見られる。若い男がそばにいる。それとなく聞いてみると——あれは恋人ではなく、歌を練習するときの伴奏者だそうだ。——満足できないわけがない」

ヴィトーリンは黙っていた。われ知らず軽い溜息が出た。

「すると君はわざわざ会いにきてくれたのだな」セリュコフが言った。「もしよければ——用向きを言ってもらえないだろうか」

ヴィトーリンは不意をつかれた。心ははるか遠くに飛んでいた。雪の吹きすさぶロシアの広原《ステップ》に、モスクワの街路に、銃弾の飛び交う禿げ野原に、伝染病病院の隔離病棟に、パリの目映《まばゆ》い部屋に、やかましいジャズバンドに、自分を捨てて他の男の腕に抱かれた娘に——老人が何かたずねている——何の用があるのか。どうしてここに来たのか——「実は——」ヴィトーリンはつかえながら言った。「ここへ来ればロシアのおもちゃが買えると聞いたんです。ロシアのおもちゃを探してまして。売ってもらえませんか」「いいとも」驚きとうれしさを隠そうともせずセリュコフは言った。「好きなのを持っていってくれ。なに、高いもんじゃない。だがわかってくれ——この材質、色彩、les petits frais（お買い得品だ）——戦友に君の家まで運ばせよう」

そしていろいろ見本を出してきた。けばけばしい色のコサック、白い髭を生やした司祭、耳が動く野うさぎ二匹、聖イワンとミルク壺を運ぶ農婦。ヴィトーリンは全部買った。

*

玄関の間にグリーシャが立っていて、床に届くほどのお辞儀をした。

「こんにちわ《ズドラーストヴィチェ》、グリーシャ！」ヴィトーリンは夢からさめたようにあいさつした。

「ごきげんよう、旦那！」

「君の村に行ってきた。スタロメナ村だ。君の母さんとも話をした。お母さんは故郷で君を思って泣いていたよ」

「なら俺が帰ったら笑ってくれますかね」グリーシャはそう言って、赤らんで霜焼けで腫《は》れた手を眺めた。

「君の代父ガヴリーラ・シクーリンは亡くなった。鍛冶屋は郡庁に連れていかれた」ヴィトーリンは報告を続けた。

「百個の煉瓦があいつの頭に落ちますように」グリーシャがつぶやいた。「するとガヴリーラ・イヴァニッチは亡くなったんですね。二度と会えないってことか。俺の代父だったんですよ。でも神さまがそう定められたんなら、それが主のご意志ならしかたがない」

「あの鍛冶屋は盗んだ馬を売った。君の母さんに言ってくれって頼まれた。何も捨て値では売ってないって。パンは三月まではなんとかなるらしい。ただ庭を掘りおこしてくれる人がいないそうだ」

「カチューシュカにやってもらえばいいのに。鍛冶屋の娘だ。あのカチューシュカは片目がないけど力持ちで、仕事もわかってる。母さんはあの娘に頼んでみればいいんだ」

そう言ってグリーシャはヴィトーリンをじっと見つめた。まるで今すぐハリコフのスタロメナまで戻って、老母にこの助言を伝えてくれとでも言うように。

「これが君の時計だ」ヴィトーリンが言った。「お母さんから言付《ことづ》かってきた」

　グリーシャは時計を手に取ると満面の笑顔になった。凹んだ蓋をいつくしむように撫で、ぜんまいを巻いて自分の耳にあてた。

「ああ、母さん」彼は叫んだ。「母さんに抜かりはない。これは俺の時計だ。俺にはちゃんとわかってた、母さんが送ってくれるって。だって約束したんだもんな」

＊

表に出るとつむじ風が彼の顔に雪をぶつけてきた。だがカフェハウスまではそれほど遠くなかった。

店に入るとオスカルが飛びあがり、そばに駆け寄ってきた。

「どうだったの」オスカルがたずねた。

「片はついた」ヴィトーリンが言った。「ひどい天気だ。ずぶ濡れだよ。違う日にすればよかった」

「向こうはどうだった。いったい何があったの」

「別に何も。なんでお前がそう騒ぐのかわからない。ロシアの農夫に母親からの言伝を伝えて、故郷の村で起きたことをひとつふたつ教えてやった。それだけだ——もう十一時か。午前いっぱいをつぶしてしまった」

そして手を一振りして、この二年を、冒険者と人殺しと英雄と石炭運びと賭博者と女のひもと浮浪者になった二年間を、人生から払いのけた——つぶれてしまった午前と濡れそぼったマントにしか価しないような無造作な手の振り方だった。

訳者あとがき

垂野創一郎

1　ベストセラー

『アンチクリストの誕生』が好評だったおかげで、ちくま文庫のペルッツ第二弾として本書が出ることになりました。『アンチクリスト』の刊行に携わってくださった方々、新聞雑誌などで書評してくださった方々、ウェブに感想をお寄せくださった方々、そしてもちろん読んでくださった皆様、どうもありがとうございます。

今回のペルッツは原著が一九二八年に出たもので、ペルッツ四十歳のときの作品です。この時期でいえば短篇集『アンチクリストの誕生』刊行の二年前にあたります。この長篇はいままで訳されたものと違って幻想味はほとんどありませんが、それにもかかわらずなかなか不思議な話です。なにしろ、第一次世界大戦が終わる間際に、捕虜収容所から故郷ウィーンに帰還した若い将校が、自分を侮辱した捕虜収容所の司令官と決闘するために、ふたたびロシアに舞い戻るというのです。もしかしたら、当時これを新刊として読んだ読者は、作品の時代がほぼ十年前という近過去であるだけに、『第三の魔弾』に勝るとも劣らぬ奇想と感じられたかもしれません。

こころみにこれを第二次世界大戦終結直前の日本に置きかえてみると、そのとんでもなさが実感されます。捕虜としてシベリアに抑留されていた人が、いくら向こうでひどい目にあったからといって、やっとのことで日本に戻れたのに、またシベリアに決着をつけにいくものでしょうか。ましてや向こうは戦勝国なのに。なんかもう考えただけで無謀すぎてしんどくなりませんか。

ところがそういう無茶な小説が、刊行当時はおおいに人気を博したらしいのです。一のちにやはり奇想にあふれるスパイ小説を書くことになるイアン・フレミングが、一九三一年にペルッツにドイツ語で書き送ったファンレターが、ハンス＝ハラルト・ミュラーのペルッツ伝（Hans-Harald Müller: Leo Perutz, 2007）に引用されています。それによると当時フレミングは、得意の語学を生かして英独仏露の新刊小説を読み漁《あさ》っていたらしいのですが、ペルッツのこの作品こそ、「自分がファンレターを書く気になった唯一の小説」で、「あなたのスタイル、あなたの言葉、作品の隅々にまでおよぶあなたの技巧」に感嘆したと述べ、「『天才』という言葉は長年の濫用によって価値と意味が失われてしまいましたが、そうでなければわたしはこの本を、ただ一言、『天才的』と呼んでいたことでしょう」とまで絶賛しています。

2　ドン・キホーテ

なぜこの小説がペルッツ作品のなかでもとりわけ受け入れられたのでしょう。時のベストセラーというものは、たとえばマイリンクの『ゴーレム』がそうであるように、別に悪い意味でなくとも、あとになってみるとなぜそんなに売れたのかわからないというものがときどき見受けられます。しかしこの小説の場合は、人気の理由はあるいはこれかもしれない、と思い当たることが二つあります。そのうち一つについてまず書いてみましょう（もう一つはこのあとがきの最後で触れます）。

それは何かというと、この小説のドン・キホーテ性です。主人公ヴィトーリンの行為は、他のほとんどの人から理解されません。なぜ自分はこういう大変なことを企てるのか、繰り返し語っているのにもかかわらずです。彼がその理由として挙げるのは二点あって、一つ目は決闘に値するいわれない侮辱を受けたこと、二つ目はロシアに戻ると皆の前で誓ったこと。それらの背景にあるのは、将校としての矜持《きょうじ》です。

その矜持は必ずしも彼だけが持っているものではありません。「前線地帯」の章に出てくるガーリン伯爵が大変な吹雪のなか前線を越えようとするのも、騎兵大尉が「お前のような奴にもロシアの将校は約束を守る」と言い放つのも、同じところから出ているといっていいでしょう。この二人のどちらもが白軍、つまり旧秩序の側の人間であるのは興味深いことです。

ところが大戦の終結は、こうした十九世紀的価値観をうやむやにする方向に働きました。オーストリアでは一九一八年十一月、終戦とほぼ時を同じくして帝政が倒れ、翌一九年には社会民主党（労働者を代表）とキリスト教社会党（農民等や中間階級を代表）との連立内閣が発足しました。議会はハプスブルク家の特権廃止、憲法制定民族議会選挙の実施、婦人参政権の付与、あるいは八時間労働法や児童労働法など、旧弊を刷新する施策を次々と打っていきました。しかも当時の外相（外務担当政務次官）であった社会民主党のオットー・バウアーらはさらなるプロレタリア権力の確立を模索までしていたのです。

革命の動きは下からも見られました。戦争から復員した将校や兵士は、変貌したオーストリアへの幻滅や不満もあって、ロシアのソヴィエトにならった兵士評議会（作中のブラシェクが加入していたのがそれです）を結成し、労働者の団体である労働者評議会とともに、必ずしも議会を通さない権力奪取をもくろんでいました。

「亡霊の時代」の章で、お調子者のエンペルガーが、「……奴ら、俺の帽子の栄誉章《ロゼット》を切り取りやがった」と文句をいう場面がありますが、オットー・バウアーの『オーストリア革命』（酒井晨史訳　早稲田大学出版部）には、まさにこのありさまが描写されています。「〔一九一八年〕一〇月三〇日の大衆デモンストレーションに、兵士と将校が多数参加し、〔……〕同日夕に、兵士集団が街頭で将校たちの帽子から皇帝のイニシアルの入った薔薇型の装飾模様を引き裂いたとき、ウィーン兵営の軍紀が完全に瓦解していたことが明らかとなった」

将校の権威も地に落ちた、というところでしょうか。そうした時代にあえて旧来のモラル（侮辱には決闘で応ずるというような）を固持するヴィトーリンは、新時代にとつぜん降ってわいたドン・キホーテに見えるではありませんか。

3　内　戦

決意を胸に秘めてウィーンを後にし、ウクライナまでやってきたヴィトーリンは、前線を越えられずに立ち往生します。無理もありません。当時のウクライナは、ボルシェヴィキのソヴィエト軍（赤軍）、デニーキンやウランゲリの率いる反革命軍（白軍）、ペトリューラに率いられウクライナ独立をめざす民族派、それからマフノの率いる農民軍が組んず解《ほぐ》れつ、入れ替わり立ち替わり支配権を奪取する混沌とした状況になっていたからです。

ブルガーコフの『白衛軍』(中田甫・浅川彰三訳　群像社)は一九一八年から一九一九年にかけてのキエフの冬、すなわちヴィトーリンが体験したのと同じウクライナの冬を舞台としています。この本の訳注によれば、キエフの場合はこんなふうに目まぐるしく支配層が変わったらしいのです。

・一九一八年十二月　ペトリューラ執政内閣
・一九年二月　赤軍
・同年八月　ペトリューラ軍ののち白軍
・同年十月　赤軍→白軍→赤軍

こうした状況はキエフのみならず、ヴィトーリンのいたところでも似たようなものだったことでしょう。「前線地帯」の章のおしまいのほうでペトリューラの軍隊が町を赤軍から解放しますが、それも長くは続かなかったことと思われます。収容所から脱出できたヴィトーリンはモスクワまでたどりつくのですが、ここはウクライナよりさらに大変なことになっていました。何もこんなときにわざわざ来なくてもと思うのですが、来てしまったものはしかたがありません。

一九一七年の二月革命によってロマノフ王朝が倒れ、同年の十月革命によりボルシェヴィキが政権を奪取して以来、一九二二年末にソヴィエト連邦の樹立が宣言されるまでは、ロシアはたえまない赤軍と白軍との内戦状態にありました。

その間におびただしい数の人がボルシェヴィキの手によって処刑されました。これは予期せぬ暴動とかそういったものではなく、最初から革命のプログラムに織り込まれていたものでした。荒畑寒村の『ロシア革命運動の曙』(岩波新書)の最初のほうに書いてありますが、幸徳秋水・堺利彦主宰の社会主義新聞『平民新聞』が一九〇四年に、社会主義者の戦闘の手段は武力を排し道理の戦い・言論の戦いでなければならぬという趣旨の論説を載せ、国際的な賛同を得るや、ロシア社会民主党の機関紙『イスクラ』は、「力に対するには力を以てし、暴に抗するには暴を以てせざるを得ず」とがぜん反論に出たということです。フランス革命を範とした暴力による権力奪取が、レーニンたちには当然の前提となっていたのです。

作中に頻繁に出てきて、物語に大きな役割を果たすチェカは、正式名称を「反革命、怠業、投機取締り全ロシア非常委員会」といい、反ボルシェヴィキ的行為の撲滅のために組織された一種の警察機構でした。その本質は、委員長に就任したジェルジンスキー(『アンチクリストの誕生』所収の短篇「主よ、われを憐れみたまえ」にも出てきたおなじみの人です)が記者会見で語ったとされる次の言葉のうちによくあらわれています。「チェカは裁判所ではない。チェカは赤軍と同様に、革命のとりでである。内乱のさい赤軍が、特定の個人を殺害してよいかどうかを立ちどまって考えているわけにはいかず、唯一つのことだけを、すなわちブルジョアジーに対する革命の勝利だけを考えなければならないのと同様に、チェカも、たまたまその剣が罪のない者の頭上に落ちようとも、革命を防衛し、敵を征服しなければならないのである」（E・H・カー『ボリシェヴィキ革命 1』〔原田三郎他訳　みすず書房〕より）

非常時にはこういう理屈がまかり通るのですから恐ろしいものです。

4　テロリスム

しかし一労働者として勤勉に働いているかぎりは、さすがのチェカも文句のつけようがありません。ヴィトーリンもそうしたものを装いながらセリュコフの行方を追うのですが、そこに関わってくるのが老テロリストのアルテミエフです。

このアルテミエフが属する社会革命党（エス・エル）にも少し触れておきましょう。もっともこの小説の時代、すなわちボルシェヴィキが権力を握ったあとはこの党はすっかり衰微していて、むしろ残党と呼んだほうがふさわしいかもしれません。

アルテミエフが再会したヴィトーリンに農村に行けと勧めるように、この党はもともとから農民層に宣伝の主力を注いでいました。その点で、のちにメンシェヴィキ（穏健派）とボルシェヴィキ（革新派）に分裂した社会民主党が都市部の労働者を基盤となしたのと対照をなしています。

しかしそれ以上にエス・エルの名を高らしめたのは、一九〇四年から〇六年にかけて帝政側の要人を次々に暗殺した「戦闘団」と呼ばれるテロ組織でした。

この小説の展開で興味深いのは、ヴィトーリンが知らず知らずのうちに、あたかもこのテロの論理に染まっていくかのように見えることです。

はじめこそ私物に爆薬をこっそり紛れ込ませたアルテミエフにヴィトーリンは憤りますが、あべこべにアルテミエフから「君には革命の何たるかがわかっていない。シュトロムフェルドが一九〇二年にモスクワ政府の建物の爆破を試みたとき……」と教え諭《さと》されます。やがてヴィトーリンは、その感化を受けたのかどうか、宿敵セリュコフのことを、自分個人が決闘する相手ではなく、「人類の敵」呼ばわりするようになり、果ては部下に無謀な指令を出して、自分の率いる部隊を意味もなく壊滅させてしまいます。しかもそれをさして悔いる様子もなく、あいかわらず「セリュコフはもはや、自分を侮辱した高慢なロシア将校ではなかった。堕落した時代の悪霊だ」と思い込むのです。

目的を達成するために、ガガーリン伯爵、ピストルコルス男爵、アルテミエフ、部下の兵士たちと、多くの関係ない人を巻き添えにするヴィトーリンのやりかたは、あらかじめ意図したものではないとはいえ、外から見るとテロ行為そっくりに見えるではありませんか（この件については最終章とのかかわりの中であとでもう一度触れます）。

いっぽうアルテミエフのほうでは、初対面のときからヴィトーリンの「狂信者の目」

に気づき、始終親しみとも見える態度をみせます。この二人は深いところでつながっていたのでしょうか。

5 黙示録

ウクライナにいたときも、そしてモスクワに移ってからも、このアルテミエフはテロリストでありながら、しきりに聖書や神を引き合いに出します。ロシアの聖書には「汝殺すなかれ」という戒律はないのでしょうか。まさかそんなこともありますまい。この一見矛盾する心情は実にロシア的といえましょう。

ここでいやおうなく連想されるのは『蒼ざめた馬』という、一九一三年に刊行された小説です。これはもとエス・エルの幹部であったテロリストのボリス・サヴィンコフが、ロープシンという筆名で発表したものです。この小説でも、作者その人がモデルと思しいテロリストの主人公は、しきりに聖書の章句を口にしながら暗殺を行うのです。もしかしたらペルッツは、アルテミエフの性格設定にあたって、このサヴィンコフをモデルにしたのかもしれません。

今このあとがきを読んでいる皆さんのうちに『蒼ざめた馬』をお読みになった方はいますか。クリスティのなら読んだよ、とおっしゃる方もいるかもしれませんが、今問題にしているのはロープシンのほうです。この小説は一九六七年に初のロシア語からの直接訳として川崎浹訳が現代思潮社から、そして同年に工藤正廣訳が晶文社から出て（ただし晶文社版の表記は「工藤正広」）、それぞれ幾度か版を重ねたあと、岩波同時代ライブラリー版（川崎訳、1990）、岩波現代文庫版（同、2006）、未知谷版（工藤訳、2006）というふうに版元を変えながら、今にいたるまで新刊書店の片隅にひっそりと置かれています。少数ながらも読者が絶えないでいることが推察されます。

そして実際、これはなんとも不思議な小説なのです。作者のサヴィンコフ（ロープシン）はテロリスト時代にはプレーヴェ内相やセルゲイ大公といった帝政側の要人の暗殺を指揮し、二月革命によりケレンスキーの臨時政府が成立するとその陸軍次官となり、十月革命後は反革命側に立ち白衛軍を組織する一方、代理大使として白衛軍の支援をフランスやポーランドやチェコに要請するといった、よくわからないながらも八面六臂《ろっぴ》の活躍をみせたあと、ロシアに密入国しようとしたところを逮捕されてまもなく死亡します。こうした経歴だけ見ると、蝙蝠《こうもり》みたいな機を見るに敏な人物のイメージが浮かんできます。しかし『蒼ざめた馬』を読む人は、身も世もないような凄まじい孤独感に圧倒されるのです。

この小説を支配しているのは黙示録的世界観です。タイトルからして新約聖書の「ヨハネによる黙示録」からの引用ですし、ここに登場するテロリストの一人、セルゲイ大公（をモデルにした登場人物）に爆弾を投げたワーニャは、獄中から主人公によこす手紙のなかでこう書きます。「人びとはぼくを裁くだろう。［……］彼らの裁きの外に神の審判が行われることを、ぼくは信じている。ぼくの罪は大きい。けれどキリストの慈悲もまた無限なのだ」（工藤正廣訳）

この黙示録的世界観というのは、手短《てみじか》にいうと、終末が間近に迫っているという認識がまずあり、いざ終末が訪れたあかつきには、悪しきものはことごとく滅び、主が還り来たり、死者が蘇って最後の審判が行われ、正しきものの苦悩はことごとく償われ栄光に包まれるという考え方です。『カラマーゾフの兄弟』の最初のほうで、イワン・カラマーゾフが「でも子供たちまでが犠牲にならなくてもいいじゃないか」とわざわざ激越に否認してみせなくてはならないほどに、こういう考え方は他のどの国にもましてロシアに根強くはびこっていたもののようです。

ひるがえって『どこに転がっていくの、林檎ちゃん』に目をやると、こうした黙示録的な性格があらわになるのは、最終章でセリュコフと対面する直前の場面といえましょう。ヴィトーリンは、セリュコフの部屋にいたる階段を登りながら、自分が死者たちに囲まれていると感じます。それも彼と関わりを持ったばかりに命を落とした人たちの影です。彼らは「決着のつく場に立ち会いたいらしい」とヴィトーリンは想像します。ここを読む読者は、「ああいよいよ対決の時が！」と固唾《かたず》を飲むあまり、この想像に不自然を感じる余裕はありません。しかしいざ頭を冷やして考えてみると少し変ではないでしょうか。これがもし、非業の死を遂げた浮かばれない霊たちが夜な夜なヴィトーリンの枕辺に立って、ヴァイオリンを弾いたりコサックダンスを踊るというならまだわかります。しかし彼らには、何の関係もないはずのヴィトーリンの復讐に立ち会う義理はどう考えてもなさそうです。

もっともヴィトーリンの気持ちからすれば一応こうは考えられます。もし彼が復讐に失敗したならば、彼らの死は無駄死にになってしまう。したがってその死を意味あるものにするために、彼らはヴィトーリンに付き添っているのだと。

しかしむしろ、ヴィトーリンはここで『蒼ざめた馬』的な、すなわち黙示録的テロリストの夢想に浸っていると考えたほうが納得できる気がします。つまりこの世の邪悪を一身に体現するセリュコフが倒れたその時にこそ、死者もよみがえり栄光に輝くのです。もしかするとここでセリュコフは、最後の審判の直前に牢獄から解き放たれるサタン（ヨハネによる黙示録二〇：七）に擬されているのでしょうか。

6　三連祭壇画《トリプティック》

しかしそのあと物語は急転直下し、アンチクライマックスを迎えます。

『第三の魔弾』がそうであったように、あるいは『スウェーデンの騎士』がそうであったように、この長篇でも、知力と胆力を尽くした大冒険のあげく、おしまいには主人公が何者でもない存在と化すことによって、物語の幕が閉じられてしまうのです。『第三の魔弾』では悪魔の助力が、『スウェーデンの騎士』では天使の助力がそこに介入しました。しかしこの小説では超自然的な存在はかかわってきません。あえて言えば、ここで介入するのは世俗の力、すなわち時代の変遷です。

つまり時代の奔流が主人公のドン・キホーテ的な冒険を無化し白紙にするまでに、十九世紀的な心性を洗い流してしまったのです。その意味でこの作品は、悪魔・世俗・天使と連なる三連祭壇画の中央に位置するものといえましょう。ただ他の二作と違うのは、過去が清算されたあとの新しい生活への希望が結末に読みとれることです。この小説が発刊当時にベストセラーになったのは、そんなところにも原因があるのかもしれません。

レオ・ペルッツ著作リスト

1 Die dritte Kugel（1915）『第三の魔弾』前川道介訳（国書刊行会／白水Uブックス）
2 Das Mangobaumwunder（1916）※Paul Frankとの合作
3 Zwischen neun und neun（1918）※中学生向け抄訳版『追われる男』梶竜雄訳（『中学生の友二年』別冊付録、1963年1月、小学館）
4 Das Gasthaus zur Kartätsche（1920）「霰弾亭」※中篇。後に13に収録
5 Der Marques de Bolibar（1920）『ボリバル侯爵』垂野創一郎訳（国書刊行会）
6 Die Geburt des Antichrist（1921）「アンチクリストの誕生」※中篇。後に13に収録
7 Der Meister des Jüngsten Tages（1923）『最後の審判の巨匠』垂野創一郎訳（晶文社）
8 Turlupin（1924）
9 Das Jahr der Guillotine（1925）※ヴィクトル・ユゴー『九十三年』の翻訳
10 Der Kosak und die Nachtigall（1928）※Paul Frankとの合作
11 Wohin rollst du, Äpfelchen . . .（1928）『どこに転がっていくの、林檎ちゃん』垂野創一郎訳（ちくま文庫）
12 Flammen auf San Domingo（1929）※ヴィクトル・ユゴー『ビュグ＝ジャルガル』の翻案

13 Herr, erbarme Dich meiner!（1930）『アンチクリストの誕生』（ちくま文庫）※中短篇集
14 St. Petri-Schnee（1933）『聖ペテロの雪』垂野創一郎訳（国書刊行会）
15 Der schwedische Reiter（1936）『スウェーデンの騎士』垂野創一郎訳（国書刊行会）
16 Nachts unter der steinernen Brucke（1953）『夜毎に石の橋の下で』垂野創一郎訳（国書刊行会）
17 Der Judas des Leonardo（1959）『レオナルドのユダ』鈴木芳子訳（エディションq）
18 Mainacht in Wien（1996）『ウィーン五月の夜』小泉淳二・田代尚弘訳（法政大学出版局）※未刊短篇・長篇中絶作・旅行記を収録した拾遺集

本書はちくま文庫オリジナル編集です。

エレンディラ　G・ガルシア＝マルケス　鼓直／木村榮一訳

大人のための残酷物語として書かれたといわれる中・短篇。「孤独と死」をモチーフに、大著『族長の秋』につらなるマルケスの真価を発揮した作品集。

素粒子　ミシェル・ウエルベック　野崎歓訳

人類の孤独の極北にゆらめく絶望的な愛——二人の異父兄弟の人生をたどり、希薄で怠惰な現代の一面を描き上げた、鬼才ウエルベックの衝撃作。

地図と領土　ミシェル・ウエルベック　野崎歓訳

孤独な天才芸術家ジェドは、世捨て人作家ウエルベックと出会い友情を育むが、作家は何者かに惨殺される——。最高傑作と名高いゴンクール賞受賞作。

きみを夢みて　スティーヴ・エリクソン　越川芳明訳

マジックリアリズム作家の最新作、待望の訳し下ろし！　作家ザン夫妻はエチオピアの少女を養女にする。「小説内小説」と現実が絡む。推薦文＝小野正嗣

ルビコン・ビーチ　スティーヴ・エリクソン　島田雅彦訳

マジックリアリスト、エリクソンの幻想的描写が次々に繰り広げられるあまりに魅力的な代表作。空間のよじれの向こうに見えるもの。（谷崎由依）

スロー・ラーナー［新装版］　トマス・ピンチョン　志村正雄訳

著者自身がまとめた初期短篇集。「謎の巨匠」がみずからの作家生活を回顧する序文を付した話題作。驚異に満ちた世界。（高橋源一郎、宮沢章夫）

競売ナンバー49の叫び　トマス・ピンチョン　志村正雄訳

「謎の巨匠」の暗喩に満ちた迷宮世界。突然、大富豪の遺言管理執行人に指名された主人公エディパの物語。郵便ラッパとは？（巽孝之）

動物農場　ジョージ・オーウェル　開高健訳

自由と平等を旗印に、いつのまにか全体主義や恐怖政治が社会を覆っていく様を痛烈に描き出す。『一九八四年』と並ぶG・オーウェルの代表作。

カポーティ短篇集　T・カポーティ　河野一郎編訳

妻をなくした中年男の一日を、一抹の悲哀をこめ、ややユーモラスに描いた本邦初訳の「楽園の小道」他、選びぬかれた11篇。文庫オリジナル。

パルプ　チャールズ・ブコウスキー　柴田元幸訳

人生に見放され、酒と女に取り憑かれた超ダメ探偵が次々と奇妙な事件に巻き込まれる。伝説的カルト作家の遺作、待望の復刊！（東山彰良）

ありきたりの狂気の物語
チャールズ・ブコウスキー
青野聰 訳
すべてに見放されたサイテーな毎日。その一瞬の狂った輝きを切り取る、伝説的カルト作家の愛と笑いと哀しみに満ちた異色短篇集。（戌井昭人）

ブラウン神父の無心
G・K・チェスタトン
南條竹則／坂本あおい訳
ホームズと並び称される名探偵「ブラウン神父」シリーズを鮮烈な新訳で。「木の葉を隠すなら森のなか」などの警句と逆説に満ちた探偵譚。（高沢治）

生ける屍
ピーター・ディキンスン
神鳥統夫訳
独裁者の島に派遣された薬理学者フォックス。秘密警察が跳梁し、魔術が信仰される島で陰謀に巻き込まれ……。幻の小説、復刊。（岡和田晃／佐野史郎）

氷
アンナ・カヴァン
山田和子訳
氷が全世界を覆いつくそうとしていた。私は少女の行方を必死に探し求める。恐ろしくも美しい終末のヴィジョンで読者を魅了した伝説的名作。

奥の部屋
ロバート・エイクマン
今本渉編訳
不気味な雰囲気、謎めいた象徴、魂の奥処をゆさぶる深い戦慄。幽霊不在の時代における新しい恐怖を描く、怪奇小説の極北エイクマンの傑作集。

郵便局と蛇
A・E・コッパード
西崎憲編訳
日常の裏側にひそむ神秘と怪奇を淡々とした筆致で描く、孤高の英国作家の詩情あふれる作品集。新訳一篇を追加し、巻末に訳者による評伝を収録。

アンチクリストの誕生
レオ・ペルッツ
垂野創一郎訳
20世紀前半に幻想的歴史小説を発表し広く人気を博した作家ペルッツの中短篇集。史実を踏まえて花開く奔放なフィクションの力に脱帽。（皆川博子）

あなたは誰？
ヘレン・マクロイ
渕上痩平訳
匿名の電話の警告を無視してフリーダは婚約者の実家へ向かうが、その夜のパーティで殺人事件が起こる。本格ミステリの巨匠マクロイの初期傑作。

ロルドの恐怖劇場
アンドレ・ド・ロルド
平岡敦編訳
二十世紀初頭のパリで絶大な人気を博した恐怖演劇グラン・ギニョル座。その座付作家ロルドが血と悪夢で紡ぎあげた二十二篇の悲鳴で終わる物語。

悪党どものお楽しみ
パーシヴァル・ワイルド
巴妙子訳
足を洗った賭博師がその経験を生かし探偵として大活躍、いかさま師たちの巧妙なトリックを次々と暴く。エラリー・クイーン絶賛の痛快連作。（森英俊）

ギリシア悲劇（全4巻）

荒々しい神の正義、神意と人間性の調和、人間の激情と心理。三大悲劇詩人（アイスキュロス、ソポクレス、エウリピデス）の全作品を収録する。

バートン版 千夜一夜物語（全11巻）　大場正史訳　古沢岩美・絵

めくるめく愛と官能に彩られたアラビアの華麗な物語——奇想天外の面白さ、世界最大の奇書の名訳による決定版。鬼才・古沢岩美の甘美な挿絵付。

ガルガンチュア　ガルガンチュアとパンタグリュエル1　フランソワ・ラブレー　宮下志朗訳

巨人王ガルガンチュアの誕生と成長、冒険の数々、さらに戦争とその顛末……笑いと風刺が炸裂するラブレーの傑作を、驚異的に読みやすい新訳でおくる。

文読む月日（上・中・下）　トルストイ　北御門二郎訳

一日一章、一年三六六章。古今東西の聖賢の名言・箴言を日々の心の糧となるよう、晩年のトルストイが心血を注いで集めた一大アンソロジー。

ランボー全詩集　アルチュール・ランボー　宇佐美斉訳

束の間の生涯を閃光のようにかけぬけた天才詩人ランボー——稀有な精神が紡いだ清冽なテクストを、世界的ランボー学者の美しい新訳でおくる。

ボードレール全詩集I　シャルル・ボードレール　阿部良雄訳

詩人として、批評家として、思想家として、近年重要度を増しているボードレールのテクストを世界的な学者の個人訳で集成する初の文庫版全詩集。

高慢と偏見（上・下）　ジェイン・オースティン　中野康司訳

互いの高慢さから偏見を抱いて反発しあう知的な二人がやがて真実の愛にめざめてゆく……絶妙な展開で深い感動をよぶ英国恋愛小説の名作の新訳。

分別と多感　ジェイン・オースティン　中野康司訳

冷静な姉エリナーと、情熱的な妹マリアン。好対照をなす姉妹の結婚への道を描くオースティンの永遠の傑作。読みやすくなった新訳で初の文庫化。

荒涼館（全4巻）　C・ディケンズ　青木雄造他訳

上流社会、政界、官界から底辺の貧民、浮浪者まで巻き込んだ因縁の訴訟事件。小説の面白さをすべて盛り込み壮大なスケールで描いた代表作。（青木雄造）

ソーの舞踏会　バルザック　柏木隆雄訳

名門貴族の美しい末娘は、ソーの舞踏会で理想の男性と出会うが身分は謎だった……驕慢な娘の悲劇を描く表題作に、『夫婦財産契約』『禁治産』を収録。

コスモポリタンズ
サマセット・モーム
龍口直太郎訳
舞台はヨーロッパ、アジア、南島から日本まで。故国を去って異郷に住む“国際人”の日常にひそむ事件のかずかず。珠玉の小品30篇。（小池滋）

眺めのいい部屋
E・M・フォースター
西崎憲／中島朋子訳
フィレンツェを訪れたイギリスの令嬢ルーシーは、純粋な青年ジョージに心惹かれる。恋に悩み成長する若い女性の姿と真実の愛を描く名作ロマンス。

ダブリンの人びと
ジェイムズ・ジョイス
米本義孝訳
20世紀初頭、ダブリンに住む市民の平凡な日常をリアリズムに徹した手法で描いた短篇小説集。リズミカルで斬新な新訳。各章の関連地図と詳しい解説付。

オーランドー
ヴァージニア・ウルフ
杉山洋子訳
エリザベス女王お気に入りの美少年オーランドー、ある日目をさますと女になっていた――4世紀を駆ける万華鏡ファンタジー。（小谷真理）

バベットの晩餐会
I・ディーネセン
桝田啓介訳
バベットが祝宴に用意した料理とは……。一九八七年アカデミー賞外国語映画賞受賞作の原作と遺作「エーレンガート」を収録。（田中優子）

キャッツ
T・S・エリオット
池田雅之訳
劇団四季の超ロングラン・ミュージカルの原作新訳版。あまのじゃく猫におちゃめ猫、猫の犯罪王に鉄道猫。15の物語とカラーさしえ14枚入り。

ヘミングウェイ短篇集
アーネスト・ヘミングウェイ
西崎憲編訳
ヘミングウェイは弱く寂しい男たち、冷静で寛大な女たちを登場させ「人間であることの孤独」を描く。繊細で切れ味鋭い14の短篇を新訳で贈る。

動物農場
ジョージ・オーウェル
開高健訳
自由と平等を旗印に、いつのまにか全体主義や恐怖政治が社会を覆っていく様を痛烈に描き出す。『一九八四年』と並ぶG・オーウェルの代表作。

トーベ・ヤンソン短篇集
トーベ・ヤンソン
冨原眞弓編訳
ムーミンの作家にとどまらないヤンソンの作品の奥行きと背景を伝える短篇のベスト・セレクション。「愛の物語」「時間の感覚」「雨」など、全20篇。

誠実な詐欺師
トーベ・ヤンソン
冨原眞弓訳
〈兎屋敷〉に住む、ヤンソンを思わせる老女性作家。彼女に対し、風変わりな娘がめぐらす長いたくらみとは？　傑作長編がほとんど新訳で登場。

猫語の教科書　ポール・ギャリコ　灰島かり訳

ある日、編集者の許に不思議な原稿が届けられた。それはなんと、猫が書いた猫のための「人間のしつけ方」の教科書だった……!?（大島弓子）

ムーミン谷のひみつ　冨原眞弓

子どもにも大人にも熱烈なファンが多いムーミン。その魅力の源泉を登場人物に即して丹念に掘り起こす、とっておきのガイドブック。イラスト多数。

ムーミンを読む　冨原眞弓

ムーミンの第一人者が一巻ごとに丁寧に語る、ムーミン物語の魅力！　徐々に明らかになるムーミン一家の過去や仲間たち。ファン必読の入門書。

グリム童話（上・下）　池内紀訳

「赤ずきん」「狼と七ひきの子やぎ」「いばら姫」「白雪姫」等おなじみのお話と、新訳「コルベス氏」「すすまみれ悪魔の弟」等を、ひと味違う新鮮で歯切れのよい訳で贈る。

不思議の国のアリス　ルイス・キャロル　柳瀬尚紀訳

おなじみキャロルの傑作。子どもむけにおもねらず、ことば遊びを含んだ、透明感のある物語を原作の香気そのままに日本語に翻訳。（楠田枝里子）

アーサー王の死　中世文学集Ⅰ　T・マロリー　厨川《くりやがわ》文夫／圭子編訳

イギリスの伝説の英雄・アーサー王とその円卓の騎士団の活躍ものがたり。厖大な原典を最もうまく編集したキャクストン版で贈る。（厨川文夫）

アーサー王ロマンス　井村君江

アーサー王と円卓の騎士たちの謎に満ちた物語。戦いと愛と聖なるものを主題にくり広げられる一大英雄ロマンスの、エッセンスを集めた一冊。

ケルト妖精物語　W・B・イエイツ編　井村君江編訳

群れなす妖精もいれば一人暮らしの妖精もいる。不思議な世界の住人達がいきいきと甦る。イエイツが贈るアイルランドの妖精譚の数々。

ケルトの神話　井村君江

古代ヨーロッパの先住民族ケルト人が伝え残した幻想的な神話の数々。目に見えない世界を信じ、妖精たちと交流するふしぎな民族の源をたどる。

炎の戦士クーフリン／黄金の騎士フィン・マックール　ローズマリー・サトクリフ　灰島かり／金原瑞人／久慈美貴訳

神々と妖精が生きていた時代の物語。かつてエリンと言われた古アイルランドを舞台に、ケルト神話に名高いふたりの英雄譚を1冊に。（井辻朱美）

星の王子さま　サン＝テグジュペリ　石井洋二郎訳

飛行士と不思議な男の子。きよらかな二つの魂の出会いと別れを描く名作――透明な悲しみが読むものの心にしみとおる、最高度に明快な新訳でおくる。

星の王子さま、禅を語る　重松宗育

『星の王子さま』には、禅の本質が描かれている。住職でアメリカ文学者でもある著者が、難解な禅の哲学を指南するユニークな入門書。（西村惠信）

クラウド・コレクター〈手帖版〉　クラフト・エヴィング商會

得体の知れない機械、奇妙な譜面や小箱、酒の空壜……。不思議な国アゾットへの驚くべき旅行記。単行本版に加筆、イラスト満載の〈手帖版〉。

ないもの、あります　クラフト・エヴィング商會

堪忍袋の緒、舌鼓、大風呂敷……よく耳にするが、一度として現物を見たことがない物たちを取り寄せてお届けする。文庫化にあたり新商品を追加。

生きることの意味　高《コ》史《サ》明《ミョン》

さまざまな衝突の中で死を考えるようになった一朝鮮人少年。彼をささえた人間のやさしさを通して、生きることの意味を考える。（鶴見俊輔）

まちがったっていいじゃないか　森毅

人間、ニブイのも才能だ！　まちがったらやり直せばいい。少年のころを振り返り、若い読者に肩の力をぬかせてくれる人生論。（赤木かん子）

君たちの生きる社会　伊東光晴

なぜ金持や貧乏人がいるのか。エネルギーや食糧問題をどう考えるか。複雑になった社会の仕組みや動きをもう一度捉えなおす必要がありそうだ。

友だちは無駄である　佐野洋子

でもその無駄がいいのよ。つまらないことや無駄なことって、たくさんあればあるほど魅力なのよね。一味違った友情論。（亀和田武）

心の底をのぞいたら　なだいなだ

つかまえどころのない自分の心。知りたくてたまらない他人の心。謎に満ちた心の中を探検し、無意識の世界へ誘う心の名著。（香山リカ）

自分のなかに歴史をよむ　阿部謹也

キリスト教に彩られたヨーロッパ中世社会の研究で知られる著者が、その学問的来歴をたどり直すことを通して描く〈歴史学入門〉。（山内進）

ちくま文庫

どこに転《ころ》がっていくの、林檎《りんご》ちゃん

二〇一八年十二月十日　第一刷発行

著　者　レオ・ペルッツ
訳　者　垂野創一郎（たるの・そういちろう）
発行者　喜入冬子
発行所　株式会社　筑摩書房
東京都台東区蔵前二―五―三　〒一一一―八七五五
電話番号　〇三―五六八七―二六〇一（代表）
装幀者　安野光雅
印刷所　星野精版印刷株式会社
製本所　株式会社積信堂

ISBN978-4-480-43557-6 C0197